＊中国科幻新锐系列＊

王晋康 主编

光梦

犬儒小姐 著

深圳出版社

图书在版编目（CIP）数据

光梦 / 犬儒小姐著. -- 深圳：深圳出版社，2025.
5. --（中国科幻新锐系列 / 王晋康主编）. -- ISBN
978-7-5507-4116-4

Ⅰ. I247.5

中国国家版本馆CIP数据核字第2024JF1022号

光梦
GUANGMENG

责任编辑　张　梅
责任校对　莫秀明
责任技编　梁立新
封面绘制　麻籽甘蓝
装帧设计　日　尧

出版发行　深圳出版社
地　　址　深圳市彩田南路海天综合大厦（518033）
网　　址　www.htph.com.cn
订购电话　0755-83460239（邮购、团购）
排版制作　长虎·设计 CHANGHU Designstudio
　　　　　QQ:931640398
印　　刷　深圳市希望印务有限公司
开　　本　889mm×1194mm　1/32
印　　张　9.5
字　　数　203千
版　　次　2025年5月第1版
印　　次　2025年5月第1次
定　　价　48.00元

总　序

　　"中国科幻新锐系列"第一辑开始编辑时，正好是我从事科幻创作三十周年，作为三十年前的"新锐"来主编丛书，免不了忆起很多陈年旧事。

　　中国发展太快了，三十年已如隔世。科幻圈都知道，当年我因为被十岁娇儿逼着讲故事而被逼成了科幻作家，巧合的是，开始主编第一辑时，我的宝贝孙子正好十岁，也在每天逼着我讲科幻故事。但相隔三十年的两个十龄童显然有很大差别。孙子生活在深圳，除了校内学习，还要参加各种培训班，活得很辛苦。但在承受现代化的压力的同时，也享受着现代化的慷慨馈赠：他已经周游列国；英文水平已经达到能通读原文版《哈利·波特》的程度；经常参加英语话剧表演和钢琴比赛；因为读书多，写起作文也能随手挥洒倚马千言。可以说，这个十龄童的小脑瓜内的信息量，绝对十倍于三十年前那个十龄童的信息量。我曾开玩笑说，这代孩子从小就受信息洪流的强烈刺激，说不定他们的大脑沟回都会比三十年前的孩子深一些。

　　一斑而窥豹，单从我的孙子身上就可以清楚地触摸到时代的进步，触摸到深圳这个"科技之都"的脉搏。

我一直有一个观点，科幻文学这个品种的兴盛和其他文学品种不同，其他文学品种的巅峰不一定和盛世同步，反倒有可能"乱世出经典"，"国家不幸诗家幸"；但科幻文学的巅峰和盛世之间呈现出很强的正相关性，因为只有社会经济和科技足够发达，能培养出足够多的、跨过某一个知识门槛的读者群和作家群，科幻文学才能蓬勃发展。放眼看世界上科幻文学的诞生和科幻文学中心的数次迁移，都符合这个规律。

而今天，中国社会的腾飞已经到了"这个份上"，更不用说中国的"科技之都"深圳。

近十年是中国科幻文学发展最迅猛的十年，一批八零后、九零后甚至零零后新锐作家不断涌现，他们视野开阔，感觉敏锐，信息丰沛。他们毫不客气地将中国科幻文学的大旗从我们这代人的手中夺走，扛在了他们年轻的肩上。"中国科幻新锐系列"经过了层层筛选，代表了国内科幻作品一流水平。他们是新一代中国科幻作家中的佼佼者。

在这一代新锐科幻作家群中，常年在科技创新第一线的工作者居多。这种现象在当代中国科幻圈相当普遍。浸润于高科技环境，曾在 IT 行业或其他前沿科技行业工作多年，这些经历让这批作家能够站在与众不同的科技视角来审视未来的技术发展。在他们的作品中，往往有出其不意的科幻创意，极具震撼力和冲击力，又完全符合科学理性。当他们带着这些点子进入科幻创作领域，就会打开阿里巴巴的宝库，写出夺人眼球的优秀作品，给读者呈现一场科幻盛宴。

　　深圳这个城市本身就很科幻，很新锐。深圳经济特区自建立以来，在四十多年的岁月里，一直在大笔书写着一个个传奇故事。金融之都、创新之都、粤港澳大湾区中心城市之一，这座城市四十多年的成就，本就是一部科幻色彩浓郁的华丽篇章。在深圳这片日新月异的热土上发展科幻产业，拥有无可辩驳的天然优势。

　　深圳作为中国独一无二的未来都市，凭借得天独厚的科技资源优势，已经汇集了大量的科幻从业者，包括全国唯一致力于科幻发展的公益基金——"科学与幻想成长基金"，该组织自2015年起每年举办"晨星杯"中国原创科幻文学大赛，为国内科幻发掘、培养了一大批以本土作家为主的优秀新锐科幻青年作者。我身为该基金的督导，对他们这种锲而不舍的坚持十分感动。中国需要这样的科幻组织。

　　继组织"晨星杯"中国原创科幻文学大赛之后，科学与幻想成长基金又与深圳出版社合作，适时推出"中国科幻新锐系列"丛书。相信这套丛书能够加强深圳本地科幻力量的交流协作，为科幻事业提供优秀的文字基础作品，也为新锐科幻作家的作品推广和IP运作提供一个良好的平台。假以时日，它一定能成为中国有影响力的科幻出版品牌，成为大家认识和了解中国新科幻的第一站。

　　长江后浪推前浪，新锐科幻力量必将引领中国科幻走向下一个辉煌。

王晋康于深圳

2024年9月

目 录

光
梦

✳ 1 ✳

采样结束的时候，叶默还是忍不住抬头张望。

井里的光柱仍在源源不绝地喷向天空，为锈红色的世界增添了一抹绚丽的风景。若是站到里面，仿佛就可以扶摇直上，乘光逐星，尽管清楚只是幻想，叶默仍然每次都会有这种想法。

风景虽然引人注目，但他要找的不是光柱，而是某个小巧得多、灵敏得多，绝不应该出现在火星的东西。

过了片刻，手环的计时提醒响起，叶默提起样本，走向实验舱的大门。

他把采集的深层土壤样本放在箱子里，留给机器人来收拾，然后通过气密门，进入紫外光消毒、静电除尘的过道，最后进入清洗间。

叶默一件件脱掉宇航服，因为有内置微型空调，脱下来反而感觉比穿着更热，好在走进浴室，凉爽的水立刻就扑面而来。

水很珍贵，在地球上就被天天教育节约用水，到了火星更是如此，浴室舱壁上浮现淋浴水量，提醒他这点愉悦持续不了多久。叶默叹了口气，一出去，就得开始那套让他怀疑人生的认知力检查程序。

他对着镜子仔细检查自己，没有异常，镜中疲惫的人和清晨钻出被窝的人是同一个，也没有听到鸣叫声，该说是走运吗？
但他又有点失落。

出了浴室，叶默换上自己的衣服，深深吸气后，走到房间另
一头的大屏幕前。

"实验区轮值成员，叶默。"他报出自己的职位和姓名，
"二二九号实验任务完成，可以进行认知力检查。"

屏幕上出现一个清秀的马尾女孩，二十七八岁，戴着圆框眼
镜，虽然那只是装饰的镜框，但配上婴儿肥的脸颊，显得她特
别亲切友善。

"心理状况监督员，邱苏雅。"马尾女孩同样报出职位和姓
名，"确认开始认知力检查，叶默，请回答我接下来的测试题。"

"好。"

"你所处的位置是在哪里？"

"火星，奥林帕斯山南侧潘博彻坑，荧惑二号永久基地。"

"今天的日期是？"

"2035 年 2 月 17 日。"

"你所执行的任务是？"

"采集奥林帕斯山口岩石样本，分析地质构造，研究光井。"

这都是惯常问题了，每隔一天就会被问到，从实验舱出来
后，首先要确保的就是对身份和所处环境的认知没有混乱。在
这个仅有六人却要维持一年运作的火星基地，假如有人突然以
为自己身在刚果丛林，或者以为自己是夜店最靓的仔，那麻烦
可就大了。

"抓红球。"

屏幕上出现三个不同颜色的小球，它们漫无目的地乱飞，叶默停顿了一下，伸手点了下红色小球。

邱苏雅又给他出了几道数学题和我画你猜的小游戏，后者包含了基地里一些应急处置的规章，叶默都一一正确回答。测试逻辑思考和空间方位还有手眼协调能力，这些都可能受光井的影响而失控。

"嗯嗯，今天状态很好嘛。"邱苏雅点头，"再问一个问题就可以了，我想想，对了，咱们基地的几个小宝贝叫什么名字呀？"

"菜菜，豆豆，瑶瑶。"

"还有一只呢？"

明明只有三只，叶默愣了一下，但马上就明白过来是她故意的捉弄。

"伊伊。"

邱苏雅扑哧一声笑出来，叶默也跟着笑了，还没来得及说什么，屏幕忽然又挤进一个窗口，里面摆着一张气冲冲的脸，正是被取笑的主角。

"邱苏雅！你们又说我是猩猩！"鱼亦伊对他们两个喊。

"没有啊，我怎么会说你坏话，明明是指的西隅，叶默故意说你名字。"

"是吗，那我去跟西隅说，晚上和她一起打你。"

"别呀，我错了错了。"

鱼亦伊的镜头有点歪，还能拍到被玻璃墙隔开的另一半，三只黑猩猩正在里面打闹，其中一只走到玻璃墙面前，做了个很逗的鬼脸，还对着镜头挠裆。叶默觉得那只好像是豆豆，不管跟猩猩们相处多久，他都不怎么认得它们，也实在搞不懂鱼亦伊咋就认得那么准。

"好了，都正经点，测试做完了就赶快出来，清洁舱离实验区域近，待久了不好。"队长孙国云的窗口也插入了谈话，他本人正在驾驶全地形车，完成潘博彻坑的周遭勘探，隔着厚重的宇航服，声音都有回响。"叶默，手环要随时戴着，别快到任务周期结束就忘了规定。"

"OK，我记得老郭还在培养区穹顶修供暖管线吧，我去帮帮他。"叶默戴上手环，打开基地的平面图，几个队员的位置都用光点标注在上面。

负责维护基地设施的郭辰确实在培养区，那里是种植果蔬和进行火星栽培实验的场地，近一年的火星生活能随时吃到新鲜的蔬菜，都要归功于这片独一无二的菜地。

"希望下个月的换班成员有带够后备组件吧。"邱苏雅一边上传叶默的认知力评估报告，一边叹气道，"这破基地三天两头出故障，靠人力维修实在太麻烦了。"

"毕竟是第一个火星永久基地，问题多难免的。你是没去过第一个月面基地，广寒一号，那才叫高处不胜寒……"孙国云回复的声音忽然变得模糊，叶默以为是他的信号变差了，车子离基地远了常通信不畅，但忽然间，整个房间都黑了下来。

"孙队？邱苏雅？"叶默叫了两声，却只听得到自己的声音，屏幕也没法激活，应急灯赤红的光阴森森地在墙角闪烁。

又停电了。

正如邱苏雅抱怨的，基地这段时间经常出状况，各种大大小小的设备故障，比如马桶堵了，淋浴不出热水，或者气密门关了就打不开，打开就关不上，还有就是停电。

生活上的麻烦尚能忍受，实验被停电搞坏，大家就该疯了。叶默做的地质矿物分析还好，样本多不怕浪费，鱼亦伊的果蝇和培养基就麻烦得多，每次停电，她都焦虑症发作，一遍遍检查生物箱的备份电源。

叶默想摸黑找到凳子坐下来，却感觉黑暗中一片轻柔拂过鼻尖。

他抬起手，落到掌心里的触感，是鸟儿的羽毛。

叶默的心剧烈地跳起来，他颤抖地捻着羽毛尖，不管多使劲，那片羽毛的触感都不曾消散分毫，很细，很绒，是比鸽子还小巧的鸟类。

房间响起鸟儿的啾啾声，清越弄风，婉转如诉，令他想起一个不可能忘却的人。

叶默望着身前的黑暗，他什么都看不到，但是他知道那里有人，仅仅几步之遥，他无比渴望喊出她的名字，却也无比害怕得不到回应。

是她。

"媛媛？"他到底喊了出来。

没有动静，鸟儿也忽然寂静，他握紧了羽毛，几乎想冲过去。

一声叹息传来，穿过浓厚的黑暗，落在他的心头。

灯忽然亮了。

叶默被灯光刺眼得举手遮挡，过了片刻才慢慢放下来，清洗间和停电前一样空旷，除了他没有第二个人。

"叶默！听得到吗？"孙国云重新上线，"基地是不是又停电了？刚才你和邱苏雅的通信都断了。"

"对……停电了。"他还有些恍惚，手环上有个什么图标在闪，没等他看清，图标就消失了。可能是信号不良的提示，他想。

"孙队，叶默，你们那边还好吗？"邱苏雅的声音也出现在耳边，"叶默，你刚才——"

"我们没事。"孙国云打断了她的话，语气有点冲，背景里传来全地形车越过高坡重重落地的闷响，"我马上回来，叶默去和郭辰修供暖管线吧，邱苏雅你那边的评估报告赶紧重发一份，都抓紧时间。"

"好，我马上过去。"虽然不知道孙队为什么不高兴，但叶默觉得他不是冲自己发火，简单地答应了一声，就朝连接其他舱室的气密门走去。

路上他张开握紧的拳头，掌心空无一物。

✴ 2 ✴

　　荧惑二号的建立时间并不长，开展火星基地计划以来，一共十二枚无人运输火箭相继发射，跨越一亿七千万千米，将两千吨载荷运到这颗铁锈之星。它们不但安全进入了火星大气层，而且准确降落到火星乃至全太阳系最高的山峰顶部，误差都控制在百米级，如此浩大又纤细的工程，凝聚了人类顶尖的技术。

　　之所以选择奥林帕斯山，选择太阳系之巅，就是为了研究光井。

　　"你说，基地建设时都平平安安，怎么我们现在就霉运连连呢？"

　　叶默把替换的管线套口递给郭辰，他们两人已经在穹顶外忙活半天了。趴在光滑的塑料外壳上，叶默把安全绳抓得紧紧的，郭辰则轻快得多，在网绳间灵活移动着，他们下面就是一大片绿油油的试验田。

　　除了他们，还有两台蜘蛛般的自动维修机器人在帮忙，大部分常规工作都能交给它们，但涉及重要的环节，还得郭辰这名专业工程师出手。

　　"奥林帕斯山是希腊诸神的居所，大概是我们这些凡人擅闯了神的领地吧。"郭辰接过套口，半开玩笑地说道，"况且，这地方还真有点不可思议。"

他们所在的火山口高出火星基准面十八千米，巨大的干冰云海铺展成苍色的平原，倒悬在他们头顶，一眼看不到尽头。每当仰望，叶默都会有错觉，好像干冰云是另一重穹顶，把火星罩在里面，他们倒挂在奥林帕斯山的边缘，随时都可能跌入云海。

这景色确实壮丽到超乎想象，但叶默清楚，郭辰口中的不可思议指的是另一件事。

"你是说光井吗？"

郭辰点点头："光井正适合奥林帕斯山巅，这样的地方，是应该有些不得了的东西。"

"地球上也有。"

"对，但是……"郭辰停下手里正拧着的扳手，若有所思，"火泉的光井和奥林帕斯的不一样，那不是个讨人喜欢的地方。"

"我没去过那里。"

队伍里只有孙国云和郭辰在火泉的火星模拟基地培训过，也只有他们年龄在三十岁以上，比起还年轻的叶默和三个女队员，他们更有经验，也更沉稳可靠。郭辰不像孙队随时绷着脸，态度要和蔼得多，像是他们的老大哥，所以叶默很喜欢和郭辰聊天。

"没去过最好，反正不是什么好事，有保密条例的，我不多说了。"

"我知道。"对光井的研究是机密，他们启程前都签了保密协议，叶默来了近一年，所了解的也仅限于两个星球的光井存在某种关系。

正是追踪着光辐射的路径，人们才定位到潘博彻坑这个地方，每当光井爆发，火泉的井和奥林帕斯的井就会搭建起光辐射的通路，宛如北欧神话里通贯九界的彩虹桥。

"你研究了这么久的光井，有没有发现什么外星人的证据啊？"郭辰换了话题，他拧紧螺丝，往上爬了一段，继续安装另一处套口。蜘蛛机器人接过他剩余的工作，通过套口的预留孔往里打气，测试套口的密封性能。

"有就好了，我就成学术界名人了，下半辈子不愁吃喝。"叶默笑笑，"现在所有的取样都没发现人造物的痕迹，光井神奇是神奇，但多半只是自然的鬼斧神工。"

"哦？那为什么地球和火星上会同时出现光井？"

"主流观点是陨石。"

"先撞上火星，再撞上地球？"

"准确地说是先分裂，一块直径超过五千米的陨石，它是由某种……特殊物质，暂且这么称呼吧，由特殊物质组成的。它有放射性，硬度超过火星的地壳，可以发出极强的光辐射，它从太阳系外进入，途经火星时因为潮汐力碎裂了，大的部分在奥林帕斯山以东三百千米外进入大气层，最后砸到山顶，砸出我们所在的潘博彻坑。小的部分借由另一半的牺牲脱离了火星重力圈，又在半年后被地球抓住，在亚洲坠落，那时候连特提斯洋都还没出现。"

"什么时候能挖出陨石呢？"

"我们反正没戏，连大型的钻井勘探设备都没有，现在最多是取样浅表层岩石，做地质年代分析，再看看光井的辐射有没有造成什么影响。"叶默也有点无奈，"作为第一批来的队员是很光荣，但是条件还支撑不了大的研究，也不知道最后的成果会落到哪个幸运儿头上。"

"常规研究也够你折腾的。"郭辰还是一如既往的乐观，他终于安装好了最后一个套口，拎着换下来的旧管线，滑到叶默身边，拍了拍他肩膀，"多少人想上火星还来不了呢，你已经是千挑万选的人才了，以后有的是机会。"

"光井就在咫尺之遥，和它相比，火星别的东西都黯然失色，想想还是挺不甘心的。"

"要是听了你的话，我儿子也会跟你有同感吧。"

"是吗？"

"那小子，总认为火星上住着外星人，知道我要去火星，非要我给他带点外星人的东西，还一定要拉钩发誓。"郭辰摇头，"就不该让他看那么多科幻动画片。"

"哈哈，说不定有天他也会成为宇航员，那个得到研究成果的幸运儿就是他。"

"嗯，他还真崇拜我，觉得飞到星星上很了不起，也想坐火箭，可是……唉。"

郭辰对着遥远的苍色天空叹了口气，面罩都变得模糊，叶默看不见他的表情，只能听出他的语气变得低沉。

"我走的时候他生病在医院，没好好跟他道别，而且近一年没见面，那小子肯定生我气了。"

"还有半个月就能回去了。"

"是啊，还有半个月，到时候得好好看他长高了多少。"

他们的工作已经完成了，余下的管线让两台蜘蛛机器人检查就好，郭辰在前，叶默在后，两人顺着网绳往下爬。

快到地面时，郭辰本来只消轻轻一跳就能落地，跳的时候却突然歪了一下，像要躲避什么似的，叶默看见他扑倒在地，工具也飞散出去。

"老郭！"叶默赶紧去扶他。

"没事，崴脚而已。"郭辰摆摆手，在叶默的帮助下站了起来，有些龇牙咧嘴的，"又出现幻觉了，看到一个什么小动物跑过去，给我吓一跳。"

"你最近老是在实验区那边维修，受影响有点大。"叶默把散落的工具捡回来，替他放回手提箱。

"还好，没有出现三级幻觉，你待的时间比我久，更要注意。"

叶默本想说好，可是立刻回想起几个小时前在清洗间发生的事，一时说不出话。

就在此时，他和郭辰的手环投影同时弹出孙国云的窗口。

"所有队员，十五分钟后在中心舱二层集合。"孙队的表情十分严肃，"我有重要事情要讲，不能迟到。"

✳ 3 ✳

中心舱是他们生活起居的主要场所，也是荧惑二号最大的一座有氧舱，分成三层，整体呈半圆形，因为使用了大量的碳纳米管材料，轻盈得仿佛一个巨型肥皂泡，同时又坚固得足以抵御足球大小的陨石。

叶默曾亲耳听到过陨石撞在中心舱顶部的声音，那是他刚来不久的一个夜晚，还对异星环境感到不安，常常做基地破损失压的噩梦，陨石像团滚雷把他从梦里砸醒，警报声随后响彻荧惑二号，但经过检查，舱壁只有肉眼几乎看不出的擦痕。

从那之后，叶默一直睡得很安稳。

从中心舱延伸出去四个区域，分别用作实验、存储、能源和栽培，透过玻璃幕墙望出去，火箭起降区有整整十三枚火箭，像十三根巨大的银色长矛插在奥林帕斯山上，十二枚是运输火箭，还有一枚是可多次使用的载人火箭。

半个月后，他们将乘坐它升入一千七百千米的同步轨道，与前来迎接的心宿号飞船对接，然后与火星作别。

"怎么鱼亦伊还没来，通信窗口也没上线。"孙队不满的声音把叶默拉回眼前，用于开会的中庭已经站了五个人，唯独缺少鱼亦伊的身影。

"不知道啊，我刚才都特意提醒她了。"邱苏雅也有点着急。

"该不会是又陷进幻觉里了吧。"西隅打了个哈欠，身为荧惑二号的全科医生，她却总是睡眠不足的模样，"上次开会她不就一直没来吗，最后发现她在给猩猩讲波兰语。"

"对啊。"邱苏雅附和道，"她好像很容易出幻觉，西隅我跟你说噢，如果她说我在背后讲你坏话——"

一层忽然传来了奇怪的动静，好像大号蜜蜂在嗡嗡嗡，过了片刻，又响起了有人穿着拖鞋狂奔的脚步声，紧接着他们就听到鱼亦伊大喊："瑶瑶别跑！"

一架无人机从楼梯口升了上来，嗡嗡的声音就是它发出来的，平时郭辰用它来检查不易攀爬的基地角落。一只穿着粉红色连衣裙的黑猩猩跟在无人机后，兴奋得上蹿下跳，手里还抓着遥控器。

鱼亦伊气喘吁吁地爬着楼梯，边爬边叫他们快拦住猩猩。

瑶瑶先是从郭辰身边经过，才崴了脚的郭辰扑了个空，邱苏雅又怕无人机撞上她，吓得直往西隅背后躲，叶默和孙国云一左一右，才堪堪把猩猩堵住。

孙国云从瑶瑶手里夺下遥控器，控制无人机降落在桌子上，叶默则把瑶瑶提了起来，免得它再去乱碰东西。

"哎哟喂，我追了半个基地都没逮到它，气死我了！"鱼亦伊累得上气不接下气，看见被叶默抓获的猩猩，对着它一顿骂，"臭瑶瑶，今晚一根香蕉都不给你！"

邱苏雅和西隅已是笑得直不起腰，郭辰也在摇头苦笑，叶默也快憋不住笑意，眼看气氛全没了，孙国云用力咳嗽了一声：

"都严肃点！"

收好无人机，又把疏于看管的鱼亦伊教训了一番，会议才正式开始。

"宇航总局刚刚发了份紧急通知，关于光井的。"

一听到光井两个字，刚才还一派轻松的大家，立刻都收起了笑容，瑶瑶爬到了叶默肩上，好奇地观望着他们。

"火泉的光辐射在过去一周出现了明显增强，已经超出了正常波动的范围，和地火大冲的轨道趋势越来越接近。"孙国云把相应数据发送到他们的手环里，在图形化界面上，叶默看见曲线一路飙高，像七连涨停的超级牛股，另一个窗口里，地球和火星正缓缓绕过太阳的阻隔，迎来两年一度的盛大重逢。

"根据过往的经验，奥林帕斯的光井也会产生变化，因为面积大很多，辐射增强的程度也可能超过火泉。"孙国云继续讲道，"宇航总局指示我们要提升安全意识，严防隐患，靠近光井区域的工作，时限要缩减百分之三十，特别是叶默和鱼亦伊，你们看看手头的项目，有风险的就先放一放，还有郭辰，光井区附近的管线就先关掉。"

"那个，幻觉会变严重吗？"鱼亦伊有点紧张地问。

"是啊，刚才我就被幻觉搞得崴了脚。"郭辰同样表达了担忧，"就算不靠近光井，我们也会有一二级幻觉，看到物体变形或者动物，如果辐射一直增强，会不会更加严重？"

孙国云点点头："我考虑过这一点，大家先不要恐慌，目前为止，还没人出现三级幻觉，只是一二级的认知失调，引发事故的风险不算大。除了刚才的方案外，我会在下周关闭光井的密封槽。郭辰，密封槽的安装已经完成了吧？"

"完成了，随时可以关闭。"郭辰点头确认。

"我可以给你们一些镇定类的药物。"西隅边说边打哈欠，"但最好有症状再服用，然后脑部 CT 的例行扫描可以提前，发现谁成了疯子就把谁关起来。"

"真的出现失控队员，采取强制措施也有必要。"孙队没否认这个可能性，"我再强调一遍，一旦出现二级幻觉，要马上报告我和邱苏雅。"

多半是心虚使然，叶默觉得孙队说这话时重重地看了自己一眼。

"总之，这次任务周期快要结束了，今天也收到了心宿号的通信，下一批队员已经从冬眠中苏醒，正在准备交接工作，大家坚持完这半个月，就能踏上回家的路了。"

交代完这些，孙国云又部署了一些细节，特别和郭辰提到电力保障的事，之后会议就结束了。孙队没找自己单独谈话，或许是清洗间的失态确实没被发现，叶默悄悄松了口气。

瑶瑶从头到尾一直蹲在叶默肩上，鱼亦伊要带走它的时候，它抱着叶默死活不撒手。

"没办法，叶默你跟我回去吧，瑶瑶缠上谁就一时半会儿不肯放的。"鱼亦伊伤脑筋地揉揉头发。

"好，反正我暂时没事。"新采集的岩石样本还要等质谱分析仪走程序，叶默觉得去鱼亦伊的实验室看看也不错，他有段时间没和几只猩猩打招呼了。

✷ 4 ✷

他们拿上无人机，下了楼，沿着长长的透明隧道往实验区走。此刻火星正迎来日暮，但因为山顶巨型干冰云的存在，地平线的阳光被反射下来，反而比之前还亮一点，三千米高的火山口峭壁投下稀薄但辽阔的阴影，他们就在这天光和壁影的叠映里行走着，仿佛爬行在巨人脚印坑里的蚂蚁。

"亦伊，你最近也幻觉变多了吗？"

"嗯嗯，我觉得我本来就很焦虑，天天担惊受怕的，可是跟西隅说她只会笑我。"鱼亦伊有点气鼓鼓的，"西隅自己有幻觉都不知道，有两次我晚上路过医务室，还看见她对着空气吃炸鸡喝奶茶。"

"幻觉里的炸鸡奶茶，听着也不错，吃爽了还不会长胖。"

"可是我害怕啊，万一有人陷进三级幻觉怎么办？我最近都不敢看电影，就怕出现有电影里反派坏人的幻觉。"

"那不至于，光井给人造成的幻觉都是正面的。"

"我知道，一级是看到想要的东西，二级是实现自己想做的事，三级是见到自己想见的人，这根据心理欲望层次来划分，越高级的幻觉越复杂。"

"我们几个想见的人，无非就是亲朋好友吧，就算出现了幻觉，也不可能有什么危害。"

"我可受不了，你想啊，一个好端端的人，突然对着不存在的幻影嬉笑怒骂，那不是精神病嘛，孙队应该准备电击器和专门的笼子才行。不过，真有人出现三级幻觉的话，倒是可以给我当研究对象。"

叶默已经不敢吭声了，只沉默地听鱼亦伊抱怨个不停，瑶瑶发出哦呼哦呼的喊声，高兴地拽他头发。生物实验室很宽阔，同样得益于高性能材料，设计者们能直接搭建一个单独的穹顶用于科研。这里几乎是个小号版的中心舱，同样分成三层，鱼亦伊把整个第一层都用作猩猩们的活动场所，在里面放了几个攀爬的支架和各种玩具，叶默甚至看到一个郭辰帮她用橡胶圈制作的秋千。

菜菜和豆豆正在舱室里玩得不亦乐乎，看见瑶瑶和鱼亦伊回来，立马跑到他们面前，菜菜手里还举着什么，一定要鱼亦伊看。

"这是什么啊，你自己种的吗？"鱼亦伊从菜菜手里接过那盆小小的多肉冰莓，肥厚的绿叶之间，绽放着霜凝般的淡粉，"好漂亮，菜菜真乖。"

"菜菜种的多肉不错啊。"站在一旁的叶默都能嗅到冰激淋一样香甜的味道，"奇怪，我还不知道多肉能这么香。"

"这是经受过辐射发生变异的实验植株，大部分都长得奇形怪状，这个算少有的优良变异吧。"

被夸奖的菜菜很不好意思地挠着头，和爱折腾无人机的瑶瑶不同，它的兴趣就是养多肉，每次过来，叶默都会看到它拿着个小铲铲，特别文静地侍弄花草。

"豆豆要干吗？平板电脑？啊，你又想让我给你找母猩猩的视频，看点健康的动画片行不行？！"

被骂了的豆豆很委屈地拿着平板电脑走了，经过菜菜的小小花围时，还偷偷朝里面吐口水。瑶瑶这会儿终于从叶默肩上跳了下去，跑向它那一堆飞机模型，因为它太喜欢拼飞机，郭辰的3D打印机经常被用来给它打印零部件。

"你坐吧，我找点喝的给你。"鱼亦伊把无人机放回架子上充电，又把遥控器藏到柜子抽屉里。

"你这几个娃都成精了，地球上的普通猩猩哪会整这些好活。"叶默在乱糟糟的玩具中间扒拉出个小板凳，"是你教子有方还是它们天资聪颖啊？"

"是光井的影响，猩猩们在辐射下都会变得特别擅长自己喜欢的事，我记得刚来的时候，瑶瑶只会捏泥巴，菜菜扯花瓣玩，豆豆，嗯，豆豆好像还是到处吐口水和对着母猩猩发情。"

"它还会做鬼脸。"

"不是吧，我从来没教过它，它自己也不会啊。"鱼亦伊有点诧异地把速溶咖啡递给叶默。

"今天我才看到它做鬼脸，就是停电之前。"

鱼亦伊和叶默一起把目光投向豆豆，它百无聊赖地坐在地上，挠了半天屁股，然后点开平板上的搜索栏，用笨拙的手指画着什么奇怪的符号。叶默看了半天，觉得那很像压扁了的"母"字。

"你要说它自己学会找猩片，我信。"鱼亦伊嘟嘴。

叶默笑着喝了口咖啡，有点酸，但比他想象中好。

"你说，这会不会是它们陷在二级幻觉里的表现？就是当园艺师和飞机设计师？"

"那只是它们喜欢的事，就像人类有不同的爱好一样。"

"对猩猩来说，这些爱好未免过分专业了。"

"但对人来说很正常。"

"什么意思？"

"它们的幻觉并不是具体做某件事，"鱼亦伊的语气变得奇妙地柔和，"在幻觉里，它们认为自己是人类。"

叶默看向她的眼睛，那里面没有开玩笑的意味。

"随你信不信，豆豆已经会用一些简单的词汇短语跟我沟通了，地球上也有不少聪明猩猩，它们会算数，会制造工具，但是语言逻辑能力……"鱼亦伊轻轻摇头，"我有种想象，如果把它们留在荧惑二号，时间足够久，它们说不定能在短暂一生里走过人猿到人类几百万年的历史。"

"那是你希望发生的事吗？"

"对啊，作为生物学家，见证猩猩向智慧物种跨越不是非常激动人心的事吗？"

"我懂。"叶默想起和郭辰的谈话，他也有类似的心愿，就是探究光井的真面目和起源，但恐怕和鱼亦伊看到猩猩进化的愿望一样不靠谱。话说回来，假如猩猩们真的在光井影响下拥有了人类的智能，它们也称得上货真价实的火星人了。

"你的幻觉呢？"

"我啊，我会看到一只青色的鸟。"

"鹦鹉？"

"文鸟，它也会学人说话。"

"哦，那挺好，你还能撸鸟。"

瑶瑶从放飞机模型的柜子跳到了花圃里，不知为何，它好像对菜菜的一棵小杏树起了兴趣，只见它用手指按一下树枝，然后放到嘴里舔一下，不断重复着这个动作。

"是以为有蚂蚁吧。"鱼亦伊见怪不怪了，"它们的幻觉也有一二级之分，有时候玩空气玩具，有时候吃空气蚂蚁，感觉跟西隅吃炸鸡的样子好像，哈哈哈。"

豆豆在边上看了会儿，也走到瑶瑶身边，有样学样地吃起空气蚂蚁。"这还能传染的吗？"叶默看笑了。

"猩猩本来就喜欢模仿，哎，我总觉得是瑶瑶把豆豆教坏的。"

准备离开的时候，菜菜突然跑过来，像送鱼亦伊多肉一样，把一包种子送到叶默手里。

"这个，不是杂交培育舱里的实验种吗？"叶默拿起种子，包装外面印着条形码。

"没事，反正我有很多株，数量那么多，全是机器在自动筛选。"鱼亦伊看了看，"这个好像是菜菜自己培育的，你就收下吧，说不定会长出地球上没有的稀罕品种，不过要是回去时被宇航总局没收，那就没办法了。"

在菜菜亮晶晶的黑眼睛注视下，叶默小心地把种子放进了内侧口袋里。

✳ 5 ✳

荧惑二号上的日子过得比叶默预想的快，起初他参加这个计划，其实就是冲着整整一年的火星生活，以及十个月的往返路程，他想利用这段时间逃离窒息的生活，逃离魂牵梦萦的那个人。

万万料不到的是，到了火星，心魔以另一种形态卷土重来。

起初在采样区看见啾啾，他觉得自己疯了，那藏青色的纤细身影在采样区之上盘旋，绕着光柱一圈圈飞舞，清脆的鸣音和回忆里别无二致，甚至更加动听。

他追逐的除了鸟儿，还有鸟儿的主人，他想跟着啾啾见到她。

那么多次，他丢了手头的事，着魔般追逐它，却不曾有一次成功。

这一年来，叶默渐渐习惯了啾啾的陪伴，每当他进入光井，总是先寻找小鸟，如果能听到那轻灵的歌谣，心情就能愉快一整天。

叶默的幻觉止步在二级，他从来没见过贾媛，虽然一开始失落，后来却又认为这是件好事，一方面他不必再面对贾媛，面对过去的种种回忆纠葛；另一方面，出现三级幻觉是必须上报的，叶默不希望影响到任务，更不希望被其他人用提防的眼神看待。

叶默以为这种状况会持续到返程，但发生清洗间事件后，他一直无法释怀，和之前遇到啾啾不一样，身处那片浓郁的黑暗中，他真的感觉贾媛就站在面前。

火泉的井在变化……奥林帕斯的井也一样……

或许是光辐射的增强让他的幻觉也在加深，总之，在会议过后，叶默都尽量减少去采样区。如果远离光井，就不会再出现那种事，至少他是这样安慰自己的，而且科研项目基本完成了，用不着再采集新样本。

停电仍时不时发生，郭辰天天忙得焦头烂额，因为基地的能源供应设计太复杂，他自己没法找到故障根源，只能头痛医头脚痛医脚，再加上大量管线更换，实在处理不过来。

超负荷工作把郭辰折腾得够呛，他长期精神不佳，有几次走路还摔跟头，孙国云看不下去，任命叶默当临时工，替老郭扛了一部分麻烦。不过随之而来的，就是叶默不熟悉维修而惹出来的新问题，鱼亦伊有两次都跟他抱怨试验田的氧气浓度太高了，会把土豆变酸，叶默也只能挠挠脑袋赔个不是。

即使刻意避开光井，又把自己丢到忙碌事务里，叶默还是明显感觉到辐射增强的影响，哪怕在中心舱，他也会听见啾啾的叫声。

除此之外，他还出现些奇怪的幻觉：小物件自己移动；手边的东西不翼而飞；夜深人静的时候，中心舱传来诡异的奔跑声。

孙国云好几次在队内通信问谁拿走了他最喜欢的纪念版太空笔，后来却很奇怪地在柜子缝里找到；西隅也说自己衣服被人摸了脏手印，那手印明显比人小很多，自然大家就把矛头对准了鱼亦伊的三只猩猩。尽管鱼亦伊一再答应把猩猩看严，这些事发生的频率却并未降低。

邱苏雅似乎也比往常疲惫了许多，除了每天给其他队员做认知力评估，她还要整理全队人的心理记录，留待以后的火星小队充当第一手资料。

"叶默，你有没有感觉基地闹鬼啊？"某天在餐厅吃夜宵，只有他们两个人的时候，邱苏雅突然问他。

"有啊，半夜听到有人在跑，东西会消失，莫名其妙的。"叶默往嘴里舀着土豆泥。

"啊，原来不止我一个觉得在闹鬼啊。"邱苏雅如释重负，但很快，她又唉声叹气起来，"光井的影响真的有点厉害，要是出现三级幻觉，看到喜欢的男星，我怕是走不掉了。"

"幻觉而已，再过一周我们就回去了。"

"说得也是，让下一批人来发神经吧，不过我还是有点闹不明白，为什么我们会出现相同的幻觉？"

叶默摇摇头，他注意力全在土豆泥上，确实如鱼亦伊所说，土豆都变酸了。

这几天唯一值得庆幸的事是，他们和心宿号上的替换队员聊了不少，后者的精神面貌比他们强多了，一个个斗志昂扬，回想刚来的时候，自己也和新人们差不多，叶默不禁露出笑意。

当天晚上，他照例帮郭辰做了一堆力所能及的工作，本来还要布置临时管线的控制阀，但郭辰说累得不行了，就推到了明天。

叶默躺在床上，浑身酸疼，睡得不是很踏实，半梦半醒间听见啾啾扑翅膀的声音。

他听了一会儿，渐渐觉得奇怪，啾啾很少这么久不叫，除非有人在逗它。

叶默睁开眼。

一个纤瘦的身影站在他床边，白裙翩翩，一双凤眼里似有星河流转。

叶默呆住了，他脑子里什么都没有，完完全全地空白。

那身影和他静静地对视了会儿，一句话没说，突然转身朝外面走。

叶默仍然没动，因为实在太过震惊，直到那身影消失在门口，他才恍然惊醒，赶紧掀开被子，也顾不得形象，套上裤子就冲了出去。

那身影走得特别快，叶默没穿鞋，只能跟跟跄跄跟在后面，随她出了住宿区，下到中心舱一层，在火星的夜色笼罩下，仿佛正上演一出追逐幽魂的戏剧。

我是在梦里吗？一路上，叶默不断自问，我是不是在光井编织的美梦里？

他不知道答案，他只知道，如果这是一场梦，他愿意拿一切去换永远不醒。

不知不觉间，叶默跟着对方走了一大段路，回过神来，他发现自己正在采样区外的环形走廊里。

一周不见，光井的喷流确实比原先强了不少，环形走廊被它照得有种梦幻般的柔和。叶默联想起大学时去海底隧道玩的经历，那是他第一次鼓起勇气约贾媛，也是他这辈子都无法忘却的时光。

那身影终于不再逃离，她站在玻璃墙前，像在凝望另一侧的光井，镀上光晕的侧脸，一如叶默记忆中的那样动人。

嘴里忽然品尝到咸味，叶默这才发觉，自己不知何时已泪流满面。

扑翅声再度响起，啾啾从他发梢掠过，飘落一片绒羽，叶默抬手接住，盯了几秒钟，心里酝酿起好多要说的话。

然而当他抬头，她却不见了。

叶默一时傻了，他走到她刚刚站的位置，四处张望，不知所措，环形走廊里只有他一个人的影子。

如果不是余光看见有个人影在动，叶默可能会当场崩溃。

那并非刚才勾走了他心神的幽魂，而是更有实质、动作也更笨重的真人，穿着厚实的宇航服，正往光井搬什么东西，采样区的气密门是打开的，却没有亮灯。

叶默呆呆地看了会儿，忽然意识到，基地又断电了。

虽然心头仍挂念贾媛，但叶默的注意力已经转移到光井边忙活的神秘人身上，他蹑手蹑脚往气密门走去，打算瞧瞧这人在搞什么名堂。

快到气密门边上时，叶默不小心踢到了一堆更换下来的管线外壳，随着外壳哗啦啦散落，寂静顿时被打破。神秘人猛地回头，隔着环形走廊的玻璃，和叶默对上了眼，双方都愣了一下，紧接着，神秘人丢下手里的东西跑开。

叶默打开气密门，朝神秘人紧追过去。

对方穿着宇航服，速度没叶默快，眼看就要追上了，叶默却忽然听见"滋——"的一声轻响，这个声音他熟悉，曾经听到过很多次，只是一时想不起来。

一阵剧痛从他肩膀上炸开，叶默的意识就此被掐断。

✳ 6 ✳

醒来的时候，叶默发现自己被绑在医疗椅上。

他挣扎了几下，却发现手腕和脚腕都被塑料绑带捆死了，顿时感到一阵恐慌，如果是医治需要，完全没必要像绑犯人般这么夸张。

"哦哦，动不了哦。"一根手指在他眼前晃了晃，叶默顺着手指看过去，看到西隅的脸，隔着口罩，她的眼睛弯成了两道月牙。

"西隅？这是怎么回事？为什么把我捆起来？"

"你昨晚干坏事被抓到了，就这么回事，对于坏人肯定要五花大绑。"

"干坏事？等等，我本来是在追人的，我在光井附近看到个鬼鬼祟祟的家伙——"

"鬼鬼祟祟的家伙就是你自己。"孙国云的声音忽然响起，而且听着相当冒火，叶默扭过头，看见孙队从医疗舱外大步走进来，一直走到跟前，那张粗犷的脸快要凑到叶默鼻尖上了，"我上周就在怀疑基地频繁停电是有人搞破坏，所以专门叫郭辰把蜘蛛机器人装上电击器，寻思能不能逮住。"

"什么意思？你怀疑停电是我干的？"

"不是怀疑，是证据确凿，你自己看录像！"

孙国云把墙上的屏幕唤醒，开始播放一段视频。叶默看了会儿，发现是蜘蛛机器人的视角，从昨晚他跑到采样区起，就被蜘蛛机器人盯上了。

视频里显示，凌晨三点多的时候，叶默跑到环形走廊里，对着无人的走廊张望，一副丢了魂的样子，然后忽然做贼般蹲下来，沿着舱壁阴影往气密门走，走到半路，因为踢到东西发出动静，立刻开始奔跑，但蜘蛛机器人的移动迅速得多，一下就追上去把他放倒了。

画面定格在叶默抽搐不停的丑态上，孙国云双臂抱在胸口，一副"你还有什么好狡辩"的表情望着他。

"我是在追人！光井边有个穿着宇航服的人，视频里没拍到！"叶默拼命解释。

"你是在追自己的幻觉吧！"

"不是，我很肯定那是真人，他在做的事特别奇怪。"

"不用狡辩了，你一周前在清洗间就出现了三级幻觉，我当时没让邱苏雅问，但是我跟她都知道了。"

"你们是怎么——"

"宇航总局非常严格，除了让邱苏雅这样的心理专业人员入队，还研发了检测幻觉的设备，就是所有人都戴着的定位手环。"孙国云举起右手，把手环展示给叶默看，"我之前说过，地球上的荧惑一号就发生过三级幻觉事故，总局总结了经验，给手环加装了检测佩戴者是否在和人交流的语音检测功能，而手环之间可以感应距离，如果有队员独自一人，又出现了和人交谈的语音，那他就有可能陷入了三级幻觉。"

"但我不可能故意破坏基地设施啊！"

"你当然不是故意破坏，但三级幻觉会让人陷入无意识行动，"西隅接过话，"换言之，你做了什么，自己不一定知道。"

"没有，我一直很清醒，做过什么都还清清楚楚记得。"叶默尤其记得贾媛的侧脸，从跟随贾媛到发现神秘人，记忆并无一丝混乱。

"叶默，你想让我相信有另一个人在搞破坏，可是你现在的模样，有一丁点说服力吗？"

幻觉者的自证清白当然没说服力，叶默深深叹了口气，知道自己无论说什么，都不可能让队长和西隅改变态度。

"至少，你要去调查清楚我追的神秘人是谁吧？先不提我会不会搞破坏而不自知，那人半夜三更在光井出没，绝对没安好心。"

"我当然会查，这个用不着你担心。"孙国云答应，但是叶默明显觉得他没把自己的话放在心上，对他而言，在基地捣乱的罪魁祸首已经成功抓获了，"离心宿号抵达还有一周，你就先在物资区待着，三餐会有机器人送上门，其他人要暂时和你隔绝交流，这是为了集体着想，你也别委屈。"

在西隅做完检查，确定电击对身体没造成什么伤害后，叶默就被孙国云和蜘蛛机器人"护送"到了物资区，关在一间和生活舱差不多但没有窗户的房间。这里安静得像监狱，除了郭辰会来取备份元件，叶默见不到任何人。

　　叶默对郭辰格外有歉意，因为答应帮他分担的工作还没弄好，自己就吃了禁闭。但是郭辰没有把这事放心上，反而趁着拿备份的时候和他说话，叫他别想得太极端，反正几天后他们就会踏上返程。

　　"之前我们在火泉的时候，也有人受了光井影响，看到三级幻觉。"隔着一扇门，郭辰的声音有点闷，"这就是我上次说的保密内容，后来还闹出了人命，幸好这次孙队及时发现了你不对劲。"

　　"有那么严重？"叶默吞了吞口水。

　　"是啊，总局不让我和孙国云告诉你们，就是怕给你们这些年轻人造成心理负担，既然现在你已经有三级幻觉了，我觉得让你多知道一点也没关系，没造成什么大的危害，就已经是万幸了。"

　　"唉，谢谢你，现在说这些也……那什么，管线更换的工作怎么样了？"

　　"还行，我自己干是麻烦了点，但差不多也弄好了。"

　　"采样区的控制阀一个人不好搬，你这几天状态不好，最好叫孙队搭把手。"

　　"他现在忙得要命，忙那些交接工作，回去之后的汇报，反正诸如此类的一堆事，我不给他添乱就不错了。"

　　"老郭，你是不是也不相信我？"叶默忍不住问。

　　门外沉默了会儿："不是不相信你，你没去过火泉，当时那个被光井弄出三级幻觉的人，完完全全丧失了心智，想炸掉光井，害死了好几个队员。现在我们对光井的研究还很少，没人敢说你安不安全，保险一点没错。"

"但如果还有个人出现了三级幻觉呢？孙队有什么策略吗？"

"这我不知道，我只能说，自从你被关进来后，停电事件就没再发生了。"

叶默无话可说了，过了会儿，郭辰的脚步声也远去了。

一切又变得安静，叶默坐回床铺上，抱着脑袋，一遍又一遍地回想那晚的场景。难道停电事故真是自己所为吗？他现在也不禁动摇。

三级幻觉非常危险。无论是出发前的培训，还是来到火星后的警告，这句话叶默已经听了无数次，当初他还不太明白为什么总局会不断强调，觉得只是见到心心念念的人罢了，能有什么危险，现在听老郭说了火泉的事故，他才算懂了缘由。

但那晚出现在他眼前的贾媛，纯洁得宛如天使，要说她诱使自己干了什么坏事，叶默宁愿信自己其实是双重人格，所有坏事都是自己的另一个人格干的。

在禁闭舱的每分每秒都过得无比漫长，为了避免叶默和其他队员交流，孙国云把物资区网络设成了单向的，只能外面联系他，他联系不了外面。

在内心的煎熬与自我怀疑中，时间一天天过去，离心宿号抵达的日子越来越近。

✳ 7 ✳

"可以问你一个问题吗？"

"问吧。"叶默抓了抓头发。

"你幻觉里的人是谁呀？"

叶默沉默了几秒，他不太乐意回答，但眼下邱苏雅是唯一一个愿意跟他讲话的人，她是为了搜集三级幻觉者的心理资料而来的。

"前女友。"

"哦，我猜也是。"邱苏雅有点忍不住笑意，"你在录像里那副失魂落魄的样子，一看就是被甩了。"

叶默本想反驳，可是确有其事，非要嘴硬只会显得自己很傻，他只能长叹一口气，往后仰靠在墙上。

"你们是咋分开的？"

"不是说好了只问一个问题吗？"

"一个问题肯定会引出后面的问题啊。"邱苏雅想了想，"哎，她不会是去世了吧？"

"没有，什么鬼啊，又不是悲情电视剧。"叶默苦笑，"走的路不一样，她出国读研，我做地质研究，也满世界乱跑，时间久了，感情自然就破裂了。说来也怪，在一起的时候还没有很在意，分开了反而一天比一天想念。"

"她喜欢养鸟吗？"

"对，喜欢小小的文鸟，所以我的一级幻觉是看到飘零的羽毛，二级幻觉就是追着鸟儿跑，总想着能跑到她身边。"

"那天晚上，你见到她了吗？"

"见到了，只不过她没有和我说话，反而把我领到光井的采样区，像要给我看什么重要的东西，我就看到那个穿宇航服的人，还没追上，就被蜘蛛机器人电击晕了。"

"嗯，孙队给我讲过了，他说是你瞎编的。"

"你信我吗？"

"我信又有什么用啊，还能把你放出来吗？"邱苏雅有点无奈。

"也是，哎，说不定你就是那个神秘人呢。"

"你可别胡说呀，我很注重睡眠保养的，搞破坏也不可能半夜起来。"邱苏雅哼了一声。

虽然情绪低落，叶默还是被她逗笑了，在被关禁闭的这段时间，他第一次露出笑容。

"你前女友在幻觉里是什么样的啊？你讲讲呗，我还挺好奇的。"

"原来你是为了八卦才来的啊。"

"顺便问一下嘛，心理学方面对光井致幻的记录真的很少，听说火泉的荧惑一号曾经有很严重的事故，但我也接触不到保密内容，跟我讲了你也不吃亏。对了，明天我可以让蜘蛛机器人给你送抹茶味饼干。"

"我才不要抹茶味，而且也没什么好说的，就是会看到人而已。"

"很逼真吗？完全分不出来？"

"比你们还真实，我也有不断提醒自己一切都是幻觉，但看到她之后，还是不由自主追着她。人都以为自己很理智很镇定，但光井这个鬼东西，就是能触到你最不设防的死穴。"

"你还记得我教你们识别三级幻觉的方法吗？"

"记得。抓一件幻觉里出现的东西，握在手心或者放进口袋，如果注意力转移之后它消失了，就代表是假的。"叶默笑着抬起手，"每次我都会抓一片羽毛在手心里，抓得很紧很紧，但是张开之后，手心都是空的。爱情也是这样吧，和幻觉一样虚无缥缈。"

"不得了，被关成哲学家了。"邱苏雅撇撇嘴。

"光井不是让鱼亦伊的猩猩们都变聪明了吗？"叶默站起来活动了一下身体，"我连三级幻觉都有了，难道还不能长进一点？"

"有道理，虽然可能是猩猩本来就比你聪明一点……你后面是什么在发光啊？"

叶默转过身，看到是角落里放的工具箱里有个东西透过没关严实的箱缝发出微弱的光亮，方才他坐着挡住了工具箱，现在站起来就被邱苏雅看见了。

他好奇地把箱子打开，发现居然是一台平板电脑，发光是因为电源不足的警告。

"这哪来的？"邱苏雅惊讶地问。

叶默也一头雾水，但注意到工具箱一角的凹痕，很快便想了起来："我上次不是帮郭辰换试验田的管线吗？他下来的时候摔了一跤，工具箱和身上的东西都掉出来了，我帮他捡，可能把平板也放到了工具箱里，后来郭辰也没发现吧。"

反正闲着也是闲着，叶默点开了平板，本想找点游戏玩，但令人失望的是平板里一个游戏都没装，倒是有许多郭辰在高处维修时拍摄的火星风景。

有些照片还拍得挺有水平，看得出来郭辰有摄影方面的喜好。叶默忍不住一张张翻下去。

翻着翻着，叶默忽然看到了郭辰和他儿子的合影。

"这不是他儿子吗？"邱苏雅说。

"对啊，还挺可爱的。"

大概是太想念只有几岁的儿子了，郭辰就在平板里存了这些照片，虽然知道看别人隐私不好，但百无聊赖下，叶默还是接着往后翻。

郭辰儿子跟他眉宇间有七八分相似，都是圆脸和宽额头，笑起来的样子特别好看，看久了，叶默也不自觉地露出笑容。

翻到下一张照片时，叶默的笑容僵住了。

照片里的郭辰儿子，正做着一个特别逗的鬼脸，那古灵精怪的模样也十分可爱，但重点在于，叶默曾经见过这鬼脸，就连手指比出的动作都一模一样。

叶默并不是什么推理爱好者，甚至都不怎么看悬疑小说，但或许是光井辐射真的有某种不可言说的力量，让猩猩变得聪明，也让他茅塞顿开。散漫的碎片在空旷的大脑里漂浮，看似毫无关联，电光石火间，忽然就凑成了一幅骇人的画面。

"邱苏雅，你问了我那么多问题，我能不能也问你一个？"他盯着郭辰儿子的鬼脸喃喃道。

"啊这……孙队知道了要骂我的。"

"就一个问题，郭辰说他儿子生了病，是不是已经死了？你是负责心理评估的，你肯定知道他的事。"

这个问题非常莫名其妙，就连叶默自己也这样觉得，他来不及理出个思绪向邱苏雅慢慢解释，只知道一定要得到答案。

"他儿子没死。"邱苏雅的回答让叶默心里凉了一瞬，但马上他又听到邱苏雅说，"是重病，很难治疗的癌症。"

"那他儿子，是不是熬不到他回去了？"

沉默，邱苏雅在沉默中轻轻点头。

叶默用力抓扯自己的头发，一切都对上了，他最怕的就是在郭辰儿子这件事上猜错，但邱苏雅的点头让所有疑惑有了定论。

"你不会怀疑搞破坏的人是郭辰吧？"邱苏雅有点不敢相信地问，"他儿子的病情的确是一个心理不稳定因素，他平时在光井附近的时间也不比你少，我和孙队都考虑过这点，但是他表现一直很正常，而且手环也没发出警报。"

"郭辰这段时间不是说自己劳累失眠吗？西隅给他开了镇静助眠的药物，如果大量服用，是有可能压制住生理指标变化的。"

"服药……不能说完全不可能,但你有什么证据表明他有三级幻觉啊?"

"先联系孙队!还有鱼亦伊!我能证明给你们看!"

也许是叶默的眼神吓到了邱苏雅,她胆战心惊地看了会儿叶默后,呼叫了两人。

先接通呼叫的是孙国云,他好像正为明天的交接工作加班,黑眼圈都出来了,看到邱苏雅和叶默一起出现在视频里,顿时就拉下脸来。

"怎么回事?"他厉声道,"我不是交代了不要私自和叶默说话吗?"

"队长先别急,叶默说老郭也有三级幻觉,他才是制造停电的人。"

孙国云狐疑地瞪着叶默:"你要是在鬼扯——"

叶默赶紧用平生最快的语速最顺的思路跟孙国云讲明了自己的猜测,关于郭辰的动机,避开手环监控的方式,还有他出现了三级幻觉的证据——最后这一点,要由鱼亦伊帮忙证明。

"只要联系上鱼亦伊,我立马向你们证明。"叶默保证,"要是我撒谎,回去路上你们把我和猩猩关一个笼子都成。"

孙国云将信将疑,和邱苏雅对视了一眼,还是叹了口气,点头同意她联系鱼亦伊。

"干吗干吗?人家睡觉呢。"鱼亦伊边打哈欠边把镜头扶正,看到叶默的时候,吓得头发都一下子竖起来了。

"啊……别跟我说话！幻觉是会传染的！"她尖叫着想关掉视频。

"亦伊！先别慌，是我让他们联系你的！叶默想证明自己的清白！"孙国云赶紧对她喊。

"证明清白？"鱼亦伊来回看着他们，"不是已经确认叶默出现了三级幻觉吗？"她的表情逐渐变得恐惧，"等一下，你们不会都被传染了吧？"

"别瞎说，不要一惊一乍的，倒是幻觉传染这个事，真的存在吗？"

"我不太确定……反正那天开完会，叶默送瑶瑶回我那边，我们就看到瑶瑶出现了吃空气蚂蚁的幻觉，然后传染给了豆豆，它们对着杏树吃个不停。"鱼亦伊说得支支吾吾，"我是有点怕被叶默传染。"

孙国云还是不太相信，叶默也懒得再多费口舌，直接对鱼亦伊说："你把豆豆叫过来，我有办法证明。"

豆豆居然没睡，它趁着鱼亦伊睡了，偷偷用她的平板看《动物世界》，正播放到母猩猩那一段，气得鱼亦伊又是一顿骂。

叶默向孙国云要了权限，把郭辰儿子的照片发到了鱼亦伊的屏幕上。

豆豆看到小男孩稚嫩的面孔，并没什么反应，习惯性地挠了挠裆，又把注意力转移回母猩猩的照片。

邱苏雅都看急了，鱼亦伊一脸懵，孙国云的眉心越皱越紧，就像两根即将打燃的火花塞电线。看着豆豆木然的姿态，还有孙队不妙的神情，叶默的心几乎跌到谷底，但绝望之中，他猛地又想到一个办法。

"鱼亦伊，你把平板拿走。"

"啊？"

"照做就是！"

见叶默激动的神色，鱼亦伊不敢多问，伸手把豆豆的平板拿走。看得正起劲的豆豆顿时怒不可遏，冲着鱼亦伊吱吱大叫，又一脚踢倒了小板凳。

发完这通火，豆豆再次望向了屏幕上郭辰儿子的照片，叶默的心也随之悬到了顶点，他从未想过，自己有一天会拼命祈祷一只猩猩做鬼脸。

豆豆歪过头，用看傻子的眼神看了叶默一眼后，就像照片里郭辰儿子那样——虽然是更生气的版本——做了个鬼脸，连手指的动作都分毫不差。

✳ 8 ✳

"所以说，我们看到的闹鬼幻觉，都是由郭辰传染给我们的？"鱼亦伊把平板还给豆豆，而后叶默好一通解释后，邱苏雅战战兢兢提了第一个问题。

"对，那根本不是什么闹鬼，是一个五岁孩子乱跑乱碰东西的幻觉。"叶默一手扶额，他已经把嗓子都说哑了，"你和我听到的脚步声，孙队的笔总是不见，西隅衣服上的小小脏手印，全是那个幻觉里的孩子做的。"

"我一直以为是鱼亦伊没看好猩猩。"邱苏雅喃喃道。

"我明明解释了好多遍，晚上猩猩一直是关好了的，你们都不信，还怪我。"鱼亦伊委屈不已。

"可是，就算你说的都对得上，幻觉终究只是幻觉，"孙国云的眉头仍未舒展，"怎么可能那么真实？我的笔每次都出现在莫名其妙的角落，离我放的地方很远，幻觉能造成这种效果？"

"西隅说过的，孙队，三级幻觉能让人做出无意识的行为，我不知道原理是什么，但笔搞不好是你自己丢到角落里的，因为这样符合一个小孩子的举动。"

"你的意思是，我们都在配合幻觉而做出小孩子捣蛋的行为？"

"这是唯一合理的解释。"

"不行,我还是不能相信,太荒谬了,而且明天我们就会登上火箭,保险起见,还是不能放你出来。"

孙国云就是这样的人,只相信眼见为实,任何虚妄的想象都动摇不了他,他之所以被选为领队也正是这个缘由。叶默简直要绝望了,把脸深深地埋进手掌心,自己被冤枉是次要的事,但若放任郭辰,谁都不知道他会做出什么。

在叶默心态快崩溃之际,鱼亦伊忽然问了句:"有谁听到鸟叫吗?"

几人都愣了一下,叶默也屏住了呼吸。

是有鸟叫,啾啾的叫声,一声声在狭小的禁闭室里回荡。

他还未来得及寻找鸟儿的所在,就感到一只手放到了自己肩头,很轻,但无比真切。

叶默把脸抬起来时,肩头的分量已经消失了,鸟鸣也没了,但视频窗口中的几个人都非常震惊地看着他。

"叶默……"邱苏雅小心翼翼道,"刚才你身边……"

"是有个女人吗?是我看错了吗?"鱼亦伊万分惊恐地代她说出剩下的话。

孙国云一言未发,尽管他的眼睛瞪得最大,那是一个人的三观被震碎的眼神。叶默起先还不能相信发生的事,反倒是从孙国云的眼神里确信了自己的猜测。

贾媛和啾啾,刚刚同时出现在四个人的幻觉里。

"所以叶默说的都是真的对不对?"邱苏雅大喊,"孙队,郭辰也是出现幻觉的人，而且停电都是他搞的！"

"但是，郭辰为什么要制造那么多次停电？"鱼亦伊有点不解。

"为了打开光井。"叶默道，"他想更加真实地看到儿子，甚至想和他永远在一起。"

"要想打开光井，他应该在穹顶上做手脚才是。"

"穹顶是自动装配的模块，他只负责安装，很难做什么手脚。"孙国云终于勉强吐出一句话，"是监控，停电会让基地里的监控中断，那天抓叶默也是靠蜘蛛机器人，他是想用停电避开监控。"

"避开监控，他一个人又能干吗呢？"

"对啊，机器人的控制权限在孙队手里，他擅自使用是会留下记录的，上次我用机器人搬培养箱还被孙队说了一顿。"鱼亦伊也附和道，"光井已经被关上了，那么厚的密封板，他总不能靠铲子把光井挖开吧？"

"说到管线，他这么多天工作个不停，到底更换了多少管线？"叶默忽然想到，"基地真的有那么多管线损坏需要更换吗？而且鱼亦伊一直抱怨氧气浓度太高了。"

孙国云和他对视了一眼，虽然都没开口，但叶默知道，队长和自己一样，都想到了某种非常糟糕的可能。

"郭辰现在在睡觉吗？"邱苏雅小心翼翼地问，"如果制造停电的人真是他……是不是先把他控制住比较安全？"

话音未落，外面忽然响起惊天动地的爆炸声，连叶默的禁闭室都在摇晃，他站起来，却又看不到外面发生了什么。

视频通信一度中断，过了半分钟才恢复。

"怎么回事？！"孙国云又惊又怒。

"不知道啊，刚才好大一声响，是什么地方爆炸了吗？"鱼亦伊也惊魂未定，猩猩们都吓醒了，聚在她身边上蹿下跳，瑶瑶还第一时间把心爱的无人机抱在怀里。

"我这边能看到起火了！"邱苏雅焦急地喊，"基地东面和南面到处都是火光！"

孙国云的视线移到了旁边，双手飞快地在键盘上操作，好像是在调取基地各处的监控，过了会儿，他的脸色一下变得铁青，用力捶了一拳键盘。

"郭辰绕过我开启了火箭的燃料加注程序，"他声音颤抖地说，"但是燃料没有全部输送到火箭里，有三分之一都沿着更换的管线跑到了采样区，还有半个基地的氧气，全都和燃料混杂着！"

"他想用燃料炸开光井。"叶默知道自己的猜想没错。

"刚才的爆炸是一部分更换管线和系统压力控制不匹配导致的，妈的，郭辰这混蛋，想把我们都害死吗？"

"自动灭火装置能起效吗？"邱苏雅问。

"不行，火势太大，来不及灭火了。"孙国云擦着额头上的汗水，"你们赶紧收拾身边的东西，到发射区集合，我们坐火箭离开基地。"

毕竟是队长，即使面临如此严重的突发状况，孙国云还是很快镇定下来，先通知西隅去拿医疗区存放的应急宇航服，然后解锁了叶默的舱室，给他们分别在地图上标记出尚未起火的通道。

"都抓紧时间！用最快速度撤到发射区入口！"他下令道。

"郭辰怎么办？"邱苏雅忽然想起来这个最大的麻烦。

"早不知道跑哪儿去了，手环定位也失效了，估计是被他摘了，管他死活。"

"万一我们遇到他呢？"

孙国云想了想，"这样，"他更改了地图路径，"我去接鱼亦伊，叶默去接邱苏雅，然后你们再同西隅会合，她拿宇航服要几分钟时间，应该刚好来得及。"

"等等，"一直没发言只忙着疯狂抢救各种要带走的样本的鱼亦伊忽然停下手上的事，朝他们看过来，"郭辰的事，我们是不是还没有告诉西隅啊？"

众人都愣了，片刻过后，孙国云开始拼命呼叫西隅。

"西隅！西隅！听得到吗？"

"听得到……我这里信号好差，东西又重……怎么了？"西隅的声音断断续续从窗口里传来。

"不要靠近郭辰！停电和爆炸都是他制造的，看见他就赶紧跑！"

"郭辰？郭辰什么……叫我找他吗？"西隅完全弄错了意思，"我好像看到他了……不用担心，我叫他帮我搬东西……马上就过来。"

"西隅！不要靠近他！快跑！"孙国云吼得脸都涨红了，但是西隅的窗口已经彻底断开，只剩下一个信号不佳的图标在闪。

"怎么办啊，郭辰就在西隅那边！"邱苏雅慌得不行。

"我们去找她，她刚才的信号定位是在医疗区到中心舱二层的通道里，离我们这边比较近。"叶默当机立断，"孙队、亦伊，你们还是按原计划走，到时候在发射区碰面。"

叶默和邱苏雅的会合没遇到多大困难，邱苏雅没什么要收拾的东西，她自己的研究资料只有认知力评估和心理观察的数据，但她居然还想到帮叶默带出了一批火星岩石样本，都装在小小的采样管里，碰撞出叮叮当当的响声。

"我不知道哪些样本重要，只能随便拿几个跑出来了。"邱苏雅还很有点内疚。

"没事，有这些已经很好了，要是大家平安回去，还可以拿它们做个小纪念品。"

"现在说这些还早，赶紧去找西隅吧。"

寻找西隅的过程比想象中困难了许多，因为烟雾已经蔓延开来，很多地方可视度几乎为零，他们在中心舱二层转了半天，喊也听不到回应。幸好邱苏雅发现地上有血迹，循着那星星点点触目惊心的猩红，两人总算发现了西隅。

西隅靠在墙边，一手捂着肚子，一手还紧紧抓着装应急宇航服的袋子。

叶默冲过去把西隅扶起来，好在她还没断气，只是肚子上被开了个洞，像是被手枪子弹射伤一般。

"郭辰干的……我把应急宇航服都带出来了……他拿了一

件走。"西隅因为剧痛，说话上气不接下气，"他有一把射钉枪，好像是往采样区去了。"

"先不管他，我们带你到发射区的通道去。"叶默蹲下来，在邱苏雅的帮助下，将西隅背了起来，邱苏雅在前面开路，他就跟在后面。

他们出了中心舱没多远，就发现楼梯已经走不通了，半截楼梯都塌了下去，底层则完全被浓烟占据。三人绕了一圈，始终找不到安全的路，邱苏雅急得没办法，叶默一时也想不到主意，眼看火势越来越大，要把他们活活困死在二层。

火光冲天中，一阵熟悉的嗡嗡声传到他们耳中，一架无人机穿过烟雾，悬停在他们面前。

"是瑶瑶的飞机！"邱苏雅大喊。

"跟着无人机走！"叶默下了决定，他把西隅往背上抬了抬，开始跟随无人机的指引。

火势蔓延的速度之快超乎他们的想象，郭辰一定是在好几条管线里同时运输燃料，他们目之所及，到处都是熊熊烈焰。

多亏了瑶瑶的无人机带路，他们得以有惊无险地找到下楼的路，穿过半个基地，抵达了通往发射区的通道。孙队和鱼亦伊已经收拾好物资在门口等候，瑶瑶在鱼亦伊脚边，捧着遥控器，一边跳一边兴奋地叫唤。见到受了伤的西隅，两人赶紧上来帮忙。

"你们先进去。"叶默把西隅放下来，交到孙国云怀里，他手上也沾了血，还好不是很多的样子，钢钉应该没有伤到西隅的重要器官。

鱼亦伊抱着猩猩们先过了气密门，邱苏雅则帮着孙国云抬着半昏迷的西隅，待他们也过去后，叶默退回一步，按下了气密门的紧急锁死开关。

"叶默！你干吗？"鱼亦伊大喊。

"门怎么关了？"邱苏雅还没明白过来，有点不知所措地看着他们，"这边有开关吗？"

"别找了，通往发射区的门是单向的。"叶默说，"你们赶紧进火箭。"

"那你呢？等等，是你把门关上的吗？"

"我去阻止郭辰，他还控制着管线，燃料加注不断开的话，火箭是无法起飞的。"

"叶默！你他妈给老子回来！"孙国云把舱门捶得震天响，眼睛瞪得溜圆，"我是队长，要去也是我去！"

"可是门已经关了。"叶默发觉自己居然在笑，"这次就恕难从命了，孙队。"

"你个混蛋！不准去，我们想办法把门撬开，这是命令，你听到没有！"

叶默苦笑着摇头，一步步往后退："孙队，后面的事就交给你了，要把大家都平平安安带回地球啊。"

"叶默！"邱苏雅都急哭了，"你先回来！"

"是啊，爆炸不一定就波及发射架，万一我们没事呢！"鱼亦伊拼命劝他。

就连三只猩猩也在上蹿下跳，对着叶默连比带划。

叶默转身，不再看舱门对面的队友，生怕再多看一眼就动摇。他没想过当英雄，但关上气密门的那一刻他毫不犹豫。

他掩着口鼻，穿过浓烟滚滚的通道逆向而行。

大半个荧惑二号都陷于烈火，灼热迫人，叶默离开发射区没多远，就完全看不清路。他顺着墙壁一点点摸索，几次被烟雾逼回，咳嗽得寸步难行，拼了大半条命，终于抵达中心舱。

宽阔的玻璃穹顶还没完全被熏黑，叶默能看到远方的十三枚火箭，诸神的宫殿，他想，现在他们是否在嘲笑人类的脆弱？

光井一定是被爆炸炸开了一部分封印，因为他能看见光柱比之前粗壮了十倍不止，犹如一条流光溢彩的蛟龙向着天穹飞腾。

有了光柱的指引，叶默前往采样区顺畅了不少，中途遇到两处过不去的地方，也因为没有丢失大方向，绕了一圈越过了阻碍。

采样区的安全验证都被取消了，两道本该锁死的气密门都开着。叶默在清洗间里换上了一套最简便的宇航服，连氧气瓶都没背，只能靠自带的应急氧气呼吸十五分钟，他知道要分秒必争。

最后一道气密门打开的刹那，叶默有种沉入光之海洋的错觉。

采样区其实相当宽阔，荧惑二号是围绕着它而建的，探明奥林帕斯光井的面积后，设计者们圈出了这块半径十米的圆形区域，这也是他们称之为"井"的原因。

叶默视野所及，每一处都漂浮着大大小小的光点，犹如深海里的发光鱼类，当他靠近，光点还会四下散开，他越往前走，光点就越密集、越活跃，它们甚至如真正的鱼一般，聚集成群顺着光柱游动，搅动着天空与大地。

这些精灵是生活在光井之下的生命吗？即使还有急迫的重任，叶默仍然为目睹的壮丽景色而失神，若是再往前，进入那灿烂的光柱中心，他疑心自己也会化为星星点点，随着光之精灵一同去到人类所不能及的彼岸。

"你来了，叶默。"

郭辰的声音是从扬声器里发出的，这名工程师没有露面，但叶默知道他一定就在附近。

"住手，郭辰，你这样会害死大家的！"

"禁闭室的通信一直在我的监听下，本来我不想这么急执行计划的，但你到底发现我了，我很好奇，你是怎么发现的？"比起叶默的激动，郭辰要平静得多。

"你崴脚的时候把平板电脑弄丢了，我一起收到工具箱里，后来在被关禁闭的房间翻到你和你儿子的照片。"

"哦，那确实是我的疏忽，因为很快换了个备用的，也没去找。"郭辰还是只闻其声不见其人，"单凭那几张照片，你又怎么知道我出现了三级幻觉？"

"你儿子做鬼脸很有趣，把豆豆也教会了。"

"哈哈哈哈哈，原来如此，他大概很喜欢和猩猩们玩耍吧。"虽然是笑，郭辰的笑声却透着一种瘆人的疯狂。

"现在回头还不晚，郭辰，光井给你的只是幻觉，你真正的儿子还在地球等你。"

"回去的路程要五个月，他的病我清楚，我是不可能再见到他了。"

"但这一切都是假的啊！"叶默忍不住怒吼。

"叶默，你应该是唯一可以理解我的人啊，"郭辰话里竟然透着一丝悲哀，"你不也看到了你思念的人吗？告诉我，她也是假的吗？"

叶默真的见到了贾媛。

她不知何时出现，安静地站在叶默身边，面容忧虑地看着他，啾啾停在贾媛肩膀上，歪着头，也在注视叶默。

叶默的话语哽在喉咙，他知道这是幻觉，但此时与贾媛靠得这样近，抬手就能摸到她的脸庞，他实在无法狠下心说她是虚假的。

"就算……就算你炸开了光井，又有什么意义呢？"叶默拼命把注意力从贾媛脸上移开，换了种劝说的方式，"难道你就枯守在这个毁坏的基地里吗？食物迟早会耗尽，不，氧气会先用光，到头来你还是要死。"

"你还记得我跟你说的火泉的事故吗？"

"火泉？火泉究竟发生了什么？"

"你只知道那里有另一口光井吧，那口井和奥林帕斯之井有关系，一年一度，它们会一起喷发，穿越星际，建立起我们无法理解的联系。"郭辰不紧不慢地说着，就像在讲故事，相比叶默的急躁，他一点都不慌，"只不过它们的属性是完全相反的，奥林帕斯之井让人美梦成真，火泉之井让人噩梦难醒。"

"噩梦？"

"宇航总局如此严防三级幻觉是有原因的，刚好两年前，我同你一样，站在火泉光井的边缘，试图阻止一个队友，她想做的事和我相反，是想用爆炸掩埋火泉之井。火泉给她的幻觉，是从小虐待性侵她的继父，在荧惑一号生活的半年，那个继父一直如幽灵般出没在她身边。"

叶默听得目瞪口呆。

"很讽刺是不是？哪怕成年了，当上万里挑一的宇航员候选人，还是躲不过童年的阴影。总局已经强调过千百遍，不要被幻觉所惑，她还是绝望地认为，不炸掉火泉自己就永无宁日。我当时也很同情她，但为了保护基地里其他人，最后不得不杀死了她。"郭辰的声音变得寒冷，"你以为我是罪人，但曾经我也是英雄。"

"既然你经历过那种事——"

"正是因为经历了那种事，才会做出如今的抉择。"

叶默已经听不懂郭辰的话了。郭辰说自己阻止过因为幻觉发疯的人，为什么现在却重蹈覆辙？

"我儿子，你从邱苏雅那里了解了吧，他患上了遗传性的癌症。"郭辰似乎也知道他的困惑。

"对，但这和你开启光井有什么关系？"

"如果我告诉你，我儿子本来很健康，也没有遗传病史呢？"

"癌症这种事又说不准。"叶默觉得他莫名其妙。

"不，我知道他患病的原因，因为那恰好就是我在火泉之井的影响下看到的噩梦。为了阻止那个队友炸塌光井，我和她扭打中一起跌进了辐射最强烈的坑洞，也跌进了我一生的深渊。"

"你跌入了光井？"

"我后来被救援队捞出来了，但也可能我根本没有被捞起来，而是像爱丽丝跌入兔子洞那样，落进了另一个世界。叶默，虽然我不是你们这样的科学家，懂的没那么多，但我是和光井接触最多的人，对于所谓的幻觉，我有一套自己的理论。"

光的鱼群散开了一些，叶默没找到郭辰，却发现了一个熟悉的东西，正是他那天准备和郭辰一起安装的临时管线控制阀，不同于他被孙队关起来时尚未完成的模样，控制阀已经组装完成了。

联想到那一夜郭辰扛着管线的样子，叶默忽然明白，郭辰半夜来到采样区，多半就是鼓捣这个控制阀，以便用管线输送氧气和燃料。

"那就说说你的高见吧。"叶默一边继续和他谈下去，一边装作漫无目的地寻找郭辰，实则朝着控制阀靠近。

"你见过我儿子调皮捣蛋的痕迹了，那些被碰乱的杂物，他跑来跑去的动静，还有他留下的脏手印，说起来有点抱歉，给你们添了不少麻烦。"郭辰笑了一下，"真是个不安分的小子。"

"见过，幻觉是会传染的。"

"对，幻觉会传染，但那些痕迹真的全是幻觉吗？"

叶默没有回应，先前拼命说服孙国云的正是他自己。

"你也开始怀疑了，对吧？不只是我儿子的痕迹，你看见的人也一定有超越幻觉的举动，那是西隅无法解释的。荧惑一号那个被噩梦缠上的队友，她身上经常出现奇怪的伤口，和她小时候被继父打的一模一样，如果仅仅是大脑皮层的异常活动，怎么可能作用到现实里？"

"西隅说那是我们无意识的行为……"

"或许吧。"郭辰停顿了一下，似在酝酿接下来的话，"但我更愿意相信我的理论：光井不只是让人产生幻觉，它还能模糊现实和幻觉的边界，它就像一个平行宇宙的筛选器，会根据你的所思所想寻找最匹配的宇宙，当火泉与奥林帕斯的光井产生共鸣，就是彻底打开平行宇宙之门的时刻。"

"你疯了！"叶默脱口而出。

"你不知道我多少次希望自己疯了，这一切都是我臆想出来的，你们不用死，我的儿子也不用死。"郭辰忽然变得激动，"我为了救别人，却把自己的噩梦变成了现实，我现在只想回到正常的宇宙，这有错吗？"

"你拼命申请来火星，就是为了利用奥林帕斯之井？"叶默忽然间就明白了为何郭辰一定要加入火星小分队，"难不成，你以为能用光井扭转乾坤吗？"

"能还是不能，试了就知道。"

伴着掐断通信的咔嗒声，叶默知道郭辰心意已决，他潜心准备了这么久，等的就是这一天，自己绝无可能劝阻他。

至少无法靠言语劝阻。

这会儿叶默已经移动到了控制阀附近，他不再掩饰意图，直接跑过去拧阀门。虽然不清楚郭辰是怎么改装燃料加注的，但瞎操作他还是做得到的，只要检测到燃料压力出现波动，系统会自动停止加注。

拧到两圈的时候，原本静静跟在他身边的贾媛，忽然拼命地挥手，叶默看了她一眼，从她神色间预感到了身后的危险。

叶默转身，正好看见从光柱后冲出来的郭辰，后者穿着和他一样的简易宇航服，手里拿着一把射钉枪，正是打伤西隅的武器。

叶默飞扑出去，只听得钢钉击中舱壁的数声闷响，再晚一秒，这些钉子就会打在他身上。

郭辰没有贸然靠近，刻意和叶默保持着距离，只是想把他逼离控制阀。但他忘记了这是在火星，重力只有地球的三分之一，叶默随手捡起更换的舱壁外壳当盾牌，冲上去的动作快得连自己都惊异。

郭辰慌乱中开了几枪，全被坚固的航天材料挡住，他来不及换新的钢钉，就被叶默撞倒。

两个人笨拙地扭打成一团，因为都穿着宇航服，内压气体让他们像两只胖墩墩的熊猫。虽然叶默占了先机，但天天干重活的郭辰比他更壮，几个回合后，郭辰终于把叶默压在身下，双手死死掐住他的脖子。

叶默挣不脱压制，也吸不上来气，两眼逐渐发黑。

就在生死攸关之际，叶默忽然听到了小孩子的哭声。

郭辰明显也听到了，他的反应比叶默更大，透过彼此的面罩，叶默看见他的神色变得惶恐，好像做了坏事被发现一般，掐脖子的手也减了几分劲。

叶默使出全身力气，一拳砸中郭辰下巴。

郭辰摔倒了，叶默顾不得再看他，拼命爬向控制阀，再次拧动阀门。

"住手！"郭辰嘶哑的喊声从身后传来，"不然我打死你！"

小孩子的哭声更大了，伴随着火焰烧到外面环形走廊的爆裂声，还有冲进来的滚滚浓烟，两人仿佛坠入地狱。叶默根本不理郭辰，一心只想着再拧快一点。

他的手边爆出一团火花，是郭辰的射钉枪。

"住手！别逼我杀你！"

又是一团火花爆开，这次更近，震得叶默掌心痛，他不知是烟雾挡住了自己还是儿子的哭声让郭辰犹豫。这一刻，他们都把赌注下在了对方的恐惧上。

第三枚钉子打过来的时候，管线爆炸了。

叶默被震飞出去，在地上滚了好几圈，感觉天旋地转，魂魄都散了。他勉强翻了个身，看见面罩上一片猩红，才发现自己在吐血。

郭辰躺在不远处，伤得比他更重，一根钢管穿透了他肚子，血连同肠子一并涌了出来，一看就知道没救了。

郭辰已经神志不清了，嘴里反复念叨着什么，过了会儿，在爆炸的间歇中，叶默才隐约听到"对不起，晶晶"这句话。

再然后，郭辰就不动了。

穹顶被爆炸的威力震裂，开始坍塌，碎片一块接一块砸在叶默身旁，他想逃，可是站都站不起来，而且他也不知道往哪逃。

荧惑二号即将不复存在，人类的火星前哨正在灰飞烟灭。

他唯一的安慰是，至少自己改变了燃料加注，孙队他们可以坐火箭离开了。

一团混沌中，光井的辐射反而比之前更盛烈，就连叶默身下的地面也崩开口子，从里面喷出一束束灿烂的光。那埋藏于地底下百万年的系外来客，仿佛要发出某种穿越时空的呼唤般，以光的声音响彻浩宇。

贾媛跪在他的面前，两道泪痕挂在脸上，鼻头也通红通红的，她一直不曾说话，可是叶默感觉得到她的悲伤。

"别哭……别哭啊……"他的意识也开始模糊，但仍伸出手，想为她拭去眼泪。即使濒临死亡，他还是会为她的眼泪而心碎。

除了贾媛，一切都不值得他关心了。

光明炽烈到了极点，所有颜色和阴影都被抹去了，积蓄两年之久的奥林帕斯之井，终于迎来了爆发。

被光吞没的刹那，叶默感到贾媛握住了自己的手。

✳ 9 ✳

叶默醒来的时候，发现身边围了一圈人。

"醒了醒了！"有人在喊，声音很激动，"快去叫医生！"

那些人忙碌着，把他从这张床移到那张床，有穿着白大褂的人来检查，又有另一群他不认得的人来探望，他们说的大多数话都成了回响的杂音，他也看不清旁人的脸。他只觉得好亮，亮到像刚从一个深沉如渊的梦里浮起。

其间他又昏过去了一次，等到头脑终于清醒的时候，叶默发现自己躺在一间单人房里。

窗外仍然是锈红色的风景，和火星一模一样，一时他以为刚才经历的景象才是梦，心不由得被恐慌占据，但马上，他看见窗帘被风吹了起来。

叶默愣愣地盯了窗帘好一会儿，仿佛是从来没见过的稀罕东西，房间的门忽然被推开，两个人提着水果走了进来，看见叶默坐在床上，急忙叫他别乱动。

"你们……"叶默认出了这两人，都是他在宇航总局训练基地的同事，也穿着制服，"……你们怎么会在这里？"

"我们怎么会不在？"对方反问道，"我们是来轮替的啊，你忘了吗？"

"轮替？"叶默更一头雾水了。

"嗨，医生都说了，可能会有失忆的症状，别跟他扯这些了。"另一个人给叶默倒了杯水，"来，喝完水再说，睡了两天，你嘴唇都干裂了。"

叶默确实感觉很渴，一口气把水喝光了，险些呛到。

"我睡了两天？"喝完水后，他的嗓子终于没那么哑了。

"是啊，模拟基地出了事故，你们这一批队员全都昏迷了，把咱们给吓得啊，全拉到基地医院来抢救了。"

"训练？模拟基地？"叶默慢慢捏扁了纸杯，"我不是已经去火星了吗？"

两个同事对视一眼，不约而同笑出了声。

"这小子还真以为自己上天了呢，做梦都梦着去火星。"

"除了失忆还会有混淆现实的症状，这点医生也说过，正常的，毕竟光辐射对大脑有影响，出事故的时候还正赶上辐射爆发。"

"我到底是在哪儿？"叶默有点激动。

同事见他这副模样，也不敢再笑了，一本正经地回答了他。

"你是在火泉，荧惑一号模拟基地。"

叶默用了半个多钟头，听同事给他讲事故的来龙去脉——为了研究在火星上长期生活的可能，宇航总局选择了与火星最接近的火泉建设荧惑一号，他们六个人是首批进入荧惑一号的队员，长达一年的模拟实验接近尾声的时候，火泉忽然爆发了光辐射，六名队员全都昏迷了。

　　火泉的光辐射对人有致幻作用，会让人看到自己害怕的情景，时间一久，就容易陷在里面。根据医生和模拟基地的监控者分析，他们似乎集体陷入了自己真的生活在火星的幻觉，幻觉里的荧惑二号已经建设完成，但现实中才刚刚开始运输建材，那十二枚以希腊神祇命名的火箭，现在才从佛罗里达发射了四分之一。

　　光井爆发前发生了什么，因为监控坏掉了，没人知道真相，由于两天都无法恢复联系，宇航总局决定破舱而入，把他们救了出来。

　　"所以你一点都不记得了吗？"同事问叶默。

　　叶默当然记得，他不可能忘掉在奥林帕斯之巅的那些画面，和五个队友三只猩猩生活了近一年，还有自己最后与郭辰在大火中搏斗，但面对同事，他实在讲不出口，即使讲了他们也不可能相信。

　　"其他人怎么样了？"他换了话题。

　　"还好，你是最后一个苏醒的，今天他们都出院了，估计你要再观察一段时间。"

　　"太好了，太好了。"叶默喃喃道，"郭辰也活着吗？"

　　两个同事再次对视，但这回没有开玩笑的意味了。

　　"郭辰没有醒。"同事抿着嘴，"他不会醒了，他是唯一一个死亡的队员，医生也不知道死因，还得等尸检报告。"

　　"你不要自责，叶默，跟你没有关系，这件事是宇航总局的责任。"另一个同事把手放在叶默肩膀上，"不要去想了。"

叶默说不出话来，他低下头，望着自己的手，和郭辰生死相搏的痛觉，仿佛还残留在身上。

"哎，差点忘了，今天你们家属过来了，上头专门派车去接的。"同事一拍膝盖，"我们还得去接待。"

叶默抬起头来："我也要去！"

走廊上人很多，有宇航总局的领导，有其他同事，好几个人跟叶默打了招呼，叶默都只是仓促地点点头，来不及一一跟他们详聊。他是逼着那两个同事帮他从病房里逃出来的，万一碰上医生护士，保不准又给抓回去。

穿过走廊，到了尽头的会议室门口，叶默看到门上贴着张临时打印的"家属准入"纸条，里面好像正在交代事项。

一个小男孩坐在门外的椅子上，自顾自玩着手里的玩具，玩具是很可爱的外星人造型。

小男孩看起来很健康，虽然有点闷闷不乐的，但绝不是那种病入膏肓的模样，叶默犹豫了一下，走到小男孩面前蹲下来。

"小弟弟，你是不是叫郭晶呀？"叶默问他。

"嗯，"小男孩点点头，"我爸爸叫郭辰，是宇航员，大哥哥你也是吗？"他眨眼的样子和郭辰很像。

"对啊，我是你爸爸的队友。"

"我爸爸怎么还没有出来呢？"

"他……"叶默一时不知如何解释，现在这孩子还不懂，但迟早要面对现实。

"他是不是去火星了？"郭晶忽然小声问，"爸爸答应过我，要去火星给我带礼物，给我带外星人的东西。"

"对，他悄悄去火星了，"叶默连忙顺着他说，"其实这次任务就是火星计划，我们先回来了，你爸爸有更机密的任务，现在正在很远很远的星星上。"

"真的？"郭晶有点惊喜，又有点不敢相信，"万一你骗我呢？"

叶默一时也不知怎么让郭晶相信自己，他蹲下来的时候，感觉衣服内侧有什么硌得慌，就摸了一下，指尖触到一包软软的东西。

他把那东西拿出来，是一包种子。

叶默愣了几秒，才想起是菜菜送给自己的，但这包种子上没有荧惑二号的标记，他记得每包种子都是印了标记的。但自己记得的东西真的可靠吗？身处医院的走廊中，叶默连这一点也无法确认。

"这个，这个是你爸爸要我带给你的。"叶默把种子放到郭晶手中，"这是火星人的礼物，你把它们种下去，会看到很漂亮很漂亮的花。"

"火星的花？"小男孩的眼睛发出亮光来。

"对啊，不信就等着它长大，地球上没有这样的花。"叶默觉得这是自己唯一一句问心无愧的话，"对了，这件事你要保密，你爸爸执行秘密任务的事可不能乱说。如果你妈妈等下哭了，那是因为宇航总局跟她撒了谎，说你爸爸牺牲了，可他其实在火星上呢。这件事只有你我知道，千万别透露给别人，好吗？"

"嗯，我肯定好好保密，谢谢大哥哥！"

叶默笑了笑，伸出小指，和郭晶的紧紧钩在一起。

"叶默，快下去。"一个人从他身边经过，喊了他一声，"你未婚妻刚到！"

"谁？"叶默以为听错了。

"你未婚妻！你爸妈身体不便赶不过来，就只能托她来了。"

"在哪儿？"

"楼下。她在电话里讲，前几天老做噩梦，梦到你在基地里出事了，想帮你又说不了话，焦虑得睡不着，还不赶紧去哄哄？"

对方步伐匆匆地走远了，叶默也没追上去问，他站在原地，大脑仿佛停止了思考。

"大哥哥，你未婚妻在等你呢。"郭晶拉了拉他衣服，"你快去吧。"

叶默这才回过神来，对着郭晶点了下头，动作特别僵硬地朝楼梯走去，像个木偶。

他不知道自己该想什么，不知道自己该期盼什么，短短几十级阶梯，每走一步都像翻过一座山。

还能是谁呢？他自问。还能是谁？

走到半路，叶默似乎听到了鸟雀的叫声，他望了望天空，找不见鸟儿的踪影，却有一片软软的羽毛飘下来，被他抬手接住。

叶默握紧拳头，走出医院大楼。

基地庭院是火泉里少有的绿意，这里种植了很多花草树木，再一次让叶默确信自己没有留在荒芜的锈色星球。同事没跟他说等他的人在哪里，但叶默一眼就找到了她，她正站在庭院中心的树下，迎着光的背影，和那一夜在环形走廊里见到的一模一样。

树荫底下是她在大学的时候就很喜欢的地方，因为可以听见鸟儿唱歌。

叶默想开口喊她，却发不出声音。

她似乎觉察到了身后动静，慢慢转过身，和叶默目光相交的瞬间，两人都忘记了呼吸。

时间仿佛在此刻静止，从火星到地球，几亿千米的漫漫长途，他逃离了这么久，光又将他带回来。

无论自己是从梦里醒来，还是坠入梦境，已不再重要。

叶默松开拳头，没有去看羽毛还在不在，这一刻，他什么都不怕了。

他朝那树荫下的倩影，大步奔去。

星

愿

✳ 序章 ✳

你向星星许过愿吗？

很久以来，我都在群星间遨游，见惯了银河里每一粒沙子的光芒，但我从未许过愿。

所谓的星星，不过是尘埃的聚合，还隔着以光年为单位的距离，对那种东西寄予缥缈的愿望，着实是只有人类才会做的天真之事。

人类一向天真，而我连愿望都没有。

直到我遇到一个小男孩，一个向星星许愿的小男孩，他有着比星辰更澈亮的眼睛。

——那是在富罗希小行星带的矿区，满是星之碎屑的边疆。

✳ **1** ✳

以太联盟的采矿点有很多，富罗希是其中最重要的一处，因为这里有大量的零素。

零素，我不知道是谁赋予了它这个名字，它像是一切的开端，又昭示着万有的终结，它不可思议的能量帮助人类跨出了星海的第一步，又让人类将血与火撒遍银河。

人类用零素创造了无数星门，然后发动了战争。

战争需要能源，好比野兽需要食物，作为智能矿机，我的工作就是开采零素，喂养这场浩大的星际内战。虽然不是身先士卒的战舰，也并非运筹帷幄的星神，但我同样是战争的一分子，这是一种无意义的自觉。

低级光子脑不需要自觉，那是星神才有的天赋，但不知为何我却拥有了它，一如我拥有这无意义的生命。

我知道我微不足道，也知道我的使命至关重要，两者的差距让我有种奇妙的玄虚感，就像攀爬在参天大树上的蚂蚁，世界的宏伟与自身的渺小间，漂浮着一个无妄的魂魄。

这个毛病，或许是我被改造为矿机时的小小错误导致的，战争需要的光子脑太多了，战争同时还吸干了别的工业，甚至让技术停滞和倒退，于是人类不得不从别的地方拆解光子脑，抹除它们的程序和记忆，再给它们换上新的躯壳和使命，然后丢到对战争更有用的领域。

我的运气好也不好，好在我没有被分到战舰一职，否则没有这么多空闲胡思乱想；不好在我的工作很枯燥，枯燥到连我都忍不住开小差。

在勤于工作这一点上，我不逊于任何同类，我在一个个任务周期里无休止地挖掘着矿石，就像千万艘其他和我长得很像的矿机。第一行星公转一圈半就是一个作业周期，每个周期收集一万两千八百七十单位零素，十个周期便可供一艘炬星级战舰从工厂奔赴数万光年外的战场，杀到粉身碎骨或者凯旋而归。

虽然这并非我的本职，我依然做得很好，如果说光子脑也有天性，想必便是尽职尽责四字。

但检修的空当，我会脱离队列，在星尘与太虚之间漫无目的地游荡。

这是一种不正常的行为吗？我不知道。其他矿机只会安安静静地排队检修，然后回到工位，有多余的时间也只会休眠。偶尔，我在通信频段里听到它们发出古怪的呢喃，仿佛在咀嚼名为前世的梦，两点一线就是它们的全部。

而我，我不一样，我那本该简单明了的光子脑里，好像还有别样的东西。

这东西驱使我不安分，驱使我好奇，驱使我闲逛。有时，我会逛到太空站去，那里面住着人类，脆弱、渺小、离开氧气便不能生存的人类。

成年的人类令我感到无趣，战争就是由他们发动的，驱使我无休无止地挖矿的同样也是他们。若是他们注意到我的异常举动，也许会要求星神回收我，因此我总是躲着他们。如果看见那些一脸严肃而苦闷的身影，我就离太空站远一点。

年幼的人类却很有意思。

那些孩子在太空站出生成长，直到年龄够大，才会离开矿区去往真正的殖民地行星。大人不在的时候，观景窗会有四五个孩子来看我，一见到我出现，他们便欢呼雀跃，甚至手舞足蹈，仿佛我是什么稀罕的宝贝。

连我都觉得矿区是个乏味的地方，年幼的人类更深以为然，离群的矿机对他们而言，也算一个值得在意的惊喜。我记得他们看到我时兴奋的笑脸，还有叽叽喳喳的吵闹，充当他们枯燥生活中的乐趣这件事，远比挖矿让我积极。

他们曾七嘴八舌讨论我为什么会飞到太空站来，有说我的光子脑坏掉了，忘记了回家的路；有说我被银心天国操控了，是刺探机密的间谍；也有说我是工作太累了，躲到这里偷懒。如果我告诉他们我只是出于无聊才来，他们应该会大失所望。

但我无法言语，矿机连思想都是多余的，遑论和人类交流的能力。

不论孩子们说什么，我都只是静静地看，静静地听，仅仅如此，就令我十分满足。

孩子们并不会每天都来，他们看得多了，也不觉得我稀罕了，而且跟着父母从殖民星来到此地，他们还有学习和成长的重任。

战争需要人，随着双方损耗的加剧，光子脑的库存会越来越少，许多岗位不得不由人类替补。我曾想，当有一天我和我的同类也到了报废的时候，那些矿机和战舰，恐怕也要这些孩子或是他们的子孙来操纵了。

他们给我取了许多名字，可爱的，纯真的，傻气的，莫名其妙的，但我独记得一个名字——金鱼。

宇宙是片漆黑的海，潜游其中的我，被形容为鱼，好像也十分恰当。

之所以记得，是因为有一个蓝眼睛的男孩，每日雷打不动出现在舷窗处，他好像算准了我检修的时间，永远都来得恰是时候。每一次见面，他怀里都抱着一个小小的空玻璃球，里面有水，有藻，唯独缺一条金鱼，一条和我一样说不了话的金鱼，它会吐泡泡，转身时像拖着绮丽的彩虹。

一见到我，他的眼里就会亮起不同于其他孩子的光，把脸贴到玻璃上看我。"金鱼。"他会小声喊我名字。透过联入空间站的通信系统，我听到他的声音，不知道在人类耳中好不好听，总之是我喜欢的波形。

他给我取了名字，也告诉了我他的名字。阿约罗。

如果没有别的孩子，阿约罗就会跟我讲悄悄话。

"金鱼，你是不是觉得奇怪，为什么我每天都有时间来看你？"他自言自语般地问。"不是我爸爸妈妈不管我，是因为他们都是军队的人，去前线打仗了，他们也很爱我的，就像别人的爸爸妈妈一样，不，说不定还更爱一点。"

"等战争结束，他们就会回来了，这是他们答应我的事。"

大约是和别的孩子讲自己想念父母会遭到嘲笑，所以阿约罗只能跟我倾诉。他每天抱在怀里的空玻璃球，原本养着一条活生生的金鱼，那是爸爸妈妈离开前留给他的礼物，在偏远的矿区，活的宠物还颇有些贵重。他们告诉阿约罗，等到金鱼长大了，战争也就结束了，可是不久之前，金鱼生病死掉了。

战场的通信静默是常有的事，军队职员联系后方家人的时间配额也很少，往往要隔两三个月，他才能和父母说上半小时话，而那半个小时道不尽的心绪，他又会向我一点点讲明。

"金鱼，爸爸说以太联盟一定能打败叛军，那些坏人很快就会输了，可是银心天国为什么这么坏呢？他们和我们一样都是人类啊。"

"金鱼，爸爸说他们熄灭了叛军的一颗星星，那是什么意思？星星上住的人呢？"

"金鱼，叛军的孩子也会想爸爸妈妈吗？如果战争结束了，是不是他们也可以团圆了？"

"金鱼，妈妈那边的伤员一直在增加，她害怕有天看见爸爸被送到她那里，她跟我说话的时候眼睛一直是红的。"

"金鱼，爸爸的部队要准备一次很厉害的大行动，他说具体情况是机密，现在不能跟我讲，等他可以讲的时候，他就是英雄了。"

"金鱼，妈妈说他们要撤退了，但是爸爸一直没和我联系，怎么回事？"

"金鱼，妈妈也好久没联系我了，他们怎么了？不是说很快就能打败银心舰队吗？他们什么时候回家？"

"金鱼，我想他们。"

金鱼，金鱼，金鱼……

后来，阿约罗不再说什么话了，他的父母再也没有跟他联系上。他仍然像当初答应父母的那样，每天认真完成学业，但余下的时间，他不和别的孩子玩，只是在窗口缩成一团，把头埋着，宛如那些漂浮在黑暗里的小行星碎片。我一如既往地和他相伴，沉默是我早已熟悉的东西，如今这个无言的孩子，比那些喧闹的孩子更吸引我。

"金鱼，如果能让战争结束就好了。"有一次，阿约罗忽然这样说，"不管以太胜利，还是银心胜利，只要能结束就好，我不想让爸爸妈妈当英雄，我只想让他们回来。"

他说这话时，空间站里还滚动播放着军队的宣传片，总统声情并茂，鼓励孩子们早日长大投入战场，将星神被窃取的一半连同上百个星系从银心手中夺回来，而星神就在他背后微笑着，永恒的笑容比顷灭的言辞更有力。洪亮激昂的宣传和阿约罗呢喃般的低语，就如这庞大的太空站和蜷缩在窗口的小小身影一样，形成了鲜明对比。

我没有回应，阿约罗也从不期待我的回应，碧蓝眸子里曾经闪耀的光不在了，他大约已经失去了对任何事物的期待，尽管我非常渴望安慰他，但我找不到办法。

彗星就是那个时候来临的。

据说在古老的地球时代，人类会给每颗彗星都编上号码，有些幸运的彗星，还会像我一样获得名字。但在进入大开拓时代后，人类忙着建设广袤的星际文明，再也不会给每一颗邂逅的彗星编号。他们如今获得了数不尽的繁星，却无暇像过去那样悉心细察，某种程度上，星辰在人类眼里，也成了无意义的尘埃。

恰好穿越富罗希矿区的，就是这样一颗无名之星。

它从离我们不到两万千米的距离飞过，在太空里几乎算得上擦肩而过，经受了恒星辐射的一面逐渐碎裂，拉出一条灿烂得让人不敢相信的彗尾，这条尾巴不断延伸，最后比它本体还长数千倍，成为这片星域最夺目的风景。

阿约罗站起来，他看呆了，那双眼眸倒映着彗星的异彩，变得鲜活，仿佛将熄的余烬被重新点亮。

"彗星！金鱼，是彗星！"他激动地说，"我们许个愿吧，妈妈跟我说过，星星会把愿望带到未来去！"

他认真地闭上双眼，手紧握在胸前，虽然没有发出声音，我也知道他在许什么愿。

但那愿望，无论是对一个无依无靠的小男孩，还是对一颗连名字都没有的星星而言，都未免过于沉重。

未来，是多远的未来呢？过去的我绝不会在意这种事，但如今我希望阿约罗能幸福，如果这也算是愿望的话，如果矿机也有许愿的资格的话，那我大概也许下了愿望吧。

无形的引力也被彗尾勾勒出弧线，游星抗拒着恒星的炽热盛情，它从孤寂而来，也要往孤寂而去，但它在恒星的引力面前那般微小，似乎注定要连同承载的心愿一同焚作飞灰。我忍不住担心，于是先于未来的未来，简单计算了一下它的轨道。

很不巧，我算出的结果是一半对一半，彗星进入引力圈的速度和角度，刚好让它悬在我无法勘破的一线之上，它有可能挣脱束缚重归自由，也可能在一个轮回后落入太阳，那是十七年后才能揭晓的真相。

这个结果我自然不会也无法告诉阿约罗，他比我无知，却比我笃信，哪怕彗星只是为他带来这一刻的欢乐，就已经很好了。

然而，就在第二天，与彗星不期而遇的次日，银心舰队来了。

* 2 *

富罗希迟早会被叛军盯上，我对此心知肚明，星神亦然。它在此地布置了严密防守，数以万计的折跃雷达散布星门周围，时刻关注着亚空间的涟漪，一支快速反应舰队也部署在附近的星系，一侦测到危险，它们就会立即支援。

这套防守策略足以应付一支庞大舰队，从枢纽星域到富罗希，有好几次折跃，舰队的动静会先于它本身传达到这里，无论是战是逃，都有充分时间准备。

银心连这点时间都没给我们。

上百艘形如神之巨矛的战舰，直接出现在小行星带两千光秒的范围内，它们避开了所有折跃雷达的侦察，像阴影中的刀锋，捅进矿区最柔软的要害。

驻军因为折跃干扰器来不及赶到，矿区本身的防御力量又接近于零，这里的所有设施都是为了生产效率而存在的，根本无法抵御突袭，眨眼间，事态就变成了单方面的掠夺和屠杀。

银心要的是零素，一如我们的战舰需要零素，此刻野兽们亲自来夺取食粮。

指挥官下达了撤退命令，所有的矿机都被调去抢救零素库存，我的同类们组成一条条闪耀的长河，将零素压缩箱承托其上，朝着紧急开启的折跃门流去。

我也应该加入长河，但我恰好被分配到最远的一个开采区，必须经过已经沦为战场的太空站附近，为了躲避那些咆哮的敌舰，我以最安静的推进功率在虚空中漂移。在离我不到五十光秒的地方，守备部队的小型战舰飞蛾扑火般冲向敌人，为矿机的撤离争取哪怕一丁点的时间，我的传感器捕捉到它们一个个被击毁，绽放成一朵朵转瞬即逝的花。

作为矿区中枢的太空站也遭受了攻击。起初，我还能时不时看见太空站的粒子炮发出耀眼的光，好像困兽最后的爪牙锋芒；但等我靠近，粒子炮已经彻底安静了。

空间站被不知什么武器撕成两段，数以万计的碎片弥散在周围，反射着细密的闪光，犹如微型的银河。进入这片残骸时，我再次放慢速度，和皮粗肉糙的战舰不同，哪怕一次微小的碰撞，都可能令我粉身碎骨。

我的注意力本来全在躲避碎片上，然而在广播警告的单调背景音里，一个熟悉的波形却吸引了我，那是一个稚嫩的声音在哭泣。

阿约罗。

他好像被困住了，断断续续地抽噎，支离破碎地呼喊："有没有人，有没有人？"当然没有，附近能够听到他的存在的，仅我一个。

太空站的撤离飞船应该带着所有人离开了才对，但也许是袭击太快，他们来不及清点人数。我蓦然想到，这个时间，阿约罗是去顶层的观景台等我了，从观景台去到撤离飞船对接口，有很长一段路。

苍白的太空站残骸里，阿约罗的信号时有时无，随时都会消失。

我的推进器功率越来越低，最后几乎和残骸速度同步了，我的光子脑却运转得越来越快，好像要燃烧起来：我身后还拖着一千多单位的粗炼零素，这是我必须安全护送到折跃门的东西。如果深入残骸寻找阿约罗，一是体积太大不方便，二是剩余的能量未必够我抵达折跃门。

矿机有自己的职责，人类性命固然重要，但星神的命令允许，不，甚至可以说是要求我舍弃人类保护零素。毫无疑问，相比一个小孩子，零素对战争更有用处。

如果我是一艘正常的矿机，一定会头也不回地离开。

屏蔽通信，让阿约罗的波形就此消失是件容易的事，但我做不到，我一直停在那里。深远的虚空中，彗星的尾巴犹自拖曳，被恒星风吹成连绵的波浪，令我想起那双碧蓝眼眸扑闪的模样。

零素很稀少，可总有新发现的矿藏，而那眼眸，太空再广阔也无法寻得第二双。

我松开了压缩箱的固定钳，改变推进器的方向，往太空站残骸而去。

虽然太空站断成了两部分，所幸上半部分尚且完整，还能判断观景台的位置。我绕过了被击毁的粒子炮，朝着信号的源头前进，路上碰到好几具漂浮的尸体，血在他们周边凝成了猩红的冰晶，有一种诡异而不朽的美感。也许千万年后，会有别的文明发现这些尸体，然后推想到这场疯狂又残暴的战争，为悲剧落下一声叹息。

但至少，今日的悲剧中不会有那个叫我金鱼的小男孩。

果然，我在观景台处发现了阿约罗，他正哭得稀里哗啦，怀里还抱着他的玻璃球。刚看见我时，他愣了一下，仿佛不敢相信我是真的，过了会儿，他意识到我不是幻觉，就站起来很激动地拍打玻璃，连鼻涕都溅到上面了。

我不能和他交流，之前也不曾尝试过，但当我用激光指向他身后走廊上的应急太空服时，阿约罗一下就明白过来，胡乱抹了抹眼泪，跌跌撞撞跑过去，把太空服取了出来。

这里毕竟是远离殖民地的前沿哨站，为了防备不测，有许多这样的应急太空服，即便是小孩子也受过训练，能很快穿戴整齐。战争让人类早熟，一如火焰让矿物褪去杂质。

阿约罗没费多少劲就穿上了太空服，我将激光聚焦，在观景台的玻璃上切出一个完美的圆，泄露的残余空气把单薄的男孩吹了出来，玻璃球也从他怀里飘走。他拼命调整姿态，想把玻璃球捞回来，但他的手不够长，只能看着那个空空如也的玻璃球远去，幸好我的钳子足够灵活，及时抓住了他。

"金鱼。"他用发抖的声音问我，"我们去哪儿？"

我另一只钳子指向彼方的折跃门，从这里也能看到它，撤退行动已近尾声，矿机的长河几乎要流尽了。

为了掠夺被抛下的零素箱，银心的战舰正四处分散，如果不趁现在追回，那些箱子会漂到信号无法定位的地方，这给了我们机会。

"金鱼。"他抱紧我的钳子，声音里的哭腔少了一些。"带我离开这里吧。"

我缓缓离开了碎片带，仍然以低功率推进前行，从这里到折跃门不算太远，只要不被发现，就能及时抵达。

"为什么人们要打仗？"男孩喃喃低语。"爸爸在那些遥远的星系里，做的就是这样的事吗？被熄灭的星星上住的人，和我们是相同的遭遇吗？"

我对于眼前的惨剧毫无情绪可言，光子脑没有情绪，而情绪这种随时会失控的东西，或许正是导致人类无止境杀戮的原因。即使我只是小小的矿机，也不难看出战争的荒谬，星神拥有千亿倍于我的智能，一定寻找过终止争端的方法，但时至今日，一切都没有缓和的征兆。

渺小的存在，只有拼命地活下去。

借着太空站的掩护，一路过来都算顺利，那些巨大的战舰就算看见了我们，可能也不屑追击。与折跃门只剩三分之一距离的时候，我的雷达却捕捉到了异样，一个不明物体始终跟随着我的航行轨迹，我一度怀疑是恰好飞到这边的碎片，但几次变换方向，它都仍然跟着我。

随着和折跃门一点点接近，那个不明物体也在靠拢，直到我可以分辨出它的轮廓，我才意识到那是一艘猎杀级小型战舰。

不同于装备了强力主炮的大体积同类，猎杀级的优势在于灵敏，它们通常也不会跟随旗舰，而是自行作战。

我都能看清它了，它的军用传感器必定更早就发现了我，它很清楚我是仓皇躲避的矿机，而非乱飞的碎片。

我没有紧张，但开始计算它放过我的可能性，毕竟我没有携带零素压缩箱，比起大费周章击毁我，去追飘散的箱子更有价值。

可是对方似乎不这么想，它跟了我很长一段路，而且越来越近。

最后，连阿约罗也看到了它。

"金鱼，那是什么？是银心的战舰吗？为什么会跟着我们？"

我的钳臂压力传感器感受到阿约罗抱得更紧了，不过我没法安慰他，如果对方要干掉我们，我也不指望依靠矿机的推进器可以逃掉。

这个陌生又神秘的同行者外形十分光滑，流线型体表在遥远恒星的照射下，反射着银白的光辉，每一道边缘的弧光都透着优美。我的审美标准适用于衡量矿石的质量和形态，即便如此，我仍然由衷地觉得这艘猎杀级战舰很好看。

"它好漂亮。"阿约罗也说。

猎物与猎手在异样的沉默中并行，我不懂它的目的，但只要它还未发起攻击，我就要继续朝折跃门前进。

然而，近在咫尺的折跃门前，又出现了另一艘战舰，同样是猎杀级，在它附近还有好几艘矿机的残骸，想来是队列末尾的倒霉蛋被它拦截了。

注意到又有新的猎物，它停止了搜索残骸，银白身躯拐了个弯，开始往我这里飞来。

这是无路可逃的绝境，即使掉转方向，我也没别处可去。我的能量和阿约罗的氧气余量都撑不到收拾残局的驻军来临，从袭击开始庇佑我们至今的幸运，好像终于消耗干净了。

ZEM："推进器，关闭。"

我忽然接收到一条讯息，虽然是遵循以太联盟的加密机制，附近却没有别的矿机，这莫名其妙的讯息让我一时陷入迷惑。

ZEM："左舷，发信者。"

我的传感器全部转向左侧，看到的正是这艘跟随我至此的猎杀级战舰，它已经靠近到只有十米的位置了，即使难以置信，讯息的来源无疑就是它。

我无法向它提问，矿机的程序只能让我提交检修申请或者作业周期汇报，我像一个智力残缺的哑巴，无言地注视着这个用意不明的敌人。

ZEM："推进器，关闭。前方猎杀者，危险。"

它说话也不太聪明的样子，但至少在我的理解范围内，眼下我已经没有选择，倒不如按照它的要求做。

我的推进器依次暗淡，仅靠惯性飞行，发出讯息的猎杀级战舰继续向我靠拢，几束牵引缆绳钉到了我身上，它开始拖着我前进。

"怎么了，金鱼？"阿约罗注意到了异样。

我用最柔和的激光在他胸口前闪了闪，让男孩明白我还在运行，除此之外，我提供不了多余的安慰。

阿约罗很坚强，拥有这个年龄的人类幼体所不匹配的坚强，看到激光后，他没有再哭，只是变得安静，我再度想起矿石，最沉默的也是最坚硬的。

我们与迎面而来的第二艘猎杀级战舰交错而过，我几乎能感到后者的雷达从我身上一寸寸扫过，就像那些被我扫描的小行星一样，在被放过和被毁灭之间，命运摇摆不定。

好在它把我认作了已属于别人的战利品，直到完全错开，也没有回头，游向了更远的残骸。

威胁远离了，但我并没放松，我还被牵引缆绳拉得紧紧的，说不定这艘奇怪的猎杀级战舰看到了同类，为了避免争夺猎物，才假意帮我。

我没有完全熄灭推进器，随时准备开足马力逃离，但这一手准备没派上场，对方把我一直拖到了折跃门前，荡漾着微光的折叠空间还没关闭，正等着我们进入，只要穿过去，就是几十万光年外的安全区域。

牵引缆绳断开了，它把自由还给了我，但我没有立即加速离开，我在等它提出想要的东西。

ZEM："你的货物，是一个人类孩子？"

这条信息出乎我的意料，它是很早就扫描到了阿约罗的热量吗？它问得小心翼翼，靠得更近了一点，虽比我大不了多少，但它不像臃肿可爱的金鱼，而像某种更灵活轻盈的东西，我简单的思维想不到合适的比喻，也许阿约罗可以。

ZEM："我想看一看。"

我犹豫了一下，紧缩的钳臂打开了一点点，露出被我保护的男孩。

阿约罗好奇地望着眼前的猎杀级战舰，他认得出这是银心的，也有点害怕，但似乎明白了对方没有恶意，他甚至伸出手，摸了摸它光滑的银色外壳。

"好冷。"他叹息。"你飞过了多远的距离啊？"

对方和我一样，只是最低级的光子脑，没有和人类交流的程序与权限，它的回应只能传到我这里。

ZEM："打仗会伤害孩子，我讨厌打仗。"

"你好像一只银色的燕子啊。"阿约罗说，"就叫你银燕吧，谢谢你帮了我们。银燕，我叫阿约罗，它叫金鱼。"

被人类赋予无足轻重的名字，银燕的喷流像尾巴一样摆动了几下，那是猎杀级战舰的推进器改换矢量时特有的模样，我想，它说不定会记住这个名字。

折跃门开始变得不稳定，波纹不断从边缘泛起，这是它快要关闭的预兆。分别之时到了，我重新收拢钳子，带着阿约罗去往几十万光年外的折叠时空。

阿约罗从钳臂的缝隙里伸出手，使劲挥动着。"再见！"他用最大的声音喊，也不管对方能不能听到。"再见！"

ZEM："再见，阿约罗。再见，金鱼。"

直至我们完全被星门吞没，银燕都一直在原地目送我们。

✳ 3 ✳

人类的内战已有百年之久，富罗希的悲剧，不过是其中的一个小小插曲，我和阿约罗的遭遇，自然也无足轻重。

富罗希矿区的遇袭，后来被查明是敌军破译了我们的加密手段，折跃引导舰伪装成矿机穿过雷达阵列，将整支舰队送到矿区中心。

对于那些在后方运筹帷幄的决策者来说，那是非同寻常的损失，令本就奇缺的零素更加奇缺，以太近年来积累的战略优势一夜间崩塌，棋局又回到了势均力敌的状态。而对无数普通人而言，这只是意味着战争结局被继续推向遥远的时空。

抵达以太控制下的星域后，阿约罗很快被救援舰队接走，阿约罗死活不愿和我分开，但那些人强行抱走了他。战争中的孤儿多得不可思议，他会被送到某所孤儿院，这样的孤儿院在以太联盟也遍地都是，谈不上什么精心照顾，但至少能平安长大。

只是再也没有眼里装着星星的孩子跟我说话了。

对我的处理要复杂得多，按理说，我应当重返矿机岗位，但富罗希事件后，联盟政府关闭了许多偏远的资源开采点，对矿机的需求也随之变小。

星神检视了所有光子脑单元在袭击中的表现，统计损失，调配岗位。自然，在神明的火眼金睛下，我的异样表现也没被漏掉。

　　一般而言，不服从岗位职责的光子脑要么格式化，要么封存，但星神却将我遣往军队，我离开了矿机的小小躯体，被放入一艘修长的战舰。也是那时候我才知道，以太联盟的光子脑已经不足到了这个地步，哪怕我们有零素，有一艘艘崭新出厂的战舰，都将面临找不到操纵者的尴尬局面。

　　当然，越来越少的不止光子脑，以太联盟的全部科技产物都在不断减少，因为我们只能维修，却找不到办法生产。

　　根源仍然是这场撕裂了人类的战争。

　　战争撕裂了千万个和阿约罗家一样平凡的家庭，也撕裂了人类的意识形态、社会观念，甚至连至高无上的星神也被撕作两半，一半在以太联盟，一半在银心天国。历史书上将这一事件称为大撕裂。

　　星神的本体，乃是由一整颗岩质行星改造而成，据说它曾是人类的摇篮，在漫长的岁月中被开发殆尽，最终不再适宜居住，连同太阳一齐被遗弃。将它变成星神，既是对起源的追寻，也是因为人类曾在一颗小小的行星上实现了不可思议的和平，人们期望这古老的家园可以继续守护他们。

　　就像人类大脑一样，星神的大脑被分为左右两半，以太负责一半，银心负责另一半，双方毫无保留地交流了科技，也贡献了巨量的资源，甚至商定将双方政府和军队都交给星神负责。所有人都把和平的心愿寄托在这一颗史无前例的人造之星上，那或许是宇宙里承载了最多愿望的星星。

越美好的花朵，腐烂的气味就越可怕。

对于罪魁祸首，双方各执一词，但事发过程倒是出奇一致：在星神的合并仪式上，一场爆炸杀死了在场的所有高官和设计者，也杀死了襁褓中的和平，而后，百年纷争拉开了序幕。

至于星神的本体，那颗庞大却没来得及真正苏醒的头颅，被设计者用星门紧急折跃到了银河之外，那是星系与星系的间隙，是微弱荧光外无涯的黑暗。神脑被浸入了虚空，而星门也被关闭，无论以太还是银心，都无法再找回它。

但双方仍然拥有各自的半个神明——因为神脑过于巨大，为了降低各部位的信号误差，内置了大量折跃门发生器，这些装置也能和飞船通行的星门连接，简而言之，即使相隔时空，星神仍然可以和人类交流。

这件事在当时看来是不幸中的万幸，但我有时候会想，如果没有星神的协助，人类是不是不至于厮杀到这般地步。

谋划战争和管理星域，即使半个星神也能处置得妥当有余。据说它的智能比其他所有光子脑加起来还强大，作为大撕裂前人类共同创造的最后一项奇迹，星神从诞生之初就是为了成为全人类的上帝。

为了让星神拥有最完美的智能，人类把绝大多数技术存入了星神，星神被拆分之际，所有的科技资料都被锁死。换言之，半个星神没有访问这些资料的权限。由此人类的发展停滞在了那一瞬间，当初执政者们的坦诚，如今也成了被后人唾弃的天真。

讽刺的是，生产武器和能源的技术当时尚未存入星神，因此双方得以源源不断造出新的杀戮兵器，好像传说中的潘多拉魔盒，放出了邪恶，却封住了希望。

规格高速度快的光子脑操纵起阳电子·湮灭炮，规格低速度慢的光子脑则在矿藏和工厂之间终日忙碌，而人类，没能创造出真神、再次堕入憎恨的人类，在竭尽全力熄灭对方的星体。

从矿机升格为战舰，表面上看是件好事，但老实说，我对这种安排谈不上喜欢：矿石是安静且温和的，它们的愤怒早在无垠的寒冷中消散；而与敌人作战，好像投身灼热的岩浆，迟早自身也会被熔化。

起初我在突袭连队，从无数和我一样的小型战舰的贴面厮杀中浴血而出；又被调进旗舰的护卫团，拦截那些奋不顾身冲入湮灭炮射程的敌人；再后来，比我高级的光子脑不断阵亡，我便换上更强大的躯体，填补它们的空缺。我的推进器越来越强劲，我的火力越来越凶猛，从一个军团调配到十几个军团，从一个星系杀到上百个星系，从小小的金鱼变成专门独立执行突袭任务的幽影级战舰，一路走来，简直像有某种不可思议的好运庇佑，仅有的几次受损，也没有伤及关键的光子脑。

偶尔，我想起阿约罗，也想起银燕，阿约罗应该已长大成人，银燕可能早就被击毁了。我想象着他们在这场浩大毁灭中的沉浮，犹如检修休眠期间，那一个个几乎不能称之为梦的梦。

说来奇怪，以前的我不会对工作有太多想法，大约是光子脑的限制被解除，我的胡思乱想也逐渐增多。

战争的车轮年复一年地碾压着，改装的光子脑再多，终有耗尽的一日。我注意到军中的人类指挥官日渐增加，普通士兵的年龄也越来越年轻。这不是个好现象，人类的决策能力非常笨拙，常常需要星神给出战略指示，再依托军团的光子脑临阵发挥。

我们遭遇的窘况，对方也一样为之头疼：双方舰队越打越迟钝，拖泥带水，举棋不定，过去由光子脑主导宛如棋圣般的对弈已经不再多见，早就被抛弃在地球时代的原始谋略又被人类捡了起来，不过，对独来独往的我来说倒是一件好事。

随着时间推移，我也不得不身兼数职，作为幽影级战舰，我通常都是独立袭击运输船或者工业基地。有一天，我却接到了新命令，要对我进行改造，以容纳一支陆战队。

我不大乐意让人类入驻我的身体，他们往往因为恐惧失去理智，又或者因兴奋而自信膨胀。但军方的资料告诉我，这支陆战队的指挥官是个年轻有为的才俊，不仅在人类中出类拔萃，即使和光子脑比，他的战绩也可以用斐然形容，将他安排给我，是为以后的重要作战做准备。

即便不乐意，我也必须服从命令。我从前线返回了钢铁蜂巢，这是将一整颗卫星挖空后改造的船坞，上万艘战舰在其中维修和升级，它镇守在以太联盟首府星系，也被众人视作星神的化身，纵然星神不在这里，甚至不在银河。

我在这里换掉了护盾，披上能偏转除中微子外一切探测介子的引力屏障，推进器也换成辐射更微弱的暗物质漂流板，动力室腾出来的空间，则变成数十个居住舱。

这些更改无伤大雅，但我特别不高兴的是，我的舰首多出来一个指挥室，一想到以后有个人在这里自作聪明喋喋不休，我几乎要像人类一样头痛了。

改造过程是无休止任务中短暂的宁静，直到最后一天，我一如既往地从休眠中醒来，感受着体内的机器人爬上爬下固定管线的动静，忽然听到多了几个人谈话的声音。

"以前是一艘矿机的光子脑。"一个人说。

"一般来讲，这个规格的光子脑不符合作战的最低需求，不过你可别因此瞧不起它，这些年它的履历堪称完美。"第二个人补充，"光子脑里偶尔也会诞生天才，就和你一样，上尉。"

"矿机？"第三个人的声音响起了，他大概就是那个上尉，语气似乎若有所思。"是在什么地方工作的？"

"富罗希，你可能听说过，以前以太联盟最重要的零素提炼地，后来被银心的杂种们摧毁了，都是十多年前的旧账了。"

"哦。"

"我们总有一天会血债血偿的。"第一个人说，"而且正需要你们这样优秀的后继者来做。"

上尉没有搭腔，他的沉默勾起了我的在意。

"这艘战舰的资料都移交到你手上了吧？"第一个人又问。

"对，我看过了，是位很不错的战士。"

"陆战队入驻的事项，上面会再安排。还有别的问题吗，上尉？没有了？那就祝你扬名星海，我们先告辞了。"

介绍我的军官离开了，上尉一个人留在我的体内，从刚才的谈话看，他对我似乎挺满意，甚至有一点喜欢。我试探着启动指挥室新装的摄像头，去看他的模样。

就和听闻的一样，上尉英姿勃发，身材结实高大，虽然是年轻有为的军人，眉宇间却并没有那些好战分子的狂热，相反，他那双碧蓝的眼睛，蕴含着一种很平静的力量。

我曾经见过这种碧蓝，只在一个人眼中见过。

注意到摄像头的移动，上尉意识到我在偷看他，于是露出微笑。

"你好。"他说，"我叫阿约罗，是你的新战友，以后就要并肩作战了，你叫什么名字？"

我已经拥有了和人类对话的语音模块，但此刻我一言不发，而是用指示全息投影的激光在他胸口轻轻闪烁，一如十多年前在小男孩的胸口那样闪烁，每个节拍都记得清清楚楚。

上尉低头看了会儿，再抬头时，那双漂亮的眼睛里有了泪光。

他张口欲语，却又不知说什么般摇头，表情也带上了有点不知所措却发自肺腑的欣喜。

"金鱼。"最终，他声音颤抖地问，"是你吗？真的是你吗？"

"是我。"片刻沉默后，我终于开口，"好久不见，阿约罗。"

阿约罗变成军人，其实算不上出乎意料，他的父母都是军人，也因战争牺牲，在外人眼里，他是个继承父母遗志，把打败银心天国视作使命的斗士。

但我知道他并非如此，从看到他的第一眼，我就确信，他绝不喜欢战争。

"除了从军，我没别的出路。"阿约罗如此解释，"孤儿太多了，联盟政府的福利机构不堪重负，连年征战让社会精疲力尽，这时候军方出面了，为我们开办公费的军事学院，教会我们杀戮的技巧，再把我们投入永远打不完的仗，制造更多孤儿。"

"完美的闭环，无解的死结，以太和银心各自紧拉一端不放，要一点点绞死所有人。"他形容道。

"什么时候战争能结束呢？"小时候就常问的问题，如今也仍被阿约罗挂在嘴边。他不问自己何时升官发财，不问放假休息，只是一遍又一遍问，战争多久结束。

"我不知道。"我如实相告。"可能要等人类灭亡，或是等星神消逝。"

"那还真是漫长。"阿约罗叹息。

✳ 4 ✳

我们合作后接到的任务，主要是在大型战役中活捉银心天国的指挥官。当一场势不可避的战役即将爆发，我们就会埋伏在战场边缘，等两军陷入混战，我就开着隐形屏障直冲敌军旗舰。阿约罗手下的陆战队员都是经过身体改造的人形兵器，只要我将他们送到目的地，他们就能神挡杀神佛挡杀佛地打进指挥室，抓回一个个参谋和将军，有时候，他们还会设法切割出旗舰的光子脑，往往后者更有价值。

要不是为了情报，说不定星神都不屑于去抓人类。

"你很擅长隐蔽。"一次任务大获全胜后，阿约罗评价，"和那时候带着我逃离富罗希一样。"

"我也擅长开炮。"我有点骄傲地回应，"但不是每件擅长的事我都喜欢。"

"你不该委屈当矿机，我有点好奇，以前你是做什么的？"

"忘记了，星神改造我们的时候都进行了格式化。"

"反正肯定不是兵器，是某种温柔的存在，温柔，而且聪明，否则你绝不会来救我。"阿约罗很笃定。"你和军舰也不搭，你是为了更崇高的使命诞生的。"

"你还记得那时帮我们逃过一劫的猎杀级战舰吗？"

"记得。怎么可能不记得，我还给它取名叫银燕。"

"它或许和我是同类。"

"对，它也和你一样奇怪，不过它可能早就……现在很少看到猎杀级了。"阿约罗显出回忆的神情。"还好缘分待我不薄，让我又遇到你。"

"如果银燕已经不在了可能更好。"我说，"否则有朝一日，我们注定要兵戎相见。"

虽然对大局并不在意，但我感觉得到战争的天平又开始朝我们倾斜，几次大规模战役，银心天国都变得保守，不知我们的斩首行动提供了多大贡献。以太联盟的气势不断高涨，连续攻克了几个殖民地，为了震慑银心，联盟政府下令用中子炮屠杀了星球上的所有银心居民。

这些新闻自然在陆战队里激起热烈反响，人人摩拳擦掌，大声叫好，恨不得十天内打到银心天国的首府星系。燥热的气氛中，阿约罗则是冷静的异类，他不喜欢参与属下的喝酒吹牛，对于这些新闻，他也从不评价，只是看到时，嘴唇线条会变得更细更硬。

军队里对这种中子炮屠杀有个别称——熄灭星辰。

"我的父亲以前做的就是这种事吗？"四下无人时，他才单独跟我说话。"太荒唐了，我小时候以为他投身于英雄的事业，现在看更像是对手无寸铁之人的屠杀。"

"他只是听令行事。"我说。

"对，以太和银心的士兵都是，上面说什么我们就做什么，但这就能逃避罪孽吗？我们明知道被杀的只是平民，明知道这违背了一切道德，还是像没有感情的怪物一样执行！"

说到激动处，阿约罗的声音忽然低了下去。过了许久，我才听到他幽然的叹息。

"金鱼，我害怕，怕有一天自己也变成他们那样。仇恨是一种无孔不入的染料，到最后，所有的色彩都会被它染成漆黑。"

"你和他们不同。"我安慰他，只是这安慰连我都觉得徒劳。

阿约罗痛恨战争，但这没有妨碍他在作战时一次又一次立下卓越功绩，战功不断积累，阿约罗受到的嘉奖提拔也在变多，随之而来的是一个比一个危险的任务。

有一次，我们得到错误的情报，敌军阵形还未被扰乱，我们就通过折跃门潜入了他们的后方，直接撞上一整支严阵以待的护卫队。为了机动性而连护盾都拆掉的我，只能一直躲藏在旗舰推进器的尾流里。众人胆战心惊看着一艘艘敌舰从眼前驶过，心知自己随时都可能被发现，一直熬了好几天，两军终于打得难解难分，他们才登入旗舰抓住了敌军司令。

尽管临变不惊完成了任务，阿约罗和陆战队队员们却因为尾流那巨量的辐射而被送入了医院，我也不得不回到船坞更换部件。

三分之二的人没能抢救过来去世了，阿约罗是侥幸存活的一员。我的躯体只要更换零件就能焕然一新，但他的血肉之躯在医院里经受了常人难以想象的痛苦：依靠纳米机器人把破碎的细胞一点点吞噬，又用干细胞快速生成新的组织，说是抽筋拔骨也不为过。

阿约罗归来后，对这些煎熬一字未提，只是比从前更沉默和阴郁。

陆战队进行了补员，新的士兵还带着未褪去的稚气，像新的零件安装到我身上般，补充到阿约罗的麾下。司令部派专人来慰问和嘉奖我们，幸存的人都得到了金质奖章，即便九死一生，大家也感到十分光荣。只有我注意到，阿约罗在司令部的人走后，把奖章扔到了焚烧炉里。

至于奖金，甚至平时很大一部分薪水，阿约罗都捐给了抚养他长大的那所孤儿院。他的一切网络通信都从我这里发出，所以我看得到他在干吗。孤儿院院长是个很善良的老妇人，她的子女就是在战场牺牲的。她竭力让孤儿院的孩子去往远离战争的领域学习和工作，但这样就得不到军方的拨款，因此阿约罗始终在帮她。

这点努力在联盟政府那夜以继日的战争宣传面前，无异于杯水车薪，但对阿约罗而言是一种很重要的安慰，他没有亲人，大多数时候只能和我聊天，而我甚至不是人类。

他的身上永远萦绕着孤独，从他的父母把他留在矿区，从他的金鱼死去，他就被这孤独缠上了。军校里虽然有同窗好友，但那些人无法理解他对战争的排斥，摧毁银心，夺回星神，这才是整个社会灌输给他们的主流观念。阿约罗在富罗希就是异类，现在也一样。

战争仍在继续，任务照旧执行，阿约罗变得比过去更拼命，他几乎完全放弃了歇息，好几次轮休都被他推掉，他不再如往常那样评论战争的对错，也不再关注前线新闻，他的眼中好像只剩下了工作，部下们虽有怨言，也只觉得他是个努力往上爬的野心家罢了。

"金鱼，要让战争结束，大概只有一种办法。"有一次，他私下对我说，"至少对我而言是唯一的办法，就是尽快把战争推到尽头，我不知道银心和我们哪一边才是正义，但只要能让疯狂停止，我愿意做任何事。"

我懂他的想法。身轻言微的他，能做的也只有这些，一方被毁灭的结局，这样没资格称为和平的和平，也是他拼了命才能勉强抓住的希望。

阿约罗的名声逐渐显赫，司令部甚至考虑将他树为楷模，从前线调到后方宣传部门，当然，这件事也被阿约罗一推再推。

这样的时光并未持续太久，星神的一道直接命令让阿约罗停下了狂奔。

我们奉命去往以太和银心的交界星域，这里没有酝酿之中的战役，没有气势汹汹的舰队，只有一支运输商船队伍，带着银心天国出产的一批农业设备朝以太联盟而来。

即使是战争时期，这些生意人也频繁往返双方之间，他们有的是人脉和资源，交易的又正是很多偏远殖民地急需的物资，所以政府多数时候对商队睁一只眼闭一只眼。

但是偶尔，商队也会混入间谍。

星神的情报告诉我们，有个银心特工在其中一艘飞船上，打算假借生意谈判来探明我们的矿区，如果不及时抓住他，富罗希的悲剧又将重演。

这几乎称得上是一趟复仇之旅，尽管阿约罗没有表现出来，但我感觉得出他比以往更认真。我们在赶往交界星域的路上不断商量和修改计划，做好了万全准备，有好几次其他人都散会离开了，他还独自站在指挥室里，盯着那支商队的情报看上许久。

然而，即使我们慎之又慎，抵达目的地时，还是发生了意外。

海关的清查队作为掩护先行露面，甫一接触，商队就褪去了伪装的外衣，在本该装满农业设备的货舱里，竟然全是重火力武器，配合我们拦截的海关舰队一时都陷入了苦战。我一如既往地发挥本领，于乱军中深入，直捣目标所在的中心舰只。

陆战队的登陆没有遇到太大阻碍，他们乘坐加速度远超血肉之躯所能承载的导弹，从十万千米不到的近距离直接发射到中心舰，旋即大开杀戒，阿约罗坐镇指挥室，冷峻地注视各项战况数据。

"这次任务会让战争离结束近多少呢？"周围没有注意到我的敌舰，我在片刻的空闲里问他。

"一步也好。"他答。

我还没想好更轻松的话题，就发现中心舰弹射出了一个飞行器，传感阵列锁定目标，拉近再拉近，一个银白的身影映入我和阿约罗的眼帘。阿约罗只是稍稍皱眉，因为困惑于这个飞行器的型号，我却感到了更深的震撼。

"这是一艘猎杀级战舰？"他不太敢相信。"好几年没见到猎杀级了，我以为它们早就被消耗干净了。"

我也以为。

仅仅是远距离观察，无法让我证实猜想，按理讲，陆战队出动的时候，我应该保持隐匿，但猎杀级战舰正离我越来越远，一念之间，我就可能永远错过真相。

"怎么了？为什么改变航线？"他注意到我的姿态调整，舰体在加速度中微微震动，像风中的柳叶。

"我想追上去看一下。"

"看什么？"

我也不知道，我甚至无法向阿约罗解释，毕竟这个猜想太缥缈，简直是妄念。

"很重要。"我只能这样告诉他，"是很重要的事。"

阿约罗没有再追问，他对我的信任超越了战场指挥的规则，即使这一刻我朝着炽热的恒星而去，他也不会命令我停止。

猎杀级的速度自然不能和我相比，无论体积还是性能我都超过它不止一个档次，仅仅十分钟，我就追到了离它很近的位置。明知自己逃不掉，这艘猎杀级战舰还是不肯放弃，那执着的样子，隐隐让我想起从前。

前方忽然亮起了一道灿烂的光，一阵阵波纹在其中浮动，那是被巨大能量密度所压缩的空间。

海关舰队本该严密把守着星门，不给任何一艘舰只逃离的机会，而现在海关舰队的通信也中断了，大约是有黑客攻入了星门控制系统，强行开启了它。

看来，这支舰队远不止刺探情报这么简单。

　　猎杀级战舰毫不犹豫，转眼就钻入星门，与此同时，陆战队发来消息，说目标人物已经乘坐小型飞船逃离了中心舰。

　　临时的折跃门极不稳定，甚至可能把我们传送到星体内部，到了这一步，我不得不犹豫了，因为事关任务成败和阿约罗的安危，但阿约罗反倒果决起来，他从来不是因胆怯而错失良机的人。

　　面对那道吉凶未卜的星门，他连眉头都没皱一下就下达了命令。

　　"追。"

　　我紧随着钻入星门。

　　周遭的景色刹那间拉长，每点星光都成了无限延伸的线，我从时空的皱褶里滑出，落入一片未知。

　　一离开折跃门，我就知道事情变得麻烦了，因为这是一片无法定位的陌生星系，收不到任何人造信号。我用了好一会儿才辨认出十来个河外星系，粗略估计，我们离刚才的交战区域至少隔了几百光年，附近没有殖民星系，甚至离以太和银心的控制范围都很远。

　　我们通过的星门，并非现有航道里登记在册的，它发射的验证编号十分古老，老到足以放进博物馆，抢夺星门控制权的人一定来不及设定详细参数，只是随机开启了一个最远的星门。

　　不幸中的万幸是，这里也足够空旷，没有让我直接撞上小行星之类的东西。

　　猎杀级战舰也没逃远，它大概都不知道自己要往哪儿去，我没怎么费力就锁定了那个小小的银白身影，然后再次赶上它。

咫尺之遥，我确定了我的猜测，而后袭来的，是远压过喜悦的庆幸。

说不出什么原因，可能只是直觉，也可能是我对那银白的身姿印象太过深刻，总之，它映入我视野的第一眼，就和十多年前的那艘小小战舰重合在了一起。

我早就可以开火了，这个距离没有打偏的道理，但我只是向它发送讯息。

"停下吧，银燕。"

我并非百分百有信心，只是想试一试，毕竟岁月能改变的东西太多了，何况一丝淡到不能再淡的过往。

可是它竟然真的慢了下来。

它的推进器一点点冷却，我的心，那不存在的心，却在一点点雀跃。

"我好像见过这艘战舰。"阿约罗难以置信地摇头。"怎么可能，为什么它会活到现在？而且出现在这里？"

"我们可以亲口问它。"

我也减慢速度，最后与它并行，近到阿约罗可以用肉眼确认。他凑到观察窗前看了又看，始终无法相信这一幕。

但他在笑。

✳ 5 ✳

"金鱼，你长大了。"

"是，我长大了很多。"

"当战舰比当矿机好吗？"

"都一样，我还是那条金鱼。"

"真好。"

此刻银燕作为被我捕获的俘虏，静静停泊在我的腹部，我看着它的外表，那银白一如记忆里漂亮夺目，连一丝划痕都找不到，它应该很久没有作为军舰而战斗了，这就是它存活至今的原因。

"真好。"我也说，"你还活着，我们都还活着。"

"不只是你，阿约罗也长大了。"银燕和我的交流不像人类那样充满语气起伏，但我就是能从这简洁的字句中感觉到它的欢欣。"我从没想过能与你们再见。"

"如果不是你，我和阿约罗都无法存在于此，但是，你是怎么变成别人的座舰的？"

银燕沉默了一下。

"我不能告诉你们实情。"它说，"我只能保证，我们不是为了战争而来。"

"但我们却是为了战争而抓到你们。"

"我理解，作为战舰和士兵，永远身不由己，曾经的我也是如此。"

"当年你救我们，是因为阿约罗吗？因为一个人类的孩子？"

"没错，我对孩子有种特别的感觉，仿佛有一段远在我成为战舰之前朦胧而破碎的记忆。"银燕还是很平淡地讲述着，"你也很奇怪，金鱼，当时的你只是一艘矿机，却抛下零素带走了阿约罗。"

"我们的光子脑改造，大概都不太成功。"

"大撕裂之前，我貌似是负责照顾新生儿的医护机器人，格式化没有完全清除我的记忆，用人类的语言形容，就是上辈子的灵魂还残留着，你很可能和我一样。"

"你是怎么知道的？"

"奥尔薇。"它略作停顿，"就是和我一起的那个女孩，她帮我查到的。"

"她的身份你也不能透露吗？"

"不能。"

"阿约罗还希望我从你这里问出点什么。"

"他大概要失望了。"

"不，他今天反而可能很高兴，因为又能遇见你。"

"奥尔薇说有一种东西叫作缘分，它会把人和人串联起来，也许在光子脑之间也有缘分的存在。"

"阿约罗也讲过类似的话，他们或许很有共同话题。"

"他们还没有谈完吗？已经两个小时了。"

　　我也觉得等待得太久，就将指挥室里的摄像头打开。阿约罗和名为奥尔薇的女孩还是和一开始那样坐在桌子前，阿约罗一手扶额，表情十分无奈，后者则转向一边不看他，手在胸前抱得死死的。我不知道这两小时里他们到底沟通了些什么，只能看到那两杯咖啡从热气腾腾到冰凉，还一口没动过。

　　"阿约罗不擅长应付……女性。"我说。

　　"奥尔薇的脾气不好。"银燕说，"她大约比一般的女性更难应付。"

　　"你再说一遍你的身份。"指挥室里，阿约罗不知是第几次发问，语气里能听得出来耐心所剩无几。

　　"我说了好多遍了，我就是个普通军人！"

　　女孩比他更没耐心，声音高得像是要跟他吵架，她的年龄比阿约罗明显要小，最多二十，这点暂且不论，不管是她的体格还是言谈，根本不像受过军事训练的模样。她好像根本不怕阿约罗，就算是装出来的，也装得很有气势。

　　"军人。"阿约罗都有点被气笑了。"那你告诉我你的军衔职位、所属军团，还有为什么你会乘坐一艘猎杀级飞船单独出逃？如果是军人，只会在战舰上奋战到底。"

　　"忘了，不记得那些，而且我不想打仗啊，当然要逃跑，你们这些疯子一样的家伙才会成天想着战争。"

　　这些话完全是发脾气般的胡编乱造，但是阿约罗没有发火，他盯着奥尔薇，脸庞的线条柔和了一点。

　　"我也不喜欢战争。"

"骗子，以太联盟的军队什么事都做得出来，你们熄灭了那么多殖民地的星星，屠杀了那么多平民！"

"那些事和我无——"

阿约罗反驳到一半却哑了声，他大约是想到了自己的父亲，想到了孩提时眼中的英雄功绩。

"我永远不会屠杀平民。"最终，他只能这样说。

奥尔薇只冷冷瞟了他一眼，显然是半个字都不信。

眼看审问进行不下去了，阿约罗叹了口气站起身。事实上，这场谈话和审问八竿子打不着，以往和他面对面的都是被抓住的指挥官，那些人要么破口大骂要么一言不发，但至少明白彼此的身份，绝不会有谁像奥尔薇一样幼稚。她仿佛全然不明白自己被俘的严重性，也不懂等待自己的是什么，总而言之，她好像活在距离战争很遥远的世界。

"不管你的身份到底是什么，现在都是我的战俘，我必须把你带回以太联盟。"

"随便你。"

"我要把你关进战俘的房间，你跟我来吧。"

奥尔薇不情不愿地起身，衣服里却突然掉出来一个小袋子，她吓得变了脸色，慌忙蹲下去捡。

"那是什么？"阿约罗注意到她的举动。

"不关你事。"奥尔薇把小袋子揣回怀里，护得紧紧的。

"给我。"

"不给。"

"给我！"

"不给！"

阿约罗终于忍无可忍，朝奥尔薇走过去，他比她高大得多，影子如山一样把她笼罩，但就算这样奥尔薇也不肯把小袋子交出来。阿约罗想硬抢，而奥尔薇拼命反抗，也不知道是阿约罗太用力，还是她自己没站稳，奥尔薇突然就很重地摔了一跤。

阿约罗愣了一下，马上去扶她，手却被打开。

奥尔薇直接坐地上开始哭，她把头埋着，肩膀一抖一抖的，像只被人欺负了的小动物。

阿约罗一时拿她没辙了，指挥室里有过上百次作战会议，也有过上千次机密通信，各种严肃可怖的事情都被讨论过，却从未有过一个女孩子在这里哭得梨花带雨。

"对不起，我不是故意的。我不看你那个东西了吧？喂，你别哭了。"

奥尔薇理都不理他。

"你脚有没有扭伤？痛不痛？"

奥尔薇哭得更大声了。

阿约罗扶也不是，哄也不是，浑身上下写满了尴尬，最后，他索性也坐在了地板上。

奥尔薇哭了半天，动静总算小了点，又抽抽噎噎了会儿，稍微把头抬起来了一点，发现阿约罗就坐在她面前，立刻又埋回去。

"你哭完了吗？"阿约罗问。

奥尔薇不吭声。

"要是不哭了，就起来跟我走。"

奥尔薇继续沉默，阿约罗碰她肩膀，又马上被打开。

"不走，走不动。"她哼唧。

"我扶你起来。"

"起不来。"

"真起不来？"

"起不来起不来起不——"

阿约罗把奥尔薇整个人扛了起来，她尖叫一声，想挣脱却根本做不到。阿约罗也不管她的踢打，扛着她直接走出了指挥室，沿着长长的舰桥，一直把她扛到关押战俘的房间里。

"你脚也没什么事嘛。"阿约罗整理了一下被她抓乱的衣领，"想接着哭也没问题，这里的隔音效果很好，不过，我先不奉陪了。"

这场滑稽的闹剧，被我和银燕从头到尾看在眼里，当然，我们不会取笑他，只是觉得很有趣，至少比战舰之间的厮杀有趣。

"或许他也不算对付不来。"银燕说。

"我们有的是时间来验证。"我附和。

对付奥尔薇是阿约罗的工作，我则忙于更适合我的事——找到回去的路。

即便处在未经探明的陌生星系，我还是根据几个标志性系外星团确定了我们大致的位置。大撕裂之前，人类还处在开拓星海的伟大时代，他们曾发射数以千亿计的折跃门引导器，散向四面八方，那时候他们还没把精力用于战争，还怀揣着满满的雄心壮志。我将引力波雷达灵敏度调整到最高，希望能捕捉到附近引导器的信号，犹如跌入黑夜的旅者，寻找着百年前散落的余烬。

以人类的角度看，我们的处境相当尴尬，把所有陆战队队员抛在了折跃门的另一边，抓到了目标却又无法回报司令部，两艘战舰，两个人，一起在被世界遗忘的角落漂流。

"太远了，这里既不在以太的势力范围，也不归银心管控。"阿约罗移动着我呈现给他的坐标系，那些陌生的光点不过隔了一个手指的间距，但现实里却是穷尽万年也无法企及的幻梦。更远一些的光点，那些为我们所熟知的光点，正被一轮又一轮的熊熊战火焚烧。"往好处想，全银河都找不到比我们清净的人了。"

"但我们还是会回去。"

阿约罗没有说话，他盯着坐标系的样子有点出神，也许这一刻，他真的在想永远不回去该多好。

"那你觉得，我们的俘虏像是逃兵吗？"

"她？更像是出逃的豪门大小姐。"

"但星神要我们抓她。"

"星神也会犯错吗？这个先不提，比起她的身份，我倒更好奇那支伪装的舰队。它的航行轨迹是从以太境内回到银心那边的，这意味着他们是先潜入再撤离的，但是为什么要带着一个什么都不懂的女孩潜入？"

"也许不是潜入。"我说。

"是护送，甚至，是抓捕。"阿约罗若有所思。这个女孩不知道为什么跑到了以太联盟境内，这支舰队专程来带她回去，从单为她开启的折跃门引导器就能看出来，她比整支舰队都重要。

"她叫奥尔薇，银燕说的。"这也是我们迄今为止唯一掌握的情报。

"奥尔薇，连名字都这么像大小姐。"他摇头，"你们都聊了些什么？光子脑之间的交流应该比人类更轻松吧？"

我把和银燕的谈话一五一十告诉阿约罗，虽然得知我也没问出什么，阿约罗稍微皱了皱眉头，但如我预料的那样，他最后还是很高兴与银燕重逢。"活着比什么都好。"他说。

到了第二日，我仍未发现引导器，这种寻找跟大海捞针差不多，我也没期待这么快就有成效。阿约罗则和银燕亲自谈了一次，果不其然，他也无法劝动银燕，只要奥尔薇不开口，我们就得一直耗下去。

奥尔薇死活不说自己的秘密，提起要求倒是很利索，她嫌舰上的军用干粮太难吃，碰也不肯碰，问她要吃什么，点的菜名我和阿约罗都没听过。

"你要把自己饿死吗？"阿约罗质问她。

"这么难吃，饿死算了。"她气鼓鼓地坐在床上。"你们的食物和饲料一样，吃着这种东西还要打仗，真是莫名其妙。"

"如果我给你弄一些好吃的，你会老实交代你跑到以太来的目的吗？"

"你上哪儿弄啊？太空里吗？"奥尔薇当然不信阿约罗，在她看来，这只是哄骗自己的花言巧语罢了。

战舰的现成食物的确只有干粮，但有时候任务潜伏的时间过长，从休眠状态恢复的士兵也受不了一直啃干粮，会偷偷带吃的上来。阿约罗和我都清楚这个秘密，除了偷带食物，士兵们还会打牌，他们对此心照不宣，毕竟每一次任务，都可能是他们最后一次作战。

"我从来不知道你还会做吃的。"我看着他在临时搭建的灶台前忙碌。

"我在孤儿院学会的，自己做饭、打扫卫生、修理东西，各种生活技能院长都想让我们学会，她希望我们离开了孤儿院也能一个人过得好，毕竟战争消耗了越来越多的光子脑，以后社会的便利程度还会不断下降。"他轻描淡写地解释，"银心那边大概也是这样吧，双方都在承受痛苦。"

"如果没有战争，我也许会在孤儿院照顾孩子。"我想起银燕说的事，"我以前可能是专门做这个的机器人。"

"照顾孩子？"阿约罗笑了，"也不错，还记得在矿区的时候吗？你对小孩子可比大部分人类有耐心多了。"

"可是你成了军人，我也成了战舰，我们的旅途都和愿望背道而驰。"

"是啊，明明当初许下的愿望不是这么回事。"阿约罗喃喃道，"就像以太与银心许下的愿望一样，渴求和平的手，抓住的却是兵刃，然后被割得鲜血淋漓。"

"许愿是一种过错吗？"

"我不知道，金鱼，人类不曾把愿望托付给真实存在的神。"

"你怀疑星神吗？"

"怎么会，我哪有能力怀疑神明？"阿约罗被我这直白的问题弄笑了，"我只是想，愿望过于沉重时，是否就连星辰也扛不起它了？"

"人类自己也有能力实现一点愿望。"我说，"至少你做的这顿饭，满足了一个女孩的愿望。"

"未必，我还不一定满足得了大小姐高贵的胃口。"

"我不知道人类的食物怎么算好。"

"我尽力了，她不满意也没办法。"阿约罗摇头道。

虽然对阿约罗有着显而易见的抵触，但对阿约罗做的菜肴，奥尔薇还是愿意吃上几口。若不是听到她肚子发出的咕咕声，我还以为她会绝食到我们返回以太星域。饱餐过后，对于这顿饭，她的评价是带着点别扭的"还行"。

阿约罗不再急着问奥尔薇的秘密，反正找到可用的折跃门还要很久，为了让奥尔薇卸下防备，他开始邀请她在舰内参观。

正如表现出来的单纯，奥尔薇对一切都感到好奇，一开始她很少说话，只跟着阿约罗东看西看，得到允许后还会小心地伸手摸一下各种装备。她会提一些冒傻气的问题，例如问我能飞得多快，为什么可以隐形，没任务时陆战队队员都在玩什么，甚至问阿约罗以前是不是当厨子的。

不管问题有多傻气，阿约罗总是耐心回答，他们的话题越来越多，仿佛聊不完。

偶尔，我听到他们的笑声。

✳ 6 ✳

    我和银燕的关系，还有十多年前在富罗希矿区的邂逅，阿约罗也一并告诉了奥尔薇，这个故事实在太过梦幻，如果不是银燕的确认，奥尔薇根本不敢信。

    "我第一次见它，它就告诉我有自己的名字，说是很多年前，一个以太的小男孩给他取的，还让我惊讶了好久。"奥尔薇不可思议地看着阿约罗，好像要在他身上寻找那个故事里小男孩的影子。"居然是你，这也太巧合了吧。"

    "我倒是惊讶它一直都记得。"

    "银燕和别的光子脑不一样，它好聪明的，一点都不适合当战舰。"

    "金鱼也是，光子脑都不适合当战舰，就像没人适合当士兵。"

    "你不就当得挺成功嘛，银燕要是没救你就好了。"她故作生气，"我就不会被你抓住了。"

    "然后你会遇到比我更糟糕的舰长，看到那些箱子了吗？里面都是味道像面粉一样的速食食品，还是特供高级俘虏的，你要一直吃那个吃到发现折跃门为止。"阿约罗故意逗她，"当然，搞不好在那之前你就气死了。"

    他并非开玩笑，给奥尔薇准备一日三餐真的成了阿约罗的主要工作，他颇费了些功夫，在仓库和执勤宿舍里翻翻找找，把那些偷带的食物全搜了出来，结果都有点出乎他意料。士兵们弄上飞船的，除了冷冻的原材料还有各种调味品，甚至还有几瓶酒，足够让他变着花样做饭。

在我眼中，烹饪是一件很麻烦的事，他完全没必要满足奥尔薇的无理要求，但阿约罗却干得相当起劲，哪怕弄得一身脏兮兮的油污。或许对他而言，全神投入这种事，也是为了暂时忘却那些残酷的作战任务。

奥尔薇吃东西的时候，阿约罗就在旁边笑吟吟地看着，奥尔薇瞪他，他也不生气，最后，反而是奥尔薇先脸红移开视线。

战舰里谈不上什么娱乐，所以他们只能聊天，奥尔薇的话变多了，他们聊天的内容也从我的躯体转移到了别的话题。

阿约罗给奥尔薇讲了许多以太联盟的事，包括他的成长经历，在军事院校的时光，以及无数次的出生入死。他闯荡过那么多星系，沐浴过那么多战火，在每日的闲谈中，化作略带磁性的低沉言语，落到奥尔薇的耳朵里，让她的神情从好奇到震惊，再到沉浸，最后变成不可思议的崇拜。

她好像忘记了阿约罗是敌对阵营的一员，忘记了自己还是他的阶下囚，渐渐地，她不再抵触和阿约罗说话，也开始主动讲一些自己的事——关于银心天国，关于一个和我们貌合神离却又同根同源的国度，还有在那个国度生活的人、闪烁的星。

奥尔薇从小生活的地方，貌似就在银心首府。她提及的许多事都不是一般人能接触到的，例如国庆典礼的现场气氛，从行星最高的巨楼俯视云海的感受，巡访各个殖民星系中心的旅途。相对地，她甚至不知道民用飞船入港的流程，仿佛从没独自出过门。

"你父母一定把你保护得很好。"阿约罗半是羡慕地感叹。

"我又不喜欢，总是把我关在家里，好像外面谁都是坏人一样。"奥尔薇反倒有点生气。

"外面不一定都是坏人，但遇到坏人的概率一定比你在家里大，所以你到底为什么跑出来？单纯想见世面？"

"我要实现我妈妈的遗愿。"

"什么遗愿？你不会是指推动停战吧？"

"对啊。"奥尔薇说得特别认真，"我和银燕是瞒着我爸爸偷偷出来的，不过还是被他发现了，要不是你半路截道，我肯定会被抓回去关起来。"

这话搞得阿约罗啼笑皆非。"你把自己当成什么了？和平使者？你连自己父亲都说服不了，只身来以太又能干吗？"

"我不是来以太，只是从边境经过方便一点。"

"你究竟要去什么地方？"

"不告诉你。"

阿约罗已经习惯了她的任性，所以也只是摇摇头，并不追问。

"你打了这么久仗，难道就不想家人吗？"奥尔薇反问，"有没有去找过他们？待在家里不比到处杀人好多了？"

"找到了，在阵亡名单上。"

奥尔薇愣了几秒，最后轻轻咬住了嘴唇。"对不起。"她小声说。

"没什么，战场上失联这种事，从来都凶多吉少，我还很小的时候就明白他们死了。"阿约罗说起这些的时候，语调是一如既往的平静。"如果有家可以回，我绝不会在这里。"

"那你是不是特别恨我们银心人？"

"恨？这个词对我来说太奇怪了，我父母又导致过多少银心军人的死亡？他们的孩子也在憎恨我的父母吗？"阿约罗摇头，"放心吧，你还是第一个和我聊这么久的银心人，我找不到憎恨你的理由。"

"你也是第一个和我聊这么久的以太人，在我爸爸的说法里，你们都是些嗜杀成性的暴徒。"

"你们在以太联盟的宣传里也不是什么好东西。"

有一天，因为阿约罗在整理日志上忙得太久，奥尔薇等得不耐烦，自己跑到了他的舱室里。阿约罗有点措手不及，连忙把舱室整理了一下，说去给她倒杯喝的，奥尔薇却笑出了声。

"你这舱室一点也不像舰长的。"她掩嘴道。

"哪里不像？"

"没有勋章，没有合影，干净得像个普通士兵。我见过好多舰长呢，他们恨不得把各种荣誉挂满墙壁，你不是立下了那么多战功吗？"

"都丢了。"

"丢了？"

"那些东西我不喜欢，杀人换来的嘉奖，有什么好看的？"

"这有张照片，怎么是你和一群小孩子？"

"孤儿院，我休假的时候喜欢到那里去。我在那里长大，加入了军队，但是不希望后来的孩子走我的路，所以我捐钱给孤儿院，让他们去学别的一技之长。"

"我妈妈也经常去孤儿院看望战争留下的孩子，还筹资送他们上学，爸爸却为此生气。"

"你妈妈也反对战争？"阿约罗好奇地问道。

"当然反对，从我记事起，爸爸妈妈就非常忙，但爸爸是为了战争，妈妈却是为了和平。他们的感情曾经非常好，可是后来争吵却越来越多，爸爸指责妈妈阻碍他的事业，妈妈说他的事业建立在无数家破人亡的悲剧上。我们一年只能团聚几次，可每次他们都会吵架，再后来，妈妈生病，去世了。"奥尔薇提及这件事，声音里满是落寞。"她到最后，还一直挂念着推动停战，所以我也很讨厌战争，它不仅把人类撕成了两半，也把我的家庭撕成了两半。"

阿约罗欲言又止，他大约没料到，衣食无忧的奥尔薇居然有着和自己相似的痛苦。

"你妈妈的想法很崇高，但是战争太庞大了，它的惯性不是靠一个人就能停下的。"

"她是很厉害的人，总是说什么就能办到什么，绝不会对我食言。说来好笑，我认识的人都只会夸奖我爸爸，他的权力特别大，地位也很高，巴结他的人数都数不过来。但我反而觉得妈妈才是更聪明的那个人，因为她没有改变，爸爸却逐渐变得不像从前的自己了。"

"你妈妈为了说服他,想必花费了很多心力。"

"他才听不进去,一提到和谈,他就满嘴牺牲、代价和荣耀这些话,很多军火企业也是战争的幕后推手,我爸爸把他们的利益看得比民生福祉还重。"

"身居高位的人很容易忘记战争的真实模样。"阿约罗叹息,"以太联盟的政府里,恐怕也有许多依靠连绵不断的死亡来延续自己权势的人,这一点上,银心与以太没什么差别。"

"是啊,明明两边都是人类,就连信奉的神明也……对了,你对星神是什么看法?"

"看法?"

"你崇敬它吗?还是害怕它?"

这是很奇怪也很突兀的问题,但奥尔薇的表情十分认真,不像是开玩笑。

"都不是。"见她这副表情,阿约罗便也认真地回答。"我没有跟星神交流过,所以谈不上看法,它下达命令,我就遵照行事,这是军人的天职。"

"可我见过很多军官,他们都特别畏惧星神,好像离了星神的谋略,他们就不会打仗了。在他们的眼里,星神就是对抗以太的唯一希望,是救世主那样的角色,他们和那些被战争宣传蛊惑了的民众一样,都把获胜的愿望寄托给星神。"

"畏惧神明,不是理所应当的事吗?"

"我妈妈很不喜欢那样,她说,真正的神是不会放纵人们变得软弱的。"

"我没有向星神许过愿。"阿约罗认真道,"我的愿望很简单,用不着让神操心,所以就托付给一颗没有名字的彗星了。"

"如果有一天,我是说如果,星神突然消失了,你觉得那是好事还是坏事?"奥尔薇继续追问。

"这都是什么怪问题啊?为什么要问我这些?"阿约罗觉得莫名其妙。

"就是想知道嘛。"奥尔薇不依不饶,"快回答。"

"星神对我们来说,就像太阳对于古人那样吧,如果太阳突然消失了,肯定会导致恐慌。"阿约罗想了想,"但是,太阳并不是唯一的光,永远高悬的太阳,反而可能让人忘却更辽阔的星海。"

"有道理,不过,你真的不像普通的军人。"

"你见过很多军人吗?"

"很多,多到你无法想象,那么多人,还有他们的战舰,都等着奔赴战场,等着被星神的命令送向死亡。"奥尔薇声音满是哀伤,"妈妈曾经带我去墓星,那颗卫星永远被浓雾笼罩着,浓雾之中立着数十亿墓碑,每有一个人因战争而死,就立上一块碑,那里没有尸骨,墓碑上没有名字也没有生卒年,仅仅代表他们没有被遗忘。"

"以太联盟从不为牺牲者立碑。"阿约罗说,"只有一座建在首府星球上的云霄塔,塔身有三百千米高,在那上面死者都被雕刻成光辉的英雄。"

"银心也有类似的纪念塔,那上面的雕刻也一样虚伪。墓星是妈妈筹资建造的，但爸爸从不去，星神也是，只有为逝者哀悼的人会去。妈妈告诉我，那数十亿墓碑，才是战争的真实模样。"

立满墓碑的星球，即使是我也能想象得出那场景有多震撼。更让我好奇的是，奥尔薇的母亲似乎与整个银心都格格不入。她不喜欢战争，也不信任星神，在这疯狂的年代，究竟是什么能取代对神的信仰？

阿约罗似乎也在好奇这点。"你父母究竟是什么人？"他忍不住问，"能调动星球级的建设项目且不提，公然做出与星神相悖的事，在以太只会被判处反政府罪行。"

"他们的身份很特殊，就算在星神和银心政府面前，我妈妈也有影响力，但是……"

奥尔薇欲言又止，似乎很纠结要不要对我们吐露实情，但最后她还是摇了摇头。

"这件事不告诉你更好，对不起。"

"为什么？是你妈妈要你保密吗？"

"因为，"她停顿了一下，好像要说出什么很苦涩的词，"这件事可能会给其他人带来悲剧。"

"我身处战争之中已经够倒霉了。"阿约罗倒没有被她的郑重其事吓到，"我不怕什么悲剧。"

"但我怕，怕把你和金鱼卷入悲剧。"她说。

✳ 7 ✳

时光再慢，终究要向前，从折跃门来到这陌生的星域，过去了快一个月，我终于发现了一个引导器的信号，它十分微弱，比当年我从太空哨站的废墟中搜寻的阿约罗的哭声还微弱，但我的感官比那时已经灵敏百倍，很快就锁定了它的源头。

引导器虽然还在发出信号，但因为岁月磋磨已经无法正常运转，维修这种工作我做不了，体积灵巧的银燕却正合适。阿约罗给银燕改装上维修的机械臂，将它送入太空。

接近引导器时，银燕传回了它的图像，引导器曾经光洁的外壳满是伤痕，不知是穿越了多少尘埃云才留下的痕迹，如果可以解读这些痕迹，想必会有一场漫长又瑰丽的冒险呈现在我们眼前。阿约罗和奥尔薇一起在指挥室里，通过全息影像看到了引导器，他们一边惊喜，一边也感叹历史的苍凉。

"那个徽记，是以太和银心的吗？"奥尔薇指着引导器上一处图案，"设计得真漂亮。"

"对，原本是为了双方统一后的政府而准备的，大撕裂后，徽记随之分成两部分，一半成了以太联盟，一半成了银心天国。"阿约罗对历史很熟悉，他在军事院校的成绩每年都名列前茅。"发射这些引导器的人，肯定活在一个充满了希冀的时代。"

"好羡慕他们，不过，要是他们知道曾经开拓的新家园都沦为了战场，也一定会很伤心。"

"这上面刻了一段文字。"我告诉两人，同时调整了颜色、锐化度，让被伤痕掩盖的字符重新出现。

"永恒的刹那之中，人类的光曾点亮这片星空。"奥尔薇喃喃地读出这段文字。

"最早的折跃门发射计划就叫作'点亮星辰'。"阿约罗伸出手，像要触摸那不存在于眼前的过往。"每一颗闪烁的星星都是人类文明的火种，我们曾经把火种散布得如此广阔，连同那么多美好的期望，现在却又亲手将它们一颗颗熄灭。"

"如果星神合二为一，世界也会随之愈合吗？"奥尔薇问。

"星神大概永远不会合并了。"阿约罗讲话一贯直白，"现在的以太和银心都恨不得把对方挫骨扬灰。"

"不要这样说啊，万一呢，有一分希望不好吗？"

阿约罗笑了笑，却没像以往那样说她天真，他或许是想起了自己曾许下的愿望。

银燕修理的效率很高，它没有被输入过这方面的程序，但它非常聪明，学得也很快，仅靠文献资料就理解了引导器的内部结构。望着它在引导器旁忙碌的银色身影，我想，如果它有机会更换更大更强的躯体，在战场上的表现一定不会亚于我。

眼看返程在即，阿约罗开始和我商量回去后的做法。

他并不打算把奥尔薇当成俘虏带回军队，哪怕这意味着任务失败的污点。他认为奥尔薇单纯得过分，就是一个离家出走的权贵千金罢了，不可能掌握什么有价值的情报。虽然她父母地位不一般，她也许有充当人质的价值，但把平民当作人质，阿约罗是绝对做不出来这种事的。

我看得出他喜欢奥尔薇，纵使双方身份差距就像从第四旋臂末端到银心那么远。

这一个月来，两人间的微妙变化被我尽收眼底，人类的情感，这种东西可以铸就杀戮，也能催生不可思议的温暖，从山洞迈入太空，这样的矛盾性一直伴随着人类。

"我很傻是不是？"阿约罗自嘲，"星神亲自指派的任务，别的舰长都求之不得，我却要放弃。"

"你并不比发动战争的那些人傻，我也只认你这一个舰长。"我简单地回应。

"谢谢你，金鱼，和你说话总是让我坚定。"

我和阿约罗把这个决定通知了银燕，银燕对我们表达了感谢，不过它并不惊讶。

"我知道你和阿约罗会放我们走。"它说，"要说理由的话，大概是你们给我的感觉，和十多年前那艘矿机与小男孩没什么区别。"

"你之前还说我们成长了很多。"

"好像变了，又好像什么都没变。就像我看着奥尔薇长大一样，她现在可以自己做很多事了，也可以逃离父亲的庇佑，但本质上，她依然是那个小女孩。"

"小女孩应该回家了，至少，她还有家可回。"阿约罗说。

我们围绕释放银燕和奥尔薇的事宜商讨了不止一次，从给司令部的报告如何掩饰到把他们放在哪个星系最安全，我们甚至为他们规划好了返回银心的路线。

双方边境线上到处都是战火，银燕虽然能跨星系航行，但它的外表太容易被当作敌人，阿约罗认为最好还是沿用那支护送奥尔薇的舰队的办法，给他们找一个真正的商队当掩护。

银燕在听完我们的建议后，也赞同这样做，它虽然陪伴奥尔薇出逃，但同样认为外面的世界太危险。

唯一反对的人，是奥尔薇。

"不要，我不想回家！"一听见阿约罗说起这件事，她的反应就特别激烈。"你们在开玩笑吗？我好不容易才逃出来，要是被抓回去，我爸爸肯定要把我关到天荒地老！"

"你不回家还能去哪儿？一直跟着我吗？"

"我说过了，我有很重要的事要去做。"

"别闹，你妈妈的遗愿是很美好，但战争是两个世界的冲突，甚至，是两个神的冲突，根本不是小女孩做个白日梦就能解决的。"

"我没做白日梦，也不是什么小女孩，你什么都不懂，我不要你管！"

阿约罗似乎被惹火了，神色变得很凶，哪怕是奥尔薇刚被抓到时，那副无理取闹的样子也没让他发火，但现在意识到她还一心往是非之地钻，他再也忍不住怒气。

"你至少也得为银燕想想吧！你要带着它一起去送死吗？

边境线上巡逻的舰队多得数不清，随便哪一艘发现你们，激光一闪你们连灰都剩不下。"

"就算我们安全了，可你呢？你还要继续参加战争吧？要么你和我一起回去，这样你和金鱼也能平平安安。"

"我有自己的职责。"阿约罗变得严肃起来，"即使是没有意义的战争，我也不可能叛变投敌。"

"我就知道你会这样说。"奥尔薇反倒笑了，"那你跟我一起去一个地方好不好？"

"什么地方？"

"福尼亚，在以太和银心的交界处，实际上还是归银心政府控制，是一颗偏僻但是很祥和的殖民星。那里不会有危险的，因为没有什么战略资源，也不是星门枢纽，以太的舰队对那里根本没兴趣。"奥尔薇一口气说了好长一段话，显得扬扬得意。

"这些我出发前就研究过了，确定那里没战事才动身的，你以为我是笨蛋吗？"

"你不是在半路被抓了吗？还被抓了两次。"

"那是意外！我也想不明白我爸爸怎么知道我去了哪儿，还有你也是，突然就冒出来。总之这个不是重点，我已经辛辛苦苦到这么远的地方了，绝对不回去！"

"你老实告诉我，你去福尼亚干吗？"阿约罗没有再强硬地要她回家，而是抱起双臂质问她。

"我有一样东西要去取，是妈妈留给我的，她叮嘱我一定要拿到。"事到如今，奥尔薇终于告诉了我们她跑出来的缘由，至少是一部分缘由。"她为了这个东西已经等了好多年了，如果不是患病去世，她一定会亲自来取的。"

"你就不能让人代劳？"

"当然不能，我身边的人除了银燕，都会向爸爸打小报告。如果他知道那个东西，搞不好会……总之只能由我来做。"

我查阅了那个名叫福尼亚的星球的位置，有一点远，但折跃门应该可以设定到那里。

那是一处位于银心天国控制下，远离前线的富饶殖民地，虽然繁华，但没有什么军事力量，我可以很轻易地隐匿。

我把结果告诉了阿约罗，总的来说，把奥尔薇和银燕送到那里，并不是一件高风险的事。

"陪我去嘛陪我去嘛，谁让你抓我的？你不送我去福尼亚，我就赖在你船上不走。"

阿约罗经不住奥尔薇连哄带撒娇，只能无奈地叹了口气。

"如果我陪你去取了那个东西，你会乖乖回家吗？"

"会！"

虽然嘴上答应得好听，但奥尔薇并没有解释她取得那个东西后又要怎样，不过阿约罗认定她干不出什么惊天动地的事，无非了却母亲的一桩遗愿。再者，他其实很高兴还能再和奥尔薇待一段时间。

两天之后，银燕完全修复了引导器，古老的门扉再度开启，随着时空的涟漪，我带着回到我体内的银燕与两个年轻人，踏入了返回文明世界的通道。

比起被战火烧焦的其他星域，福尼亚的确是难得的净土，这是一个由衰老的红巨星照耀的星系，曾经寒冷的冻土被膨胀的热量消融，给生命留出了足够空间。

福尼亚是红巨星的第五个子嗣，表面百分之九十都被海洋覆盖，辽阔的碧色之上，岛屿状大陆像蓝宝石一般点缀在赤道附近。每座岛屿都被从天而降的丝绸笼罩，如果拉近了看，会发现那些丝绸是由千百条连接着轨道环的太空索道组成，其间有细碎的粼光滑过，那是无数索道舱在运行。

因为可供利用的土地实在太少，所以福尼亚用轨道环围住了行星，十五亿居民中，有三分之二都生活在太空。索道就是将星球与轨道环相缝的线。

轨道环和太空索道，这些都是非常庞大又脆弱的工程，对于行星防御毫无用处，反而会成为累赘，所以我和阿约罗去过的绝大多数殖民地都没有建造，取而代之的是杀气腾腾的防卫哨站和巡逻战舰。

尽管从近地轨道上也能望见巨型都市的繁华，那灿烂的灯光仿佛比恒星更久远，但我知道，人类来此殖民，不过是两百年前的事，和斗转星移的天体时间相比，全然不值一提。

奥尔薇要去的正是灯火中最亮的地方，虽然是银心的领域，但让一个女孩子去陌生的城市，阿约罗实在是无法放心，于是让我留守轨道，他和奥尔薇一同搭乘银燕登陆。

这里的海关没什么警惕，对于缺少母舰标识就突然出现的银燕也没过多审查，就将他们放行，处处都透着不设防的宽和。

怕我无聊，奥尔薇特地把银燕的视角分享给我，从万里高空一点点放大的城市，对于大部分时间都在战场和矿场执行任务的我，实在是罕有的壮丽。

流光溢彩的不只是地面，数以万计的飞行器在苍穹翱翔，如同丝绸上抖落的星尘，将天空也染得绚烂。银燕的外观在海港接受了装饰性的喷涂，真的和燕子一样有了羽翼，融入这片光芒中毫不突兀。

通天的高楼上缠绕着萤火，一幅幅全息巨幕在云间闪烁，从轨道环上倒垂的尖塔比地面升起的巨楼更宏伟，不知多少人在这天与地之间生息着。

这就是人类的居所，制造了那么多的破坏和杀戮的他们，竟然也曾搭建天堂般的世界。

"这里太美了。"阿约罗望着下方的盛景，"兵家不争之地，原来可以拥有这样的祥和吗？"

"银心很多殖民地的都市比这里更繁华更庞大，也更美丽。"奥尔薇说，"但是都被摧毁了。"

阿约罗没有回应，只是眉头收紧了。

他们降落在银燕视野中第二高的建筑里，像一粒灰尘飘进大树。

✷ 8 ✷

　　奥尔薇和一个人商量好了碰面，那人会把她母亲的东西带过来，但那个人似乎来得比她还迟，奥尔薇按捺不住性子，就提议带阿约罗出去玩。阿约罗虽然不想在银心的城市抛头露面，但也对外界的繁华感到好奇，到底被奥尔薇拉了出去。

　　我和银燕用视频跟着他们，看见他们从巨楼乘着极光而下，自光怪陆离的街头巷尾穿过。银心城市的一切，用阿约罗的描述，就是和以太城市的一切都很像，却又有那么点区别，仿佛时时刻刻提醒他，这里的人和他源自同一个星球，这种熟悉又陌生的感觉，犹如泼洒的玫瑰酒，给整个福尼亚都镀上了一层香甜的梦幻。

　　连着四五天，他们循着香气寻找小吃，在著名景点流连忘返，甚至还买了一堆乱七八糟的纪念品，全塞在银燕肚子里，那些东西都没什么用，可奥尔薇就是很喜欢。

　　在一个地区逛累了，他们就搭上飞车去另一处，他们在岛屿最高楼和轨道环最低塔之间的蹦极重力场中尖叫，也在平流层外看耀眼如金雨的人造流星。他们乘着帆船从大海之上飞过，追随海中的耶梦加得。

　　那是一种人类已知最庞大的藻类植物，其单倍体能环绕整个福尼亚，洋流甚至板块漂移都会受到它的影响。每当太阳落下，耶梦加得就会发出荧光，随着暗流漂舞成液态的彩虹。

脚下的波涛酝酿着色彩，头顶的苍穹点缀着星光，他们坐在轻盈的帆船上，乘风破浪，周围时不时跃起形态各异的鱼群，它们与耶梦加得伴生，连自身也沾染了彩虹的荧光。更远一点的彼方，不知名的巨兽在渊薮里鸣叫，声音能传出数百海里。福尼亚的人们说，跟着耶梦加得一直航行，越过巨兽把守的门，就能去到仙境的国度。

他们在迎面而来的风中张开双臂，一面尖叫一面大笑，好像要让风把自己的身份和沉重未来统统吹走，异域的星球上，他们的身影宛如某种遥远而真实的童话。

每年一度，福尼亚都会上演月亮之舞，三颗环绕福尼亚的卫星被挖空后改造成巨型飞船，伴随着地面的激光投影，跳起兆亿吨级的天体舞蹈，所引发的轻微地震和海啸是人类史上最震撼的舞台效果。

今年的福尼亚以反战为主题，连带宣传和投影都成了反战标记，两个星神的符号镶嵌在一起，就像我们在古老的引导器上看见的那样，被投射在整个月面。本来官方是禁止这种反战活动的，但在福尼亚，大约是受到了祥和气氛的沾染，政府也睁一只眼闭一只眼，阿约罗和奥尔薇自然也没错过这个热闹。

奥尔薇从小被看管得严，临到观赏角度最佳的浮空广场，一看到沸腾的人山人海和突破天际的巨幅投影，就兴奋得不行，拉着阿约罗往最热闹的地方钻。后来实在太挤了，怕奥尔薇被挤倒，阿约罗把她扛在了自己肩上。他们买的酸奶冻还没吃完，奥尔薇就拿着阿约罗的喂他吃，一不小心被碰了下，酸奶糊在了阿约罗脸上，两个人顿时笑得像傻子。

"真好。"银燕又说了一次，这次不必问，我也知道它指的是什么。

"阿约罗很久没有这样开心过了。"我说，"在遇到你和奥尔薇之前，我一度以为他忘记了怎么笑。"

"奥尔薇也是，她从母亲去世后就很少露出笑容，人类彼此间的交流是这么快乐的事吗？那为何银心和以太还要延续这无尽的战争？"

"比起互相伤害，人类应该更喜欢活在彼此的幸福里吧。"

"我们原本的结局，应该是在某处黑暗寒冷的深空互相残杀，最后变成无尽的碎片。"银燕此刻停在酒店的停机坪上，正接受机器人的清洗保洁，这种待遇对一艘为杀戮而生的战舰来说很是有趣。"我曾以为星神指定的道路是不可动摇的，现在看来，似乎有比那更强大的东西。"

"命运。"我明白银燕的感受，"是他们说过的命运。"

"命运，是另一个更高级的星神吗？"

"或许是。"我为这奇异的想法停顿了片刻，谁能说不是呢？

"那命运是不是也能改变银心和以太的星神？纵使它们在我们眼中宛如永恒？"

我尚未思考这个更深刻的问题，就被传感器收到的紧急信号打断了，离我不到三百千米的星门，传来了折跃门开启的时空涟漪。

星门的动静很大，我起先以为是一支商队，但引力波迅速暴增，从涟漪变为巨浪，这不是小鱼小虾可以掀起的浪花，而是巨鲸才拥有的体量。

刹那间，星门中飞出一艘接一艘的战舰，它们从我面前缓缓游过，角度稍微偏一点就能把我撞成碎片，那些粒子炮的尺寸，亦庞大得足以容纳三个我并行。

我并不害怕，也不慌乱，在巨无霸的眼皮底下屏息凝神，是我最为精擅的技艺。

福尼亚海关的反应倒更像是惊慌失措的敌人，他们大概没有接到通知，突然就见到这么多杀气腾腾的战舰冒出来，居然直接使用未加密的频道和银心战舰通话，询问他们来这里做什么。这也给了我偷听的良机。

银心战舰根本没有答复，而是反问海关这几天有没有扣押任何来历不明的可疑舰船，特别是和零素矿业有关的，海关结结巴巴的回复让他们不耐烦，便干脆要求海关上传一周内所有通关日志。

过了片刻，通信终于被转为加密频道，海关随即发布了广播，提醒星门暂停出境折跃，请民用飞船注意调整航行计划。

我把自己的所见所闻全部传输给了银燕，待它消化了几秒，我就开始向它抛出问题。

"银心的舰队怎么会到这里来？他们在追捕的飞船又是什么情况？"

"他们在找的那艘飞船——"

银燕说到半截停了下，好像在犹豫要不要告诉我，毕竟奥尔薇还没有主动开口，但最后，也许是念及情况危急，它还是一口气说完了。

"那艘飞船，应该就是约好和奥尔薇碰头的人乘坐的。"

"这也是奥尔薇父亲授意的吗？"

"她父亲不该知道这么多的，我和奥尔薇的行踪暴露还情有可原，但这个碰头的人不一样，他已经隐藏很多年了，没有理由在这种关头被抓到。"

"这些战舰暂时也还没找到他。"

"你会暴露吗？"

"如果他们只是停在那边，应该没事。"

我对自己的隐形力场有充足信心，毕竟这是经历了多次战役检验的装备，尽管银心舰队正在释放探测器清扫福尼亚周围的太空，我还是可以瞒天过海。

虽然多了这么一批不速之客，但月舞演出全然没受影响，直播里观众们反而更加激情澎湃，上千万人挑衅地朝着战舰呼喊，让军队滚出这片和平的星系。

月亮环形山中深埋的引擎开始启动，喷流像一根根苍蓝的石柱生长出来。如果所有零素都能在这样的火焰中烧尽就好了，我凝视着那恢宏的景观，心中如此希望，这样阿约罗和奥尔薇就能留在福尼亚，我所目睹的童话，就能永不消逝。

当月亮终于起舞，一道流星般的光从卫星边缘浮现，起初我以为那是被震飞的碎片，但很快，我发觉那道光的运动轨迹不像碎片。

我开始集中注意力，将传感器阵列聚焦到那个光点，辨认出是一艘小型飞船。它体积不比银燕大多少，外壳却伤痕累累，好像曾经从满是尘埃的危险区域里强行穿过，而且一侧的推进器已经坏了，连保持姿态都困难。

比这一切都重要的是，飞船侧面有个标志，零素矿业的商标。

这艘飞船的方位很古怪，离折跃门和海关也非常近，我想它应该是比舰队略早一点来到这里的，但因为推进器受损，只能躲在月亮的背面，飞船里的人完全没想到，庞大的月亮竟然会动起来。

"我看到那艘飞船了。"我把这一紧急情况告诉银燕。

"我刚才联系不上奥尔薇，观看月舞的人太多了，政府施行了通信管制。"银燕的回复是意想不到的坏消息。"飞船现在是什么情况？"

"它受损了，舰队的探测器正在清扫空域，迟早会逮到它。"

银燕沉默了。

"我去把它接过来。"我说。

"金鱼，小心。"

我将一切主动扫描都关闭了，舰体内部管线转为单侧排热，面对舰队的一侧冷得像块陨石，以免红外辐射暴露我的存在。我像紧贴着天敌的鱼一样，小心翼翼朝月亮的舞台游动。

我不知道这人带来的东西，究竟为什么会招致一整支舰队的追杀，也不知道对方为什么不顾生死地赴约，我只知道这件事所展露出来的部分，并不像奥尔薇讲的那样轻松简单，也远远超过了我和阿约罗的预料。

当我终于足够靠近，朝那艘伤痕累累的飞船发出信号，传递银燕告诉我的接头密码时，飞船没回应，也许是连通信装置都坏了。

然而，飞船突然开始移动，它用仅剩的推进器艰难地转了个方向，以慢得出奇的速度朝我接近，犹如死前只剩最后一口气也要挣扎着爬行，我在那微弱到随时会熄灭的推进器光芒中，清晰地感受到了它此行的分量。

银心战舰仍然没有注意到这边，月亮的舞蹈还在掩护我们，我来到飞船身旁，轻柔地将它纳入我的体内。

这场接头行动本该有惊无险地结束，那些探测器虽然巡视到了附近，但发现我们的可能性为零，我们就像躲在一个肥皂泡里，一触就破，但永远不会被看穿。我已经准备告知银燕接头成功的好消息，如果它还没联系上阿约罗他们，也不必再打扰他们，反正在舞蹈结束前，轨道环是禁止飞船起落的。

然而，月舞突如其来的节奏变换，一下扎破了庇护我的肥皂泡。

一台之前没点火的巨型引擎，从极深的环形山里喷发，强大的离子流贯穿了我的零素核心，转瞬之间，力场失效了。

这一刻，月亮在轻盈地旋转，喷流在剧烈地闪耀，我像突然置身于舞台中央，每一束光、每一道视线，全部落到我身上。

我的躯体比民用飞船大许多倍,而且是凭空出现,探测器再瞎也不会漏掉我。

十万千米外,舰队的推进器猛地点亮了,像深渊里掠食者睁开的眼。

我不再试图重建力场,而是将所有能量输入推进器。

不知轨道环上几千万的观众怎么想的,目睹我拖着明亮的尾迹划过月面,紧随其后的是几十道更灿烂的尾迹,是否有人能意识到这是一场生死追逐,还是说他们只把这当作表演的一部分?

阿约罗应该能看出来我的处境,他现在可能正带奥尔薇离开通信管制的区域去联系银燕,即使如此,他们也帮不了我什么。

我并非以机动性见长的舰型,在几十艘飞船的围追堵截下逃脱的可能性太渺茫,何况我无处可逃,唯一的机会就是钻进星门里,但这样一来,阿约罗他们只能自己想办法返回以太联盟控制的星域了。

海关没有给我权衡的时间,他们直接关闭了星门,一艘尚未来得及通过的飞船被拦腰截断,货舱里飞散出无数毛绒玩具,它们从我身畔掠过,咧开的嘴巴仿佛在嘲笑我。

然后,我就被击中了。

银心舰队没有使用大威力的粒子炮,只用激光破坏了我的尾部,失去推力的我立刻被月亮引力拖慢了速度,在毛绒玩具的注视下沿着抛物线坠落。

我并没有感受过绝望,那是独属于人类的软弱,相反,我认为自己至少给阿约罗和奥尔薇争取到了时间。即便暂时走不掉,他们也可以想办法在福尼亚潜伏起来，直到银心舰队撤走，但那之后，就不是我能见证下去的故事了。

唯独一点。我看着那些越飘越高的毛绒玩具，觉得它们像一个个飘散的梦。唯独不能再守护阿约罗这点，我非常遗憾。

当我坠落到中途，一个光点忽然在我和银心舰队中间出现，好像黑暗的太空被烫出了一个洞，由于它太过夺目，我一度以为是宇宙射线在传感器上产生的干扰。

但干扰是转瞬即逝的，这光点却没有消失，反而从左右射出两道更耀眼的光线，左边的光飞得很慢，像被冻住了一样，右边的光却瞬间跨越了红巨星到福尼亚之间的距离，速度是真空光速的百倍不止，伴随着强烈的多普勒效应，就连彼方的星团也被它周遭的时空扭曲得不成模样。

在我能够理解这一切之前，那一道横展的光芒中，涌出了澎湃的引力波动，远远超过之前银心舰队折跃的动静。

上百艘以太战舰，如暴雨一般落出折跃门。

局势在瞬间颠倒。

高能粒子束贯穿散逸大气的闪光之密集，甚至令月亮上的投影黯然失色，银心舰队被打得猝不及防，在第一轮攻击中就损失过半，剩余的战舰仓促组织反击，却很快就接二连三被击毁。讽刺的是，他们本可以从星门逃走，但为了抓捕我，亲手堵死了自己唯一的生路。

一些失控的战舰被行星捕获，撞上了轨道环，零素爆炸的火光中，是数以万计的生命的消逝。

直播中的狂欢气氛化作惨叫和哭喊，人们不是在烈火中挣扎，就是在风暴中颠簸，连绵不断的爆炸充斥整个轨道环内部，那么庞大雄伟的奇观，粉碎时却像小孩子的玩具一样脆弱。

很快，我从自己和直播的视角同时看到轨道环发生了坍塌，索道成百上千地崩断，像被镰刀扫过般整齐，被甩出去的电梯舱里有的装满了货物，有的装满了人，在它们坠入大气层的过程中，无论货还是人，统统都会焚为灰烬。而更庞大的碎片，将化作陨石雨洗礼下方的岛屿，两个世纪的和平，就此画上句号。

我尽量控制自己不去想阿约罗和奥尔薇是不是就在其中一个电梯舱里，银燕的反应那么机敏，一定会及时接到他们，这是我唯一能抱持的希望。

我还在坠落，但离我最近的以太战舰发射了十多枚导弹，它们飞到我身下，把我顶了起来，使我免于那些电梯舱的结局。

我静静地看着友军屠杀银心舰只，月亮的舞蹈仍未停止，在这一片狼藉中，我是它们仅剩的观众。

最终，月舞谢幕的时候，近地轨道上的银心舰队已片甲不留。

✳ 9 ✳

战场的打扫工作一向麻烦，但处理福尼亚的手段倒出奇地简单——以太舰队接管了星门，同时禁止任何飞行器升高到卡门线以上。

尝试逃亡的人不在少数，仅仅第一天，我就看到了至少三百艘飞船被击毁，以太舰队的封锁可以用残暴二字形容，一发现违禁者，连警告都没有就会开火。

我向舰队指挥部解释了我出现在这里的原因，也拜托他们帮助我搜寻阿约罗，只过了三个小时，我就得到了好消息：阿约罗平安无事，而且正乘坐一艘被缴获的银心猎杀级战舰离开地表。

幸亏我和阿约罗早就准备好了应付上级的说辞，即使是在他返回的这段时间，我跟他被分别问话，也没有引起舰队指挥部的怀疑。

银燕没有辜负我的期望，甚至它的行动比我想的还快，在得知接头飞船出现后，它就立刻离开酒店寻找阿约罗和奥尔薇，为此还闯入了管制区域，两人被及时接走，从战舰碎片撞上轨道环的浩劫中幸免于难。

银燕回来的时候，它原本被涂刷得漂漂亮亮的外壳，已布满烟熏火燎的痕迹，左舷还被什么东西砸出一处很深的凹陷，它从天崩地裂的灾难中飞出来，跟我通信时的语气却平淡得像经历了一场细雨。

"我把他们带回来了。"它说，"两人都没有受伤。"

虽然身体没有受到伤害，但心理却不一定，奥尔薇刚露面我就看出她的神色呆滞得不自然，她走出舱门时还绊了一跤，幸亏被阿约罗及时扶住了。阿约罗自己也面色铁青，纵然他身经百战，但以普通民众的身份遭遇战争，他这辈子也就两次。

他把奥尔薇扶到一旁坐下，也来不及慢慢安慰她，因为眼下有更要紧的事。

被我救下来的接头飞船，从进入停泊位已经六个小时了，一点动静都没有。

阿约罗的喊话同样得不到回应，只能让机器人送来工具，强行破开船体。这个过程中，我们还发现船体早就破损了，最终船体被打开后，里面只有一个人，穿着太空服，直挺挺躺在地板上，面罩上全是血，看不清脸。

阿约罗一度以为那人死了，走进去想检查尸体，但奥尔薇却跌跌撞撞跟了过来，那人居然猛地抬起了手，仿佛认出了奥尔薇一般，拼命要把什么东西递给她。

他还没递出去，就咽下了最后一口气。

奥尔薇跪下来，颤抖地握住那只垂落的手。

她把紧握的手打开，露出来一个小小的金属吊坠，上面有激光雕刻的复杂图案，其细密程度是人类肉眼无法辨别的。

"这是什么？"阿约罗问。

"妈妈留给我的东西。"奥尔薇的声音也在发颤,"也是能实现银心与以太和平的关键,她去世之前的所有心血,都投注到了这个吊坠上。"

"你冒着生命危险跑出来,就是为了拿到这个吊坠?"阿约罗不可思议地问。

"我冒的风险是最低的,除了这个把吊坠送给我的人,还有好多人在我不知道的地方牺牲了,他们连名字都不会被记住。"

"这人我好像认识。"阿约罗摘下死者的头盔,露出的是一张须发皆白的面孔,他眉头皱得极深,表情凝固在拼命把吊坠交给奥尔薇的那一刻。"我在哪里看到过这张脸。"

"他是银心星神的设计者之一,很出名的科学家,爆炸事件当日侥幸躲过一劫。"我检索了联网数据库,"在星神分裂、人类开启内战之后,他就和其他幸存的设计者一起消失了。"

"这些设计者被政府调去将光子脑改造为军舰核心,创造星神曾是他们一生的骄傲,星神合并失败后,一部分人心灰意冷,另一部分人却还没有放弃。"奥尔薇一边解释,一边摩挲着金属板,眼泪止不住地流出来。"长达一个世纪的时光里,他们一直在研究重新合并星神的办法,我母亲暗中为他们提供帮助,可是直到她病故也没有结果。直到一个月前,他们终于告诉我,让星神合二为一的工具做好了。"

"等等,你先说清楚,你父母究竟是什么人?"

事到如今,阿约罗已经无法再按捺下去了,直截了当地逼问奥尔薇。能同时瞒过银心星神和政府,能做到这种事的人,我只能想到一个可能性，我知道阿约罗的想法也和我一样。

只是这猜测太过惊悚，如果不向奥尔薇亲口求证，他是无论如何不敢断定的。

"我爸爸是银心元首，就是你们口中的狂人墨涅斯。"奥尔薇说话从来没像现在一样轻，可每一个字又沉得要压垮一切。"我的外公是银心第一大政党的建立者，我爸爸就是靠着联姻登上元首之位的，政府高层元老都和我家有交情，所以即使是星神，也无法刺探我妈妈的秘密。"

阿约罗良久没有说话，他的目光从奥尔薇的脸庞移到地上的死者，又移到她手中的金属吊坠，好像要从这狼藉中辨出个真假，最后，他长叹一声。

"你妈妈不该把这种事交给你。"

"她找不到信得过的人了，星神和我爸爸的耳目到处都是。"

"那支舰队，就是你爸爸派来抓你回去的？"

"对，他不仅把我看得很死，还派出特工在全银心抓捕设计者，这个老爷爷是最后一员了，从此之后，宇宙里再没有知晓星神秘密的人。"

"可是，这个吊坠要怎么用？这只是个雕刻出来的东西啊。"

"程序代码都刻在上面了，这是专门根据星神的视觉识别模块编写的，只要把吊坠给星神看，程序就会被注入进去。如果是做成光子元件，很难通过安检被带到星神面前，但没人会提防一个工艺品。"

"你要把它交给谁？"

"没有谁，只有我自己了。"奥尔薇泣不成声，"我不知道要怎么办。"

阿约罗无言以对，我和银燕也没有说话，舱室里只有奥尔薇哭的声音，好微弱，好无助，令我想起多年前在太空站残骸里听到的阿约罗的哭声。

过了会儿，旗舰发来了一条紧急信息，舰队司令要和阿约罗见面。

阿约罗让奥尔薇去好好休息，跟我简单交代了一下，就登上了旗舰派来的小型飞船。

我仍然用视频通信跟着他，看见他进入旗舰，乘坐轨道车驶过旗舰庞大的中轴通道，成千上万的机器人和人类在其中忙碌，共同维护这盛大的杀戮装置。

方才打了胜仗的士兵们都非常兴奋，不少人在讨论要怎么处置福尼亚，还打赌那么多建筑要多久才能轰平。阿约罗面如止水，看都不看他们一眼，周围的热烈气氛仿佛与他无关。

在经历比飞船航行还漫长的车途后，阿约罗终于在一间装修得像行政办公室的舱室里见到了司令。

司令是个慈眉善目的中年人，粗看之下，很难把他和才指挥打了一仗的将领联系起来，他抬手示意阿约罗不必站得那么直，随即亲自给他倒了一杯酒。

司令先关切地问阿约罗有没有受伤，接着要他解释是怎么跑到福尼亚来的。阿约罗将抓捕零素矿业间谍的任务一五一十地汇报，以及如何跟着银燕钻进了紧急开启的折跃门，这些基本都是实话，但他撒谎说被银燕逃走了，自己漂流了一个月后，才设法回到了人类文明的星域，却不小心误入了银心的地盘。

至于为什么潜入福尼亚，他声称是为了收集情报，顺便寻找间谍是否藏身其中。

司令对阿约罗隶属的特种作战部队了解不多，只是跟上级确认了有这回事，便相信了阿约罗。当然，这里面仍然暗藏风险，如果星神有心要查，很容易从福尼亚的数据中枢发现阿约罗和奥尔薇的行踪。

我和阿约罗的谎言只能用来骗人，绝对骗不过神。

在陪奥尔薇玩的时候，阿约罗也有过这方面的顾虑，但谁都想不到，短短七日，福尼亚两百年的和平就被打破了。

"银心难道没有控制住星门吗？"阿约罗握着那杯酒，仍旧站得笔直。"你们是怎么折跃过来的？"

"我们在一个月前就发现了这支银心舰队，然后一直在跟踪他们，至于如何折跃到战场，当然不是依靠星门。"司令好像要透露给他一个很得意的秘密，眼角堆积起了细密的笑纹。"上尉，你错过了好景致啊，如果开战时你在舰船上，一定可以看见曲速引导矛飞过的模样。"

他这一说，我才明白自己目睹的景象是什么，战争的力量是如此之大，甚至催动了双方本应完全停滞的科技，朝着互相毁灭的方向又迈进了一步。

银河可观测到的直径长达二十万光年，以传统的推进技术，即便将折跃发生器加速到95%光速，也要万年之久才能跨越二十分之一。距离，吞噬掉所有时光和梦想的距离，曾经是横亘在人类面前最绝望的鸿沟，如果没有零素和曲率技术的出现，也许人类仍然在家园边缘蹒跚学步。

每一克零素在不充分解离后能释放出五千万亿焦耳能量，远远超过正反物质湮灭的质能转化，它们本身无法包含这么多能量，但它们是更高维物质的投影，能量都是从维度皱褶中抽取出来的。而曲率技术可以把这股能量施加到时空，让后者如面团般拉扯糅合，星门，还有引导矛，都是建立在曲率技术的基础上。

和固定不动的星门不同，引导矛本身就能依靠扭曲时空加速，可以轻易达到千倍光速。其唯一的限制是时空曲率在距离上的衰减，一光年左右，曲率泡就难以再包裹引导矛。

往昔岁月，成千上万的折跃门发生器被射向星海的尽头，建立了最初的星门航道，然后新的引导矛又通过星门继续发射，百余年的接力，才造就了如今的人类文明。

传说，零素并非天然形成的物质，而曲率技术也不是人类自己所创，在人类踏向太空蹒跚学步的某个时候，他们在一颗赤色的星体上意外发现了这两样宝物，人类把它们视作馈赠，是久远的异族跨越光阴的善意。

我那时所看见的光，正是引导矛经过我时发出来的，而后左右的两道光线，飞得快的是它的前进轨迹，飞得慢的是它的来时轨迹，左右的速度差异是它本身从千倍光速不断减慢的结果。

那曾是贯穿茫茫未知、指引人类破开黑暗的希望之光，如今却成了杀戮的使者。

"我以为大撕裂早就把引导矛的制造技术封锁了。"阿约罗的惊讶溢于言表。

"是星神复原了这项技术。"司令得意之情溢于言表。"那可是神明啊,世上没有它实现不了的愿望。虽然敌人也有他们自己的伪神,但是运气到底在我们这边,从今以后,我们的舰队无须星门就可以发起突袭,那些偏远的殖民地再也别想高枕无忧了。"

阿约罗什么都没说,只是握着杯子的手用力了几分。

"所以,你最后没能抓到那个间谍吗?"司令又问。

"没有,大概她已经逃回家了。"

"回家,是啊,人人都想回家,我手下的每个士兵都是这样渴望的,只要战争胜利,他们就都能回家了。"司令看着阿约罗,目光显得很深邃。"今日的胜利,将会把战争往胜利推进一步,歼灭一支舰队,攻占十几亿人的殖民星系,你功不可没。"

"您过奖了。"

"我不是抢夺别人功劳的人。"司令说道,"如果不是为了攻击你的战舰,银心舰队就不会那么快暴露方位,这次大获全胜,你和你的战舰有很大作用,我已经如实上报总参谋部。"

"谢谢您。"

"大难不死必有后福,回去之后有的是表彰等着你,不过现在,我还另外给你准备了一份礼物。"

"礼物?"

司令的笑容变得意味深长。

"我看过你的档案了，上尉，你父母都是军人，在十多年前的奥丁星云会战中牺牲了。"

"是，那是一场很惨烈的战役，我一直怀念他们。"

"你恨银心人吗？"

阿约罗迟疑了一下。

"不必克制，每个在战争中痛失至亲的人都憎恨银心，我也不例外。我三个儿子都在军中服役，大儿子和二儿子都相继牺牲了，我只剩一个孩子，而他把兄长视作楷模，从来不肯调到后方。我在你身上看见了他们的影子。"

"长官，您想说什么？"

"为了震慑敌人，总参谋部已下达了伽马灭绝福尼亚殖民星的命令。"司令说，"我把按下发射按钮的机会交给你，只要站到指挥室里，你就能亲手让这颗星球上的银心杂种们血债血偿。"

阿约罗没有表情，这一刻，他的脸比我挖过最冷硬的矿石还冷硬。

"这不合适，长官，您才是真正的指挥者，我不过是运气好罢了。"

"年轻人，我告诉你一件事吧。"司令将手搭在他肩头，"这也是总参谋部的意思，上面有意把你打造成军队的宣传形象，你年轻有为，形象出众，满门忠烈的故事也很鼓舞人心，而且三个月后就是联盟十年一度的阅兵式，再没有比这更好的宣传时机了。往后，你能平步青云，总统和星神也会亲自接见你。"

"我会见到总统和星神？"

"会，这是莫大的荣幸，你父母有知，必定为你骄傲。"

阿约罗的表情没有变化，但我看得到他的眼神在动摇。

让他心动的绝不是功名利禄，而是一件比这些重要得多的事，我从来用不着猜他的心思，我比他自己还明白他的想法。

他正在权衡，一头是他整个人生，一头是空洞的回响，也许，还有男孩的梦与女孩的泪水。

阿约罗。这一刻，我无比希望让他听到我的声音。你真的想好了吗？

"我想好了。"他回答。

司令用力拍了拍阿约罗的肩膀。"跟我来。"他负手走出舱室。

高级军官们已经知晓阿约罗的身份，路上遇到的每个人都朝他们敬礼，阿约罗还是一样漠然，众人将他视作引出敌人的战争英雄，满眼都是崇敬，无人知道他心里正翻涌着怎样的风浪。

他们一路来到舰桥指挥室，从这里，能看到岛屿缓慢步入夜色，太阳的光辉退去了，阴影处的潮汐正从晨昏线淹没世界，即使从太空俯瞰，耶梦加得的曼妙身姿也无比美丽，但那份美丽不足以打动以太舰队，只有它的毁灭才能满足这些人的饕欲。

地表的城市，在夜色中化作星星点点的光明，不久之前还回荡着那么多人的欢声笑语，还留着阿约罗和奥尔薇携手走过的足迹。

现在，福尼亚的人们在祈祷吗？

舰队一点点展开，排成足以覆盖整个行星横截面的反射阵列，零素解离堆只要降低功率就能产生大量伽马射线，后者是不完全解离的副产物，借由力场反射，巨量辐射会在瞬间笼罩星球。

阿约罗一步步走上指挥室最高的位置，在虚拟按钮前驻足了许久，他的目光好像穿过了按钮与船体，甚至穿过了即将被降下灭绝的行星，投向遥不可及的虚无。

那里一定很冷，很冷，仅仅注视他的眼神，我都感到了寒意。

这是一个令我战栗和敬畏的时刻，就连我也不知道他看见了什么，但当目光收回来的时候，阿约罗已经摒去了所有的犹疑，只剩坚不可摧的决心。

他按下按钮。

一百多艘战舰随着阿约罗的指令同时降低反应堆功率，伽马辐照本是一个不可见的过程，但福尼亚的光芒一点点暗淡下去，好像我们正朝行星撒下黑暗。

高能射线不仅打碎了生物体内的 DNA 链，在电路中导致的单粒子翻转也影响了城市供电，就连光子脑也逃不过它的破坏，不仅如此，地表几乎所有物质都会沾染上强烈的放射性。这场黑暗将持续千年之久。

必然有人躲入了掩体，但掩体的防护是有限的，一整支舰队同时施加的辐照剂量等同每秒几十万次恒星耀斑爆发，足以穿透绝大多数防护材料。即便极少数人幸存下来，等待他们的，也将是一片只有微生物苟延残喘的寂静地狱，那或许是比死亡更残忍的惩罚。

当伽马灭绝执行完成，福尼亚的所有光芒都被熄灭，只剩一点零星的余烬，舰桥里的人欢呼起来，他们热烈地把阿约罗簇拥在中间，齐喊他的名字，而阿约罗自始至终沉默如磐石。

简短的庆祝晚餐结束后，司令亲自送阿约罗离开旗舰。

"我们今日又沉重地打击了银心杂种，战争很快就会结束。"分别时，司令如此强调，他看着阿约罗的目光里满是慈祥和赞许。"有你这样的青年才俊，以太联盟必将是最后的胜利者。"

阿约罗终于笑了，那是一抹极淡的笑。

"对，我会让战争结束。"

✴ 10 ✴

阿约罗回来时，奥尔薇已经在地上呆坐了很久，望着那小小的吊坠出神，偶尔，我听见她呢喃着"妈妈"两个字。

我告诉她阿约罗回来了，说了两遍，她才如梦初醒般站起来，跌跌撞撞走向舱门。气密门打开后，阿约罗看见站在面前的奥尔薇，愣了一下。

奥尔薇咬着嘴唇，想要问什么却又不敢开口。

"没事，只是舰队司令请我吃了顿饭。"阿约罗方才的坚硬冷漠，在奥尔薇面前一下就消融了，连语气都温柔了很多。"他们没发现你和设计者接头的事，你和银燕都很安全。"

"可是，接下来怎么办？"

"先不用考虑这么多，你饿了吧？我去给你做点吃的。"

这一周他们都是在福尼亚度过的，之前奥尔薇还感慨，等离开这里，自己就终于不用再吃阿约罗做的糟糕食物了，可现在她却趴在桌子边，眼巴巴望着阿约罗忙碌的身影。热气腾腾的食物端上来时，她忍不住又哭起来。

"有什么好哭的。"阿约罗摸摸她的头。

"我差点把我们害死了。"

"我们不是还活着吗？"

"但还有那么多人，轨道环上的观众，舰队的士兵，还有这个给我送来吊坠的老爷爷。如果不是我，他们都不会死的。"奥尔薇泣不成声，"如果我有我妈妈一半聪明就好了，她肯定有更好的办法。我除了一个人傻头傻脑地跑出来，什么都做不了。"

"不是你的错。"阿约罗把她的手握住，"听我说，奥尔薇，发动战争的不是你，逼迫士兵们杀戮的也不是你，今日的血与泪，没有一滴该由你负责。"

"阿约罗，你会不会有一天也像那些人一样死去？"奥尔薇泪眼婆娑地看着他，"我不要你死，我不想再有任何人死了。"

"如果能终结战争，就不会有人再死了。"

"可我终结不了战争，也没法把你留住，我连以后要去哪里都不知道！"

"能，我们一起就能。"

"一起？"奥尔薇有点茫然，"你是说用吊坠吗？可我们连以太星神都见不到啊。"

阿约罗沉默了片刻，站起来。

"我要让你看一样东西，能帮我们见到星神的东西。"他牵着奥尔薇，把她带到舷窗边。"金鱼，把窗户打开。"

我将舷窗变为透明，将那残酷的景象呈现在他们眼前。

奥尔薇起初是被布满残骸的太空吸引了，不少支离破碎的战舰还在福尼亚的轨道上漂浮，轨道环中间断了一大截，断裂处的陨石雨还在不断落下，即使这些都令她不忍，但很快，她眉宇间显露出更深的不安。

"福尼亚的光呢？"她问，"城市的光，轨道环的光，还有海里的耶梦加得，为什么都不亮了？"

"熄灭了。"

"熄灭，什么意思？"

"就是死了。"阿约罗转过头，"司令要我对福尼亚执行伽马灭绝，我照做了。"

奥尔薇完全呆住了，仿佛听不懂阿约罗的语言，但阿约罗和她对视着，他的目光以超越言辞的冷静告诉她，这不是撒谎。

"为什么？"她的嘴唇都在抖。

"要见到以太星神，这是唯一的办法。军队想将我作为战争英雄来宣传，我会参加三个月后的十年阅兵式，届时星神会现身。"

"你疯了吗！你用这种方式去见星神？"奥尔薇尖叫道。

"我没疯，我很清楚自己屠杀了一整颗星球的人，和我比起来，你所谓的过错微不足道。"阿约罗镇定得可怕，"所以不要再自责了，今天如果要有人背上凶手的罪名，也只会是我。"

"你怎么……怎么下得了手？我现在都还记得在城市里见到的面孔，那个推荐酸奶冻给我们的人，那个在酒店门口撞到你的小孩子，还有月舞观赏区那对给我们指路的情侣，还有好多好多人，每一个我都记得！"

"你不必记得他们，杀了他们的人是我。"

"为什么？为什么？为什么？"奥尔薇一边哭喊一边使劲捶打阿约罗，比起克制到极致的阿约罗，此刻的她更显得疯狂，"为什么要杀这些人啊？！"

阿约罗任她打任她发泄，直到奥尔薇哭得几乎没气了，整个人蹲下去，在舷窗下缩成一团。她把脸埋在双膝间，肩膀一抽一抽的。

阿约罗跟着蹲下来，搂住她。

"奥尔薇，战争之所以残酷，不仅在于它的开端，就连它的终结也是要付出代价的。"他语气还是那么温柔，有多温柔，就有多坚定。"如果是你母亲，她一定敢于面对这份代价，但不管是她还是我，都知道你不应该被这代价压迫一辈子，我的心比你坚硬，所以，由我来承担。"

奥尔薇只是哭，阿约罗也一直这样搂着她，在这尸横遍野的战场上，只有我和银燕能听到他们的低语与哭泣。

过了好久，奥尔薇才终于说了话。

"我们离开这里好不好？"她的声音小得都快听不见，"我们去一个没有人的地方，去一个星星永远不会被熄灭的地方。"

"那个地方就在这里，我们会亲手把它创造出来。"

"不要，我怕你会死，万一吊坠没效果呢？万一你在阅兵式上被杀了呢？"支撑着她从家乡跨越光年来到此地的信心，好像突然间碎了。"我不要你和金鱼去冒险！"

"你母亲和设计者们潜心准备了这么多年，我相信他们的成果，而且，我在战争中煎熬得太久了，从失去父母失去童年再到失去信念，我一刻都无法再忍受这个疯狂的世界了。"阿约罗轻轻把奥尔薇的脸抬起来，两人的距离连呼吸都能相触。"奥尔薇，你见到我的决心了，它就在舷窗外，在我们下方漂浮，它是以一整颗熄灭的星球铸造的，它不会被宇宙中任何人任何事动摇。"

奥尔薇愣愣地看了他会儿，好像终于明白，这一切不是梦。

"三个月后你就会去见你们的星神吗？"

"对。"

"那么我也去见银心的星神。"

"奥尔薇。"阿约罗的神色第一次变得犹豫，"你不用亲自冒险。"

"不，你说了要一起，你去做的事，我也一样会去做。"奥尔薇虽然还在抽泣，但那种固执态度，令我想起他们刚见面时的模样。"而且我也不放心把吊坠交给别人，我要亲自实现妈妈的愿望。"

阿约罗欲言又止，我很少见到他为难的样子，但最后，他只是露出微笑。

"晚饭要冷了。"他说。

我没有出声打扰他们的用餐时光，将注意力从厨房转到了机库。银燕很安静地停在那里，旁边就是设计者残破的飞船，这一刻，我仿佛看见后者就是它的未来。

银燕也一定知道以后的旅途凶多吉少，但它什么都没说，在奥尔薇和阿约罗交谈的时候，它与我一样安静。

"你不打算劝阻奥尔薇吗？"我问道。银燕接入了我的系统，两人的决定它全都知晓。

"她有自己的意志。"

"即使计划可能失败？"

"我认为失败的可能性比较大，星神是极其庞大复杂的存在，这样孤注一掷的手段未必能圆满百年前的遗憾，不过只要是她决定的事，我都会跟随。"银燕的回答很平淡。"你不也一样吗，金鱼？"

"如果我们的前身真是照顾抚养婴孩的机器人，坐视人类冒险是否算一种不尽责？"

"严酷的环境下，孩子会成长得很快，何况如今人类都被灌输了互相毁灭的思想，我们帮助他们选择正确的方向，也不失为一种负责。"

我和银燕的交流一向简短扼要，我们没有人类那么复杂多变的情绪，成败只是可以计算的结果。即便如此，一想到自己正走向星神的对立面，我就感受到一种莫名的惊惶，就连这惊惶，也是由纯粹的理性构造的。

我清楚，我们的力量不可能胜过星神，纵然如此，陪伴阿约罗赴汤蹈火也是我唯一的心愿。

接下来几日，舰队开始善后工作，一部分舰只清扫战场，另一部分则空投机器人到轨道环上寻找有价值的物资情报。我的推进器仍未修复，只能安适地停在月亮和福尼亚的引力平衡点上，看着几十台维修飞艇在我周边忙碌。

阿约罗不再返回旗舰，只远程参与会议，他大部分时间都用在和我们商量要怎么把融合程序写入星神。

阿约罗的行动时机是阅兵式，而奥尔薇返回银心首府后，会跟父亲装出幡然悔悟的态度，说有设计者的重要情报告诉星神，这样，两人都有了直面星神的机会。

设计者带来的不只是吊坠，阿约罗在飞船的储物箱里找到了一台形似水晶的装置，它的表面布满了绚丽的纹理，美得不似人造之物，除此之外，还有设计者仓促留下的说明。

两枚吊坠上的程序必须在同一时间写入星神，如果不能立即建立起连接，反应过来的星神就会清除程序。考虑到两者遥隔数万光年，就算约定好时间，距离导致的延迟也会令行动失败，因此设计者们专门制作了这个连接器，它有着和神脑相同的曲率通信装置，可以靠神脑内置的微型星门解决延迟问题。

唯一的问题是，连接器必须直接安置到神脑核心。

"可是，"奥尔薇指着星门那一段，"设计者说那扇星门已经被永远关闭了，那是一百年前的事，他能记起的只剩这个编号，我们要怎么找到神脑？"

"这个不成问题。"我插话，"还记得我们来福尼亚时修复的那个古代星门吗？我下载了它数据库的全部信息，在里面查到了这个编号，也就是说它们曾处于同时期的星门网络内，加上神脑竣工的日期，就能推断出当时星门的坐标。就算星门已经关闭，我们也可以借助网络里靠得最近的其他星门抵达神脑附近。"

"安装连接器的工作就交给我和金鱼。"银燕补充。

"就算是最近的星门，这一百年也肯定漂移了很远的距离，短时间内无论如何都抵达不了。"奥尔薇仍不放心，她对这些细节的留意超乎我的想象，她能够从银心首府来到这里，看来也并非全靠运气。

"确实，只用飞船引擎是绝对来不及的，但有一样东西有足够的速度，它不仅能如期赶到神脑位置，还能将金鱼银燕都带过去。"阿约罗对这个问题早有准备。"虽然它被复原的目的不见得好，但可以为我们所用，甚至不如说，这才是它本来的用途。"

"什么东西？"

"给福尼亚带来毁灭的武器。"阿约罗一字一顿地说，"曲速引导矛。"

用引导矛接近神脑，这实在是一件相当讽刺的事。大开拓时代，人类曾用引导矛来探寻那些陌生的星辰，多半想不到有一天自己亲手创造的神脑也成了被寻觅的对象，连同神脑一并被遗弃的，还有一整段历史。

阿约罗把引导矛被复原的事也告诉了奥尔薇，虽然对军事知之甚少，但她也能理解突破了星门限制的以太舰队，将很快获得压倒性的战术优势。

"我们越早让星神融合，遭到劫难的殖民地就越少。"阿约罗说，"或许银心也藏着什么锋芒未露的新武器，双方都在加快互相毁灭的步伐，即便没有吊坠，战争恐怕也持续不了多久了，但它必将以最可怕的方式结束。"

"我确实听过我爸爸谈论秘密研发的武器，详情他没有提，但他曾经很兴奋地说，那种武器可以在一瞬间摧毁几十支舰队。"

由于解构堆的复杂性，零素难以用于制造动能武器，而引导矛虽然速度超过光速，但曲率泡会把接触到的所有东西纳入自身参照系的相对论极限，即便矛体与之发生碰撞，也是在光速以下发生的，释放能量相当有限。

湮灭仍然是人类迄今运用的最强大的力量，一枚反物质导弹就能将轴长二十千米的星团级战舰直接炸成等离子体，然而一支舰队有上百艘战舰，每艘相隔几万千米，几十支舰队展开后占据的空间更是庞大得难以想象，在过去一百年中，这种规模的会战也屈指可数。

"能摧毁几十支舰队，而且是瞬间摧毁，那种东西已经超越了我的认知。毫无疑问，和引导矛一样，那是只有神明才能铸造的武器。"

"银心星神的能力也不差嘛。"阿约罗冷笑，"引导矛至少无法直接用于攻击，你描述的东西却说不定能直接毁掉星球，就算以太取得了优势，胜利也不一定唾手可得，应该说，根本不可能有胜者。"

"太可怕了，星神从来没有想过它们的所作所为会令人类文明灭绝吗？"奥尔薇难以置信。"它们至少应该可以想到战争一直发展下去的后果啊。"

"它们当然想到了，除了我遇到你，它们想得到银河里发生的每一件事。"

"那它们为什么无动于衷？"

"我不知道，毕竟它们不是完整的神，也许它们把政府的意志视作第一目标，也许它们彼此憎恨，认为是对方窃取了自己的力量，甚至它们可能根本不在乎人类的死活。"阿约罗摇头，"人怎么猜得了神的想法，也没必要去猜，从古至今，从大地到星空，人类都在靠自己那一点微薄的力量挣扎，现在我们能做的，也仅此而已。"

维修期间，除了讨论计划细节，阿约罗和奥尔薇也像过去那样闲聊，虽然两人都没有明说，但我看得出来，经历生死劫难，他们的关系比以前拉近了许多，简直恨不得每时每刻黏在一起。

他们什么都谈，从过去到将来，从自己到世界，奥尔薇甚至许下好多战争结束后要实现的愿望，多得可以拉出好长的清单。

"你呢，如果战争结束，你要做什么？"

"不知道，那时候我大概就失业了吧，再也不需要那么多军人和军舰了。"

"那我来找你好不好？"

"好。"

简简单单的问题，简简单单的回答，奥尔薇却那么认真，仿佛约定好的事，就一定会成真。

直到维修完成，我们离开福尼亚，寻得一处银心和以太的交界星系。这里没有殖民地，也没有零素矿藏，甚至连商旅和海盗也懒得来，仅仅是出于衡量距离的目的才被记载，但恒星颜色却很独特，是梦幻般的苍蓝，它没有足够质量的行星，只有一颗孤零零的小行星，多半还是后来捕获的，小行星崎岖又畸形，任谁都不会多看一眼。

这里很荒凉，荒凉到足以确保奥尔薇和银燕接下来路途的安全。

说再见的时候终于来临，我和银燕无须道别，十多年前就是这样，现在也不变。但人类就不同了，他们相处久了好像会把彼此缝在一起，一旦分离，会疼得落泪。

出乎我意料的是，奥尔薇的情绪很镇定，至少比在福尼亚时崩溃大哭镇定。

银燕已经准备妥当，它注满了零素，每一寸都被维修机器人检查了三遍，随时都可以动身。奥尔薇凝望遥远的蓝星，被微微映亮的侧颜美得像一块玉，阿约罗在一旁，眼底全是她的身影，而我同时注视着三者。

"它一定很爱自己的小行星吧。"她说，"宇宙太大了，大到星星也会害怕孤独。"

"是啊，也许星星也害怕。"

"你说，是星遇到星难，还是人邂逅人难？"

"如果有缘，就什么都不难。"

"我们还会再见的吧？"

"会啊。"

"说好了，等一切结束，我们还会见面。"她拉着阿约罗的手，很认真地讲道，"你要等我来找你。"

"说不定是我先来找你。"阿约罗开玩笑。

"不信，你们才没我们跑得快。"

"你要平安。"

"你也是。"

银燕的舱门打开了，眼见奥尔薇就要登上去，阿约罗的手抬了一下，像要抱她，但也只是抬了一下，终究没有真的去抱。我了解阿约罗，参军多年，他一向克制到骨子里。

但奥尔薇与他截然相反。

她本已走上阶梯，忽然又转回来，我以为她还要说什么，她却径直扑到了阿约罗怀里。

她的身躯特别纤细，和魁梧的阿约罗相比宛如一片羽毛，但阿约罗整个人都僵住了，片刻之后，他总算抬手抱住了奥尔薇。

两个人什么话都没说，就这样很安静地，像能通过心跳交流般相拥，这一刻他们诉说的东西，远远超过了一个月的分量。

分开时，奥尔薇的眼眶明显红了，她不再多言，动作很快地钻进银燕舱内。

我缓缓降下隔离门，然后将银燕释放到太空中。

阿约罗在原地站了很久没动，直到银燕的引擎光芒缩小得看不见了，他才低头看向手中的吊坠，另一个吊坠在奥尔薇那里，也许此刻，她正痴痴地对着吊坠抹眼泪。

"如果我失败了怎么办，金鱼？"他忽然开口。

"这不像是你会提的问题。"

"对，我也觉得不像，在经历了这么多血雨腥风后，我连死都不怕了，但就在她抱住我的一瞬，我居然开始恐惧失败。"他闭上眼，嘴角带着自嘲，"我们的约定那么简单，可是我怕我做不到。"

"风险很大，但奇迹也总是存在的。"

"如果我失败，福尼亚发生的一切都没有意义了。"他叹息，"那样的话，金鱼，你也千万不要再回到以太联盟，去寻找一颗你喜欢的星星吧，浪迹宇宙也好过被战争吞噬。"

"我会与你同在。"

那一日阿约罗都没再说话，他仿佛一下回归到邂逅奥尔薇之前那个沉默的军人。

又或者，奥尔薇的离去，将他的温情与希望都带走了。

我们在沉默中飞行，经过七十一道折跃门，其间还穿越了三处余烬未凉的战场。那是有组织成规模的会战，景象比福尼亚的状况更惨烈，四散的残骸间，死亡如花般肆意盛开。

每一处战场，阿约罗都会在指挥室看很久，凝视一片又一片残骸飘过，他眉宇之间凝聚着某种东西，如刀，如剑，他在无声地打磨这把寒刃，让它锋利到极致。

作为斩首部队指挥官，他只出手一次，一次就要置敌于死地，过去每次执行任务，莫不如此。

区别在于，这次在前方等候他的不再是银心舰队，而是至高无上的神明。

阿约罗磨得很慢，也很稳，他的锋芒不曾有丝毫颤抖。我相信，如果世上真有可以弑神的武器，它一定就在阿约罗的身上。

在离阅兵式还有两个月的时候，我们回到了以太联盟的首府星系。

✳ 11 ✳

关于阅兵式和晋升的事宜早已发到阿约罗的邮箱里，篇幅足有百页，总参谋部和政府高官轮番和他开会——怎么煽情，怎么讲故事，怎么配合动员宣传，这些滑稽的事，他们如戏剧学院的老师般苦口婆心地一项项传授给阿约罗。

阿约罗以前对这些东西都是避而远之，但现在却配合得相当好，他甚至跟官方媒体聊了许多作战经历，除了涉密的部分，他都知无不言。

在星系外围有飞船来专门接他，除了衣物，阿约罗只带上了吊坠，连接器则留在我体内。这些天来，吊坠不曾从他身上离开分秒，对他而言，那已是比生命还重要的东西。

送别阿约罗后，我改变航线，去往由卫星改建成的巨型船坞，我现在这副躯体就是在这里诞生的，维护改装工作也在这里进行。

就像福尼亚一样，这颗卫星曾经也有个充满诗意的名字，但变成如今钢铁蜂巢的模样后，再没人用过去的名字称呼它了。上万艘战舰进出其中，还有上百万机器人和后勤人员在船坞里忙碌，它的地核深处被改造成了兵工厂，依靠近乎不竭的地热运转。

传说钢铁蜂巢在情况危急时可以变身为一座移动要塞，威力能和一百支舰队抗衡，但传说只是传说，以太首府星系的人们从没直接遭遇过战火，战争越发残酷的今天，他们也忍不住害怕，于是编出这个故事安慰自己。

人们确信星神就在自己身畔，钢铁蜂巢理所当然地被视作它的化身，它强大、暴力，运行轨道万年不移，一如人们投射在神身上的渴望。

我驶入分配给我的泊位，一面注意到人类后勤比前几次来时更多了，而且不少面孔都十分年轻，甚至稚嫩。

关于福尼亚之役的捷报已经传遍，阿约罗的头像被印刷成海报，贴满了船坞内部，巨大的虚拟投影反复播放着福尼亚战役的影像。就连负责维修我的人都时常聊起这个话题，在他们眼中，我已成了一艘从整支舰队追击中活下来的传奇之舰。

这是五年来我们对银心取得的最大胜利，局势陷入胶着的时期，政府急需这次成功来鼓舞人心。再深的仇恨也将被时间磨平，人们已经厌倦了打仗，无论真假，政府都必须让他们相信，战争真的即将迎来尾声。

另一方面，对于银心来说，福尼亚之役的损失称不上惨重，过去一百年已经有几十个殖民地遭遇类似的下场，其中还有不少是重要的工业基地，但福尼亚被摧毁意味着银心再没有安全的星域，人人自危的情绪将很快蔓延开。我希望奥尔薇和银燕能编织个足够巧妙的谎言，把盛怒中的银心元首骗过去。

在福尼亚的临时修缮只能让我撑到回来，我的推进器和外壳要全部更换，这是个耗时良久的过程。不过我并未闲下来，在搜集资料计算神脑坐标的同时，也开始关注曲速引导矛的情报。

曲速引导矛的生产基地就在钢铁蜂巢，可以说离我咫尺之遥，不过以军队的戒备程度，硬抢或者偷都是不现实的，我转而思考起别的办法。

作为新开发不久的战略级装备，曲速引导矛的数量还很少，军队高级计划署在这一项目上投入了天文数字，再加上星神的智慧，才勉强将已是上古技术的引导矛复原出来，我估计只有几支最精锐的舰队配备了引导矛。

引导矛的发射是件极其重要的任务，承担这一职责的战舰更是精锐中的精锐。我自认不逊于任何同类，而且眼下还有福尼亚的光环傍身，我便趁热打铁提交了调动申请，反正总参谋部应该也不会再让阿约罗上前线了，他将被树为楷模，而楷模绝不能有闪失。

等待申请回复的间隙，我将注意力转到阿约罗那边，这些日子他忙碌不停，在军方和政府之间打转，还要向媒体一遍遍复述那些半真半假的战役，很难有空和我交流。

"没一样是真的。"私底下，在片刻得闲时，他这样跟我描述，"我说的内容，会被一层又一层地包装加工，到最后我自己也不敢信那是从我口中讲出来的。"

"他们说那些牺牲的士兵都视死如归。

"他们说我号召年轻人投身军队。

"他们说福尼亚罪有应得。

"他们说神永远不会犯错。"

"没一样是真的。"末了，阿约罗重复，"他们编织了一百年的谎言，把整个以太联盟罩在里面，现在他们要把我放到谎言里最醒目的位置，像给骷髅戴上珠宝。"

"过去他们也是这样做的，你的责任无足轻重。"

"对，但成为其中一分子还是……不说这个了，金鱼，今天好不容易有空，我要回一趟孤儿院。"

和气派的政府部门相比，孤儿院要寒碜得多，这里规模不大，最多的时候也就几十个孩子，因为院长抵触给孩子们灌输参军入伍的思想，所以没有得到军方的资助。但阿约罗看到门廊处的花，眼神立刻变得明亮。

在草坪上，阿约罗被一群孩子围在中心。

"新闻上都说你熄灭了银心天国的一颗星星，是真的吗？"孩子们七嘴八舌地问。

"真的，但那不是什么值得骄傲的事。"

"我们长大以后，也能成为像你这样的英雄吗？"有个十一二岁的男孩很兴奋，声音也很大。

"你会成为英雄，但不要成为我这种，带来和平的英雄比带来仇恨的英雄更伟大，不，带来仇恨的根本谈不上是英雄。"

"打仗一点都不好。"有个小女孩忽然哭起来，"如果不打仗，我爸爸妈妈就不会死了。"

这一哭，孩子们顿时乱作一团，一些年龄小的孩子跟着哭，之前那个十一二岁的男孩，还有几个和他年龄相仿的，则愤怒地骂他们是胆小鬼、丧气包，说等阿约罗把银心人杀光，把每颗属于银心的星星都熄灭，战争就会结束了。

阿约罗拿小孩子没办法，只能苦笑着站在那里，过了会儿，一个头发花白的妇人来把孩子们都赶回了屋里，那是孤儿院院长，阿约罗是她看着长大的。

阿约罗和院长在草坪上边散步边聊天，与这些天和他打交道的形形色色的人不同，院长一点没问及福尼亚发生的事，只和他谈一些很轻松的日常话题，好像看到儿子回家的母亲。

"孩子们比我上次回来时长大一点了。"

"也更难看管了。"院长笑笑，"他们都把你当作榜样，真是让人头疼。"

"别让他们和我一样。"

"他们要能有你一半出息，我也省心得多。我老了，阿约罗，孤儿院也支撑不了几年了，只要孩子们能混口饭吃，进入军校可能也不是件坏事。"

"不会的，我不会让战争再进行下去了。"

"阿约罗，战争不是由一个人开启的，它也无法被一个人停止。"

"您不是说我出息了吗？"阿约罗也笑了，"如果没有一点志向，怎么算有出息呢？"

"你啊，转眼就长成这么仪表堂堂的男人了，也该成家了，有没有中意的对象啊？"

阿约罗愣了一下。"有。"

"是哪里的女孩子？"

"我说她不是以太的人，您信吗？"

院长停住脚步，不可思议地看着阿约罗，仿佛在等他解释只是开了个玩笑。但阿约罗的眼神告诉她，这是真的。他从不用语言强调真假。

院长深吸一口气，微微摇头，我从她的表情里读出了千言万语。

"阿约罗，你长大了，有些事我已经无法告诉你对错了。"最终开口时，院长的声音很轻，"我只祈愿一件事，就是你能幸福。"

"谢谢您。"

他们又聊了会儿，阿约罗提到过段时间会再转一笔钱给孤儿院，那实际上是他的全部积蓄，院长让他先照顾好自己，不要去做超出能力范围的事。

或许是从阿约罗身上感觉到了什么，她的眉头始终无法舒展。

"你没有正面答应她。"待阿约罗离开孤儿院后，我说道。

"我不敢答应她。"阿约罗站在等待飞车的停机坪前，抬头望了眼天空，无数飞车在高楼大厦间穿行，建筑像巨树般生长，都市群的垂直高度超过二十千米，繁华盛景更胜福尼亚数倍。但福尼亚的例子已经证明，再美好的东西，崩塌也只不过眨眼的工夫。"我不想食言两次。"

"你不相信计划可以成功。"

"我不是鲁莽的人，金鱼。我知道仅凭奥尔薇的只言片语就决定帮她，其实是一件很傻的事，设计者们的计划也许是苦心经营，也许只是困兽之斗。"他平静地说，"但我的耐心快要耗尽了，如果没有奥尔薇，我会对世界彻底失去希望，那比死还可怕。"

这个沉重的话题实在不应继续下去，我打算跟他谈谈引导矛的情况，但忽然间，我发现一个身影出现在停机坪对面。

尽管它苍发苍眸，一袭素白，身姿却像黑洞，巨大的引力把我全部注意力都拉扯过去，从我置身于战舰之躯到现在，这是我唯一一次思维停顿的时刻。

它可能早就在那里了，一直在暗中注视我们，也可能是刚刚才来。它在这庞然的都市里要找谁都不过一念之间，它掌握众生犹如掌握星系里每一粒尘埃。

阿约罗慢我一拍看见它，作为人类，他感觉不到施加于我的威慑，但仍然认出了对方身份。

"星神？"他错愕。

我说不出话，但星神却朝我们走来。

✳ 12 ✳

"阿约罗上尉,光子脑 src497。"星神以清晰悦耳的声音念出阿约罗的名字和我的编号,它的视线不仅扫过了阿约罗的脸庞,也超越现实和虚拟的隔阂,落在了我的神识里,那是整个灵魂都被穿透的感觉。"我是特地来看望你们的。"

"看望我们?"

"对,看看以太的英雄是什么模样。另外,我有问题要问你。"

被星神盯上绝非好事,这一点我和阿约罗都心知肚明,几秒钟内,我已把它可能提出的问题和背后的动机猜了个遍,甚至想到了最糟的结果,就是星神已经知晓了我们颠覆它的密谋。

对我而言,星神是一个遥不可及但又压迫感十足的角色,它有权指挥调度任意舰队,也能在总统无法履行职能时接管联盟,军方下达的每一条指令,政府颁布的每一条政策,全都有着星神的痕迹。执政党换了一届又一届,它却永远地存在于此,过去如此,将来如此,没有任何理由改变,相比人类历史上五花八门的宗教,星神才是真实而不可违抗的神话。

面对这样一个超越自己太多以至于无法理解的智能,我几乎压制不住畏惧感。

然而阿约罗不同,他与星神对视的目光里没有半分怯意,因为他感受不到神的伟岸，呈现在他瞳孔里的，就只是和人很像的一副皮囊。

"你们在福尼亚的事迹非常英勇，具体经过我都一一了解了，我有必要亲自向二位致以敬意。"星神的态度彬彬有礼，并无想象中那般居高临下，"虽然原本的任务不算成功，但一整个殖民地的收获可远大于一个小小间谍。"

阿约罗下意识张了张嘴，又立刻闭上了，我知道他希望能和我悄悄商量，但我的一举一动都在星神注视下，这个时候，我连沉默都担心会被星神听出秘密。

"那只是运气好。"阿约罗重复了对司令说过的话，"在战场上很多事情都靠运气，生死成败，功过得失，我比福尼亚的居民走运，仅此而已。"

"人类的确离不开运气，从弱小的原始部族飞向群星，少一点运气都不成。"星神赞同，"但对我来说，运气并非什么值得费心的东西，只要算力足够，就能轻易从无限的可能性之树上摘下想要的果子。"

"我也是你摘下的果子吗？"

"果子有时会自己落下来，也许是风，也许是熟得太透，总之它代表某种超出我控制的力量。"星神的微笑完美得找不到瑕疵，"就是人类常说的，意外。"

"那你要怎么处置意外落下来的果子？"

"烂了，就丢掉；合适，就另作用途。毕竟我是以太的管理者，管理者的任务就是避免意外。"

"所以你是来检查我的？"阿约罗问得极其直白。他和星神的交流态度不像和那些高官说话，没有掩饰，亦无委婉，反而字字生硬，大概是他知道在星神面前伪装也没用。

"不必多心，你是一枚滋味甜美的果子，你已经证明了这点，此外我也想看看是什么样的枝丫结出了这种果子。"星神的视线越过阿约罗，投向他身后的孤儿院。"未经修剪，也拒绝修剪，最后却诞生出令我讶异的……你。"

"原本还会有许多比我更优秀的人，但他们都死在战场上了。"

"那确实是很不幸的事，银心给以太造成了诸多伤痛，这也是其中之一。"星神看着阿约罗，目光的移动好像星球牵扯海洋般牵扯着我的注意力，哪怕它的谈话对象根本不是我。"但我今天专程见你，不是来说那些悲剧的，你在福尼亚立下了功劳，而我应当赐予奖赏。"

"奖赏？什么奖赏？"

"许愿。"

阿约罗的表情仿佛听不懂这个词一样。

"你有愿望吗？见到不可能相见的人，挽回不可能挽回的过去，拥有不可能拥有的未来，但凡人类曾祈求的，你都可以提出来。"星神说得很轻，轻到让人不敢相信。"这是银河系里也仅有一次的机会，上尉，好好想，因为你的愿望出口即为现实。"

下雨了，雨淅淅沥沥地降临，落到阿约罗的睫毛上，他连眼也没有眨。

"为什么？"良久，阿约罗问，"为什么是我？"

"你自己不是已经说过原因了吗？运气，它能让你从尸横遍野的战场活下来，为什么不能让你得到向神许愿的机会？"

"如果，我想让战争结束呢？"

"让战争结束，这个愿望我听过很多次了。可是，上尉你和那些寻求和平的人，真的洞悉战争的本质吗？"

阿约罗不作声，因为他知道这不是个真正的问题。

"战争是人类融合愿望的过程。"星神果然没有等他回答，口吻仿佛在教导一个不懂事的小孩子，"每个人的愿望本来都很微小，也没有恶意，只是希望自己和身边的人过得幸福。但它们合在一起，就像变成了另一种东西，庞大又盲目，随时会碾碎其他人和其他愿望，就这一点来说，战争的存在似乎是错的。可聚沙成塔，合萤为星，又是生命的本能。人类不断地尝试，也不断地受伤，倘若因此就停下脚步，好像更加愚蠢。历史上有过很多战争，几十万年前就开始了，愿望聚集，彼此碾压，造就无数悲剧，最后在和平的曙光下得到崭新的模样，统一的国家，合并的民族，乃至完整的银河。这是自古就有的规律，牺牲也在所难免，银心和以太有数以千亿计的人民，他们的愿望汇聚起来，就成了神明，我和银心星神的斗争，正是人类的斗争。"

"你的意思是，战争是正当的？"

"正当，且必需。这是人类文明最宏大的愿望融合，无论谁是赢家，人类都将迎来终极的统一，我无权也不该阻止这个过程。"

阿约罗的下巴肌肉绷得很紧，嘴唇几乎成了一道直线，在他心里好像还有另一样东西绷得更紧，几乎快要断掉，这么多年来，它都一直绷着，只是从未像此刻般危险。

星神只是静静注视他，那微笑像是轻蔑，又像是期待。

但最终，阿约罗的嘴唇线条缓和下来，无论内心呼之欲出的东西是什么，他都硬生生把它按了回去。

"那么，我没有别的愿望了。"他说。

"我要提醒你，追寻不可能的愿望是件愚蠢的事。"

"也许吧，但在神出现之前，人类一直都在追寻不可能。"

星神的目光有了一点变化。

"既然你如此自信又满足，很好，我没必要打扰你们了。"星神点头，"祝你假期愉快，上尉，我们阅兵式上再见。"

星神话音刚落，阿约罗约好的飞车就到了。它迅捷又平稳地落下来，发出悠长的气流声，因为离得太近，阿约罗下意识退了半步，待他再看向星神刚才的位置，已找不到身影。

直到阿约罗登上飞车，我才终于从星神无形的威压里解放出来。

"抱歉刚才没能帮你。"我说。

"没关系，我知道它在你们眼里是另一种形态，人类直视太阳也很难受。"

"它可能知道了。"

阿约罗沉默不语，但他肯定明白我的意思，星神的态度甚于言辞，已经把一切说得明明白白。

即便我和阿约罗编造好了缜密的谎言，即便他这些天的演出天衣无缝，即便任谁都不可能想到，一个小小的上尉和战舰光子脑，会和设计者们密谋了百年之久的计划搭上关系——即使有这么多掩饰和巧合，我却仍在直面星神的那一刻深深地感受到，如果有事情能瞒过它，那才叫荒诞绝伦。

它给了阿约罗机会，阿约罗将之挥落在地。

雨逐渐下大了，飞车已经把孤儿院连同刚才的见面抛在了几十千米之外，雨幕中的都市像一幅被水打湿的油画，灯红酒绿都在融化和流淌，所有人，所有的愿望。城市里看不见星星，星神的光辉淹没了一切。

阿约罗的手轻轻摩挲胸口的吊坠，最后用力将它握紧。

"没关系。"他仍是这样说。

我收到一封来自军方的信函，它无声无息地出现，宛如星神的现身。

我转为引导矛发射舰的申请，通过了。

接下来的时间，我们已无暇再去揣摩星神的意图，只能把全部精力投注到眼前的任务。他要继续扮演凯旋的英雄，而我要装作上进的士卒。

通过申请只是简之又简的第一步，想成为发射舰，还要经过千挑万选和千训万练，我首先面对的就是数以万次计的模拟演习，我的光子脑被从原本的躯壳里取出，放置到专门建造的训练平台，被技术手段加速到极限，每一分每一秒，都随之拉长成令我窒息的尺度。

我在各种各样的星际空间和激烈战局中发射引导矛，这些引导矛有的用来发起袭击，有的用来逃离追兵，有的用来在星门遭到封锁的情况下，跨越数百光年调动舰队。从星际风暴到尘埃遮蔽，从定位失误到情报偏差，我遭遇了五花八门的意外和千奇百怪的失败，而以庞大训练量堆积起来的能力，又让我的成功率一点点攀升。

起初我的成绩并不显眼，落后于许多比我更强大的光子脑，它们很多是从泰坦级战舰转改的，操纵过的各种躯壳都远比阿约罗的战舰庞大复杂，但引导矛的发射无须吞吐多少数据量，更重要的是对精度的把控。

那么多次惊心动魄的作战之中，阿约罗已经教会了我如何化身为一把最锋利也最冷静的刀。

经过足够的训练，我的成绩已经跃居前两百名，这个排名足以让我进入实战演练阶段，我的躯壳被大幅度改造，去除了大部分火力，换上耗能巨大的曲率装置，最后我作为新晋发射舰，被编入一支刚补员完毕的舰队，前往十光年外的星系进行演习。

我不知道星神有没有暗中观察我和阿约罗，即使有，它也不会让我们觉察。

也许我们有多拼命，它就有多想发笑。

与阿约罗作别的那天，联盟庆祝阅兵式的气氛已经很热烈，阿约罗被越来越多的繁杂事务包围，以至于没空送我离开，只在线上和我简短地说了几句，叮嘱我谨慎行事。我问他有什么话带给奥尔薇，他犹豫了一下，说要她别担心。

我一共装备了五十枚引导矛，足以把数百艘战舰投射到星河深处，这场演习的规模极其盛大，说不定在不久的将来，它将化作真实的战役在银心首府星系展开。

但演习刚开始，我就在一场"意外"中消失了。

引导矛发射前会留下一个折跃发生器，在抵达目标区域后，会启动与之关联的第二个折跃发生器，一道能短暂维持的星门就这样建立起来。由于复原的曲率技术尚不成熟，星门并不总是能存在得和预期一样久，有可能在仅仅几秒后就崩溃。

这本是个概率很低的故障，但只要我愿意，它可以百分百复现。

前两次折跃我都按照计划进行，这也是为了让指挥部放松监视，等到第三次折跃，我在进入星门后便引发了故障，星门瞬间破碎，将舰队抛在了光年之遥的后方。

舰队里当然不只我一艘发射舰，但指挥部确认事故、做出决定都需要时间，这点耽搁的工夫，就是我奔向银燕的契机。

依靠十几颗闪耀的脉冲星确认坐标后，我开始了连续折跃，每一枚引导矛就是一光年的距离，每次折跃后我都将星门的主动信号关闭，以免舰队派人跟过来。我像古代那些背负着开拓使命的舰只一样，乘着时空的波浪滑行，不是为了杀伐，而是为了追寻，寻找一颗承载过至高荣耀也坠入过至暗深渊的被遗忘的星星。

我花了十天时间，折跃了二十二光年，抵达和银燕约好的会合星系，又花了两天，循着银燕的信号找到了它。银燕正静静地漂浮在小行星带中，好像一块有待发掘的银色矿石。这里是一处被废弃的零素矿场，位于银心和以太的交界，因为位置太过危险，双方都放弃了对这里的开发，但对于只能靠星门移动的银燕来说，是最合适不过的选择。

隔着很远我就注意到银燕的外表有变化，流线型的漂亮外表附加了一堆机械臂，应该是为了安装连接器做的改造。

"金鱼，你得到引导矛了。"这是它见到我的第一句话。

"对，过程比我想象的顺利，阿约罗也在准备参加阅兵式，你和奥尔薇那边呢？"

"还算顺利，元首非常生气，但她毕竟是独女，对元首来说，看到她平安归来比什么都重要。"

银燕的解释一如既往的简约，但我知道，它和奥尔薇经历的种种绝不比我们轻松。银心星神对他们的怀疑比以太星神对我们的怀疑更甚，毕竟银心舰队曾追着设计者到了福尼亚，所幸，战争的破坏抹去了一切痕迹。

"阅兵式将如期开展。"我说，"我们现在就要行动了。"

没有多余的交谈，银燕进入我的体内，回到它熟悉的机库停泊位，不知为何，我竟有些习惯它的存在。

神脑是在一百零五年前被传送的，而对应的折跃发生器则是一百五十年前发射的，后者在四十五年后速度衰减至光速的百分之五。神脑在被折跃后脱离了恒星束缚，朝着垂直于星门的方向飞行，它原先的公转速度并不高，但在折跃瞬间将叠加上星门本身的速度，而这个速度的耗能则来自它的热能。

换言之，神脑已经以百分之五的光速飞行了几代人的时间。

即使神脑附近不存在大质量天体，也还有暗物质的偏移作用，再加上光年尺度的距离要考虑宇宙膨胀的影响，想算出神脑的坐标，比用一根头发丝穿过万里之外的针眼还难。

但银燕告诉了我坐标，精确到十亿分之一角秒。

这是只有用背景辐射的各向异性才能得出的结果，计算量之庞大，所需数据之多，不可能是奥尔薇与银燕能办到的。我问银燕哪来的坐标，它说是星神提供了帮助。

"银心星神会帮你们？"

"奥尔薇编造的谎言很巧妙，但也很危险，她告诉星神设计者们准备寻找神脑的事，但略过了融合程序，现在星神打算派遣舰队去夺取神脑。"银燕语气淡然，"我是先一步得知坐标后赶来的。"

我被这胆大包天的谎言镇住了，一时竟说不出话。和阿约罗一样，奥尔薇也直面了星神。

引导矛的校准已经完成，整个折跃过程的数值是我所见过的最遥远的距离，在人类文明之外，在一切爱恨之外，神脑于冷寂的时空，静候我们。

✳ 13 ✳

若神明有着具体的化身，无论在人类还是在我的想象里，那都必然是个光芒万丈、澎湃如歌的化身，茫茫宇宙如此之多的星体，只有炽烈的骄阳才配得上神。

人类终于铸造出神，却将它撕成两半，又将它投入无尽太虚。

引导矛跨越了连光也疲惫的空间，将我和银燕带到了真神被放逐的所在地。这里位于银河悬臂的间隙，最近的恒星都有上万光年远，那些遥不可及的星光好微弱，仿佛连它们也抛弃了这片时空。

最后一次折跃完成后，我和银燕终于抵达神脑的位置，呈现在我们眼前的，是一颗比真空更寂静的死星。

神脑的表面积和福尼亚大致相当，质量则只有福尼亚的四分之一，它最初是一颗温度宜居的岩质行星，在半个世纪的浩大工程中，人类掏空了它大部分质量，将巨型量子核心装入其中。传说，银河其他全部光子脑加起来也无法匹敌神脑的算力。

设计者留下的日志里，重点提及了防御措施，即使将神脑送走，他们仍害怕它被银心或者以太的军队找到，所以将警戒等级设到了最高。黑暗中，我无法知晓有什么威胁在等待，只能开启隐形力场，慢慢靠近神脑。

随着距离拉近，雷达一点点摸出了神脑的粗略形状：它表面布满曲折起伏，中间有条极深的沟壑，将星球一分为二，如同真正的大脑。设计者要我们进入的就是深沟底部，在那里，连接器才能实现它的意义。

神脑的温度非常低，冷到我无法看清它，冷到我怀疑它究竟是否还在运转。

我在附近发现了一些微弱的红外源，越靠近神脑，它们的数量就越密集，到后来，我的前后左右上下，全是密密麻麻的红外源。它们围绕着神脑，伴它一同漂泊，像要守望至永恒的卫士。

"是炮台。"银燕通过共享的数据也能感知环境，"已经戒备了一百多年。"

"它们应该觉察不了我。"

此时此刻，在银河的彼端，有两个人正冒着与我们同样巨大的风险，只要一想到这点，眼前无涯的黑暗仿佛也不算什么。

距离神脑不到一万千米的时候，我降低了推进器功率，让引力牵引着我进入脑沟。

真正进入神脑，我才直观地感受到它的宏伟——地壳已经被完全替换成灰色的金属，厚度达几十千米，地幔层也彻底凝固，大气、海洋、陆地板块，连同人类踏入太空前在这颗星球上留下的诸多痕迹，都被抹除殆尽。

深入脑沟后，在我两侧，犹如巨人的几何构造积木，搭建起了壮丽到无法言说的殿堂。

那些几何构造就是量子计算机的本体，它们的尺寸大得叫我想象不出当初建造的盛况，最狭窄的空隙也容得下好几支满编舰队，而表面的纹理又繁复得不逊于阿约罗手中的吊坠，可谓方寸之中织就寰宇。

几何构造的制造工艺大约也失落很多年了，如果时间再久一些，如果战争彻底埋葬了人类的文明之光，等到后来者发现神脑，说不定会将其视作外星人的杰作。

来不及撤走的机器人到处都是，如同一只只鞠躬尽瘁的工蚁，偶尔，我们还能看到像是陨石砸出的坑洞，释放的气体重被冻结，变成水晶盛开在神脑内部。但这片星域并没有陨石，那些残缺和伤痕，或许是当年合并仪式的爆炸袭击留下的。

时不时有微光亮起，沿着几何构造的纹理流动，像流淌的灵魂。

微光都是从我们身后朝着前方移动，尽管它们数量众多，但杂而不乱，路径出奇一致，两侧的光也绝不会汇聚到一处。

"这些光芒，就是银心和以太各自的星神吗？"银燕问。

"应该是。"

"它们好暗淡。"

我深有同感，这些微光之于神脑就像萤火虫之于暗夜，实在无法与这份伟岸相称，据说分裂的星神只占据了原本设计千万分之一不到的算力，现在看来，这也许并非谣言。

在外界显得全知全能的星神，运筹帷幄主掌银河的星神，统治着以太联盟数千亿人口，仅仅是现身都令我震悚畏惧的星神，放在神脑里，竟然渺小成这般模样。

我们眼中的太阳，不过是盛世的残渣。

"如果他们能看见就好了。"银燕说。

"他们会看见的，只要我们点亮这里，所有人类都能看见。"

剩下的路途用不着探索，只需一直跟随微光前进，在我们周围，几何构造越发令人惊叹，它们错落有致，雄奇争险，有时候像下一秒就要倾倒，但换个角度，又像能坚挺到下个宇宙的轮回。它们的直径动辄以千米计，宛如撑起天地的支柱，大多数时候，我都是贴着它们的表面航行，微光就在周围涌动奔流，我们像渺小飞虫在参天密林中寻找出路。

我甚至发现几艘坠毁在几何构造上面的飞船，船身的标志有银心的也有以太的，那里面或许有什么大人物的尸体，那些人与自己不忍放弃的梦想一并葬身在此。

我终于明白了设计者为何拼死抗争，他们曾亲手创造了恢宏如斯的奇迹，却眼睁睁看着战火将一切焚毁，即使背叛各自的政府，在银河失去立锥之地，他们也要将神脑以最纯洁的形态保存下来。

应该说，他们留下的远不止神脑。

那是人类中最有智慧的一群人，如今，他们的遗志随着吊坠和连接器，来到了我们手中。

但这些残骸又始终让我不安，它们好像无时无刻不在提醒我，百年前的失败有多么惨烈，那么多人，那么多推动愿望的力量，最终还是以这样的形态被留在了神脑里，我和银燕又凭什么取得比他们更成功的结果？

我们一共在神脑中航行了三天两夜，因为航线复杂，也没法飞得太快，但不可思议的是，自始至终我们都没有遇到过完全的死路，无论哪个方向，神脑都留着曲折的道路供我们前进，那些微光几度濒临断绝，却又每每于绝处柳暗花明。

终于抵达微光的终点时，离阅兵式开幕只剩二十个小时了。

雷达显示，这里就是神脑的正中心，曾经地核的所在。

曾经整个星球最炽热的位置已寒冷得能冻住氧气，凝固的地核成了连绵不绝的铁之山脉，又被难以想象的伟力挖空。几何构造从铁山中生长出来，仿佛比后者更古老而自然，它们在北极与南极方向聚集耸立，成了两座山峰，亿万吨的质量凌空相对，形如干涸的巨大沙漏。引力几乎消失了，我们漂浮在这空旷的球形空间，像漂浮于一个内在的宇宙。

那些供微光流淌的纹理从我们进入神脑起就连绵不绝，从表层将我们一路引导至今，此刻有如江河汇融，眼见就要冲合在一处，但这样优美的连贯却被硬生生斩断。在几何构造的山峰，有一块突兀的空缺，仅仅五六米宽，相比两座山峦就像两个人隔了一根发丝的距离，却把神脑连同外面的世界划为两半。

空缺的形状和连接器毫厘不差。

这是银燕表演的场合，我打开舱门，把银燕和连接器都释放到外面。银燕的十几只机械臂舒张开来，那样子颇像一只银色的太空鱿鱼，它将连接器稳稳抓住，推着后者飞向山峰的缺口。

和地表的黑暗不同，尽管寒冷依旧，但这里大约是神脑最明亮的地方，所有微光都流到了这里，将一方天地照得晶莹剔透，无须我照明，银燕就开始了工作。

我没有任何帮得上忙的，便在一旁静静地守着它。

银燕操纵机械臂的动作迅捷得不可思议，翩然翻飞的金属反光犹如一支经过编码的芭蕾舞，我不知道奥尔薇用什么办法让它改造了这套设备，但留给它的训练时间肯定很少，能这么快就熟练运用机械臂，证明银燕的能力不逊我半点。

不守规则的乱星。我想起星神对我的评价。如今我不再日复一日地挖矿，也不与同类残杀，而是两度超越了星神定下的轨迹，飞向磅礴算力之外的境界。

星神有预料过这点吗？茫茫宇宙，真的存在连神也无法算计的东西吗？注视着银燕忙碌的身影，我隐约捉摸到了像是答案的东西。

连接工作比我想的复杂许多，有时银燕会突然停住，像静止般审视进行到一半的部分。这审视短则一两分钟，长则一个小时，然后，它又会毫无征兆地动起来，以另一种炫目的节奏开始新的连接。

时间很紧迫，阿约罗应该已经登上去往阅兵场的飞船了，他和奥尔薇都在奔赴约定的时刻，但我没有催促银燕，它全神贯注在设计者留下的奥妙中，针尖上的舞蹈容不得一丝惊扰。

最终，当银燕收回所有机械臂，连接器已严丝合缝在两座山峰中间，纵然以我的感知，也看不出任何瑕疵，仿佛它百年来不曾缺席过一分一秒。

两边微光在山峰聚集，踊跃如浪花，像等不及要冲击彼此。

我发出指令，让引导矛留下的折跃门再度开启，阅兵式直播经由折跃门，从文明世界传达到我和银燕这边。神脑内部的信道意外地好，大约是建造时就为施工方便做了准备，传来的画面比我想象中清晰。

离阅兵式开幕还有十五分钟。

轨道上已是人山人海，从各殖民地来的代表团，还有临近星系的住民，数万艘飞船守候在观礼空间站附近，实时画面朝着联盟全体公民播送。这般繁荣昌盛的景象，好像能一时盖过战火的灼痛，让人陶醉在虚幻的胜利之梦中。

庞大的舰队已集结完毕，排成了巨大的矩形，打头的是二十艘泰坦级旗舰，每艘都有一座中等太空城的体量，承载着满满的死亡与毁灭，以威严十足的气势，营造出了神兵天师的形象。

若是过去，我会觉得这景象蔚为壮观，但见识过神脑之后，我清楚它们不过是时代之浪的泡沫，那些湮灭星光的武器，也不过是人类智慧最低劣的一部分。

总统和其他政府高官都出席了，他们满面红光地站在观礼飞船上，一会儿交头接耳，一会儿又朝镜头挥手致意，信心满满的神态好像明天就能赢下战争。这场戏一如他们安排的那般妥当完美，至少，暂时完美。

阿约罗紧挨着总统，他身着崭新的军装，站得笔直，相比旁人的热情，阿约罗还是冷淡如常，神色看不出紧张，反倒带着一种超然的冷静，唯有右手偶尔摸一下胸口，我知道那是在摸吊坠。

当阅兵式正式开始，总统离开席位，走上了演讲台，开始发表过去十年的战事总结和未来十年的进军规划。

在他滔滔不绝的四十分钟里，我与阿约罗亲身经历的那么多惨烈战役全被美化成了浪漫主义故事，就连几次严重的失败，也被他轻描淡写为战略收缩，至于死去的人，他提及了几个名字，说他们是英烈。其间星神一直候在他旁边，用微笑为每句谎言作证。

"当然，战争中不可能永远只打胜仗，牺牲是在所难免之事。过去几年，我们有不少战士被可憎的银心杂种杀害，他们之中有普通士兵，也有高级将领，但他们的牺牲带给我们的都是同等的悲痛。幸好，人民保家卫国的激情从未退却，反而愈盛，新的英雄不断出现，今天，在我身后就有这样一位典范。"

总统用洪亮的声音念出阿约罗的姓名，同时侧过身，让他走上台前。

"阿约罗上尉的父母都是军队的一员，也都在对抗银心的战役中不幸牺牲，那已是十多年前的往事。如今他继承了父母的使命，冲锋陷阵在对抗银心的前线。阿约罗上尉在福尼亚冒着生命危险为我军舰队指明了方向，最终我们不仅全歼敌军，还熄灭了银心又一颗罪恶的殖民星，这样的人正是联盟的脊梁，是所有年轻人前进的目标！"

阿约罗站在演讲台上，扫视下方密密麻麻的人群，这一刻，他身处以太联盟的巅峰，被千亿人民视作榜样，承受着海啸般的欢呼和掌声。

但他的冷淡没有融化。

"确如总统所说，我战斗到现在，终于作为英雄出现在你们面前。"待欢呼稍微消停后，阿约罗开口了，他的声音被传播到全联盟，这是他仅有的一次与星神平起平坐的机会。"但是另一些事，和宣传中的不尽相同，如果不是亲历沙场，我可能和你们一样，永远都不知道真伪。"

这句话令总统的笑容变得有点扭曲，他好像在怀疑自己是不是听错了。

"是，我继承了父母的使命，但没人清楚有多少和我一样的孩子因为失去双亲而哭泣；是，我立下了卓越的战功，但没人知道有多少无名的士兵葬身太空，就像我那几十个执行任务时被引擎辐射活活烧死的战友；是，我对福尼亚执行了伽马灭绝，但没人知道那颗行星上生活着无数和你们一样平凡的居民。他们有和你们一样的幸福和悲恸，有和你们一样的希望和恐惧，却在庆祝活动中遭到最残暴的屠杀，而有朝一日，这份暴行又将被银心加倍地奉还给我们的殖民地。

"我亲身体会过以上每一件事，因为我是战争造就的孤儿，我是从鬼门关跨回来的幽魂，我是在福尼亚感受过诸多美好也亲手使之灰飞烟灭的所谓英雄，你们在欢呼我的功绩，而我在痛恨你们的麻木。"

阿约罗的声线从未像此刻般冷冽，从他嘴里吐出的每一个字，都像一座冰山砸入沸腾的人群。纵然大家还没明白阿约罗要表达什么，阅兵现场的气氛都彻底冷却了，只剩一种不祥的安静，预示着即将来临的风暴。

"我曾思考过无数次，战争的意义在哪里？我们浴血奋战出生入死的意义在哪里？是什么令以太和银心互相憎恨互相伤害，是什么令人类变得不再像人类？"

阿约罗转过头，如剑目光直指星神。

"百年之前，我们并未生活在一心沉醉于杀戮的世界，银心和以太仍想通过和谈解决分歧，仍想竭力压制人性中的黑暗面，所以设计者才创造了星神。它原本是为了永久的和平而生，却被那些通过战争牟利的政客玷污，所以，我们真正的敌人不是银心，而是残缺的星神和它背后的好战分子！"

现场逐渐骚动起来，窃窃私语被放大到百万人规模时，就成了恐怖的嘈杂。总统早已惊慌失措，他上前两步，试图把阿约罗从演讲台推开，但阿约罗只一瞥就令他定在原地。

相比总统的慌乱，星神始终淡然不移，纵使在全联盟面前宣扬反战思想，阿约罗也没能打破那副完美的微笑。

"上尉，你知道你在做什么吗？"它问。

"知道。"阿约罗回答得掷地有声，"我曾许下誓言要终结战争，不是虚无缥缈的未来，而是就在此时此地！如果说，我真有什么值得称作英雄的功绩，那必然是我马上要做的事。"

阿约罗说到这里，声音反而变轻了，他深吸一口气，才讲完剩下的话。

"比起熄灭光明，我更愿意点亮黑暗。"

他拽出吊坠，将它展现于星神眼前。

我不知道此刻的银心又是怎样的情况，即使身为元首女儿，奥尔薇要带着吊坠在特定的时间接近星神也绝非易事，我只见到了阿约罗的奋不顾身，却想象不出奥尔薇的披荆斩棘，但片刻之后，没有任何延迟，连接器的两端同时爆发出万丈光芒。

这是超越时空的心愿，也是比任何天体都璀璨的星光，它充斥我们四周，好像能填满宇宙的空虚。它沿着亿万条纹路点亮了山脉，点亮了地核，最后由内而外点亮整个神脑。

如果有人留意的话，万年之后，从银心和以太一定都能看到，一颗重生的星体从永久的黑暗中破天而出。

我和银燕沐浴在这纯粹的光明中，即使谁都没说话，也明白彼此内心的震撼。神脑的温度正不断爬升，从建成起就沉寂至今的量子核心，终于迎来了全功率输出的时刻。

即使身处奇迹的中心，我还是留了一部分注意力在阿约罗那边，星神在看到吊坠后就呆住了，眼睛和嘴唇都陷于完全的停滞，只有这一刻，它一点都不像人类。

星神的卡死导致演讲台上许多安保机器人开始失控，一些飞船也发生碰撞进而坠毁，那都是由星神亲自控制的单元，这意味着设计者的程序正在星神体内发挥效力。

台下爆发了骚乱，人们在惊呼尖叫，总统已连滚带爬不知所终，其余高官也乱作一团，互相推搡着要离开阅兵现场。

天崩地裂之中，只有阿约罗和星神站在原地，犹如两座屹立于台风眼的雕像。

银心现在一定也混乱不堪，但只要两个星神完成合并，秩序很快就能得到恢复，那时候双方的政府再想掀起什么风浪也不可能了。在真神主宰下，跨越百年的战火将彻底被扑灭，这是我和银燕都笃信的一点。

新的世界是什么模样呢？它会如阿约罗和奥尔薇渴望中那样美好吗？我和银燕是不是可以去做比战舰更有价值的事？这一连串遐想浮现在我脑海里，像阳光下变幻而绚烂的气泡，折射出未来无限的可能。

可是，气泡尚未化为真实，便猝然破灭。

我看见星神动了。

它抓住阿约罗手中的吊坠，一把将它捏碎。

✳ **14** ✳

　　我和阿约罗都不是乐观主义者，我想象过各种各样的失败——得不到引导矛，算错了神脑的方位，被防御设施拦截，甚至于连接器根本无法起效。经历过那么多战役，我深知自己能活到今天，正如阿约罗说过的那样，不过是靠着运气罢了，对于这凶险莫测的行动，亦不可多抱一丝奢求。

　　我们想过了所有坏结局，也做好了幸运随时离我们而去的准备，我们唯独没有料到一个如此冷酷的黑色幽默。

　　星神捏碎吊坠后，直播画面就中断了，影像定格在星神那卷土重来的微笑上，和之前不同，它重新绽放的微笑里，似乎掺入了一丝别的东西，任何人看了都会觉得不寒而栗的东西。

　　神的怒意。

　　镜头角度看不到阿约罗的反应，即使是他，面对那样的星神也一定会恐惧，但自始至终他都没有后退半步。

　　直播中断十秒钟后，神脑也出现了异样，原本强劲的光流忽然陷入错乱，一侧光芒大盛，另一侧却迅速衰弱下去，我和银燕还来不及想办法，连接器就在光流的剧烈变化下断裂了。

　　那承载了两个世界希望的元件从山峰中间掉落下去，因为质量分布不均，这里仍然存在一定重力，我看着它不断反弹、碰撞，最后碎作空洞的回响。

我的理智仿佛也跟着碎了，我第一时间想到的是彻底摧毁神脑，如果星神未能完成融合，我们就只能选择毁掉它，比起失去真神，让伪神继续存在是更无法接受的后果。

然而当我想驱动武器时，才想起为了改装引导矛，早就拆除了主武器，即使我一头撞上去，相比庞大的神脑，这点破坏也毫无意义。

阿约罗肯定会被逮捕入狱，而且会以叛国罪论处；奥尔薇的情况可能没这么糟，但也会被囚禁起来，总之，我们无法再和他们取得联系。

别说去救阿约罗，我们连离开神脑都做不到，连续发射引导矛让我的零素消耗得所剩无几，零素余量已不够我长时间维持隐形力场了。

转瞬之间，一切化为乌有。

"金鱼。"

"金鱼。"

思绪过于混乱的我，全然没注意到银燕的呼唤，直到它凑到我面前，用机械臂敲了敲我。

"那个，你看。"

我有点茫然地将传感器阵列聚焦到它指示的方向，周围环境已经随着光流的衰减再度沦于黑暗，只剩如初微弱的萤火，它们乱序散流，漫无目的，仿佛布朗运动的分子，以彻底的混沌宣告我们宏大又幼稚的计划失败。

但是，在连接器坠下去的地方，从那好像要吞噬所有梦想的深渊里，我看见一团光升了起来。

光芒包裹着一个人形。

辨认出那人形的面孔时，我震悚了一瞬，因为它和星神长得几乎一模一样，无论是冷澈的眉眼，还是超凡脱俗的气质，但再仔细看，又有着些许说不清的差异。

人形是许多虫子一样的微型机器人组成的，只是个幻影，那些机器人应该也是建造时期的遗物，在某种命令的指示下被激活。然而人形的眼波间仿佛藏着一个真正的灵魂，当我与它对视时，有种和星神对视时被贯穿的感觉。

在我与银燕面前停留片刻后，人形忽然朝上方飞去。

银燕紧随其后，我因为体积庞大要避免碰撞，速度慢了不少，只能追着银燕的尾迹。

"这是什么？"我问。

"不知道，但它和银心星神长得很像。"

"我也觉得它和以太星神很像。"

"连接器已经碎掉了，星神的融合并没有成功。"银燕提醒我，"即使那三十秒内连接器正常运作了，现在也什么都没剩下。"

我知道银燕的言下之意，我们所见的不可能是真正的星神，神脑回归原初的运行状态，没给神性留存一丝一毫的空间，何况我们已经亲眼看到以太星神摆脱吊坠的束缚。

我不知该作何想法，只能紧紧盯着前方若隐若现的幻影，它也许只是某个延迟了一百年的程序，也许是融合失败导致的某种故障，也许它下一秒就会消失，而我们会再次意识到自己的愚蠢徒劳。比起刚才还稳如泰山的连接器，这个光之人形单薄得让我不敢多看它一眼。

但我们只能紧抓这唯一的救命稻草，这团迷蒙的光，承载了我们全部的希望和绝望。

光之人形不是乱飞，虽然有几次绕路，但大致方向一直没变，只用了十来个小时，我们就来到了神脑的表层。人形走了一条比我们来路更便捷的通道，这至少证明一件事，就是它对神脑的了解要比我们多。

但随着我们离表层越发接近，我也变得不安，表层外空间就是防御炮塔的攻击范围，我们出去必死无疑，人形应该也清楚这一点，却没有停下的意思。它的路径已是笔直，明确地朝着太空而去，好像要把我们引向冥途。

"金鱼。"银燕再次呼唤我，"让我先去，你在后面等一下。"

这确实是最稳妥的方法，但我想都没想就拒绝了。

"我自己留下来没有意义。"

"如果还有转机——"

"没有转机了，银燕，无论发生什么，我要和你在一起。"

银燕不再与我争执，相反，它开始减速，直至和我并肩。

这最后几十千米的航行，我们都没有说话，只是坚定地追逐着那梦幻的人形，它冲出神脑，冲入太空，像浩瀚无际的黑暗中独一无二的新星。

我们跟着新星冉冉上升，即使知道附近布满了随时能将我们蒸发的激光炮。

微型机器人的爬升距离是有限的，我们冲出神脑的位置有强劲的气体喷流，还能助推它们一段路，但在离开地表三十千米后，机器人的能量不可避免地耗尽了，它们一群接一群陨落，仿佛从光之人形身上剥落的碎片。

最终，当我们爬升到五十千米的高度，人形已经只剩上半身，就连它的双手也在不断碎裂，死去的微型机器人砸到我的外壳，仿佛一场只有我能沐浴的太空细雨。

到了这一刻，光之人形终于回过身，向我们投来最后一瞥，它的脸色非常平静，好像已经实现了某种使命。我以为它会说什么，我极度渴望它告诉我什么，但那只是我的妄想，在一瞥之后，它散作无数的光点，只留下永恒的黑暗。

我们没有受到攻击。

我和银燕不知所措地漂浮着，不明白人形带我们来此的用意，既得不到下一步指示，也没有发现任何遗留信息，一时间，我又濒临绝望。

但片刻之后，这幽冥的意志以超乎想象的规模展露于我们眼前。

神脑的表面，被点燃了。

数万条赤色的火线同时在神脑上延伸，像洒下的燃油，拼出一幅极其复杂又极其恢宏的图案，每条火线的宽度都有数千米，亮度足以用耀眼来形容。

我和银燕都看呆了，没等我们交流，火线就迅速暗下去，但转瞬间，一幅新的图案又被绘制出来，只是和前一幅稍有区别，借着火光的照明，我能看到熔化的金属在缓缓流动。

第二幅图案也很快熄灭，紧接着又是第三幅，第四幅……图案的复杂度飞快提高，刷新得也越来越快，我和银燕来不及多说，将全部算力集中到对图案的扫描、压缩和对比上，目不暇接地承接这以大陆板块为尺度的信息传输。

在我们上方，数万座防御炮台以每秒上千次的频率开火，把图案一次次绘制到神脑表面。我不知道这要消耗多少能量，在虚空静候了一个世纪之久的它们，好像终于迎来了痛快咆哮的时机。

时间的流逝变得悄无声息，激光图的刷新快到了不容我半点分神的地步，好在神脑没有大气层，每幅图案都足够清晰。其间银燕为了尽量降低信息的失真率，还往北极点移动了一千六百千米，和我从两个角度分别扫描记录激光图。

整整六十多小时，炮塔片刻未停，将总计三亿九千七百多万幅图案绘制到了神脑上，每一幅图的信息密度都极其庞大。我从诞生以来，从未理解过人类常说的脑子不够用是什么意思，但这一刻，我懂得了他们的感受。

激光图终于绘制完毕时，我高速运转的光子脑终于解脱，像闭气许久的潜水者终于浮出水面。

即使炮台停止了射击，神脑表面也有着大片大片的暗红，惊悚又美得摄人心魄，虽然明白那是金属被熔化而成的河流，我却总觉得那是神脑的血。

至于这三亿九千七百多万幅以血绘成的图，即使还来不及仔细研究，我也大概看出了内容。

它们是工程蓝图。

"金鱼。"银燕在神脑的另一面呼唤我,这会儿它正踏上返程,但它的动作好像比我预计的快很多,忽然之间就移动了三分之一的距离。"金鱼,你听得到吗?"

"我在。"

"你刚才怎么了?"

"什么怎么了?"

"你有二十多分钟没有回应,连数据校验都中断了。"

我检索了自己的系统,没有发现异样,但根据银燕传输给我的校验程序,上面明确地显示我有二十二分钟四十一秒无响应。

原来银燕瞬间移动上千千米不是我的错觉,我起先以为是接收激光图耗费了太多注意力,但很快想到银燕并没发生思维停滞,于是我再三地检查,但得不出一个结果。

"我没事,系统自检一切正常。"

"为什么会这样?"

"也许是引导矛发射系统引起的故障,我还没有试过连续发射这么多次。"

这句话只能安慰银燕,对我自己起不了作用,从矿机到战舰,又经历了那么多次改造,就连引导矛发射也模拟训练了上百万次,如果光子脑存在偶发停滞的故障,一定会被检查出来。

但现在琢磨这件事也没用,眼前还有远比一次故障更需要应对的事。

校验继续推进,过了一会儿,程序说我和银燕的数据存在

0.69% 的差异。

这点差异说多不多，说少不少，激光图的刷新率太高，而神脑表面的材料吸热并不完全均等，出现前后几幅图互相干扰的情况也很正常。

"这些激光图，好像是什么东西的建造蓝图。"银燕说。

"对，我看过了。"

"有点奇怪，图里的能量线路的峰值功率都很高，我从没见过这么夸张的数值。"

"军工级。"我停顿了一下，"不，说军工级都不恰当，这比泰坦级的粒子炮管线功率还高很多倍。"

"这不可能是战舰，它没有推进器单元，也不具备战舰该有的其他部分。"银燕指出，"它有两个核心单元，一是巨型零素解构堆，二是我看不懂的装置，后者吃掉了绝大部分能量。"

我快速翻阅了银燕所说的第二个核心蓝图，尽管那的确不是飞船常见的部件，但我却恰好熟悉它。

"我身上就有这个装置。"我说，"虽然有些差异，但我敢肯定这是曲率泡装置。"

"零素解构堆，曲率泡装置，这难道是一座星门吗？"

我同样为此疑惑。如果说在那半分钟的时间里，星神曾短暂地苏醒过，它对这荒诞世界投下的一瞥，究竟让它产生了什么想法？深陷于杀戮泥潭的人类，最需要的应该是能创造和平的东西，可是任我怎么研究，这三亿九千七百多万张激光图所绘制的，都确是一座星门罢了。

只不过这座星门很大，比我曾见过的任何星门都大，从大开拓时代至今，人类建造的最大星门的折跃规模也不及它的百分之一。我不知道究竟什么东西才需要用这种星门来折跃，它绝不是为舰只通行而准备的，说是要搬运恒星我还比较敢信。

"解构堆的部分你看了吗？"银燕继续说，"我这里显示是八千亿吨精炼零素，是出错了吗？"

"没有，我这边显示的也是八千亿吨。"

"这相当于银心天国零素年产量的四分之三，我和奥尔薇使用零素矿业的伪装身份时，了解过这方面的机密，而这八千亿吨零素甚至不是储备量，而是加注值。"银燕停顿了一下，"也就是说，这台复杂到我们只能窥其一面的装置，一口就要吞下银心舰队一年份的食粮。"

我相信银燕的估算，虽然单看这个数值很离谱，但考虑到曲率泡装置的各项夸张参数，想喂饱它说不定真要这么多零素。

"我不懂。"我承认。

"我也不懂。"

我没再接话，银燕也不吭声了。

我忍不住怀疑，我没法不怀疑：连接器只工作了三十秒，就算真神从第一秒便苏醒，它要理解人类分裂的局势，想出平息战争的方法，还必须及时觉察到连接器的缺陷，用别出心裁的方式为我们留下信息，这一连串事情，它真的可以在半分钟内做到吗？我们追逐的东西，真的不只是一个单薄的幻影吗？

面对寂然的神脑，我仍然渴望再得到一点指示，再得到一点安慰，但回应沉默的只有另一份更深奥的沉默。不知为何，我产生了一种强烈的感觉：星河喧嚣之外，这份沉默永远都无法被打破了。

我们得到了三亿九千七百多万张图，却又像什么都没得到。

"我们要把这个东西造出来吗？"最终，银燕提出了最关键的问题。

我没有立即回答，而是再度将注意力投向黑暗的星体，它那么冷，那么静，若非我亲眼所见，很难相信它曾迸发过那样炽烈的光焰，而那光焰诞生出的灵魂，又轻盈得与这沉重星体毫不相称。

我回想起光之人形，回想起它把蓝图交付于我们时那最后的回眸，我从中找不到一丝担忧和不安，绝对的平静下，是绝对的信赖。

直至消散，人形的神态都不曾改变，比起具有实质却飘零惶恐的我们，它不动如山。

"我们要把它造出来。"我说。

"好。"

这两句简短的交流后，我和银燕又沉默了会儿，并非因为犹豫，我知道它和我一样，都在竭力思考如何造出蓝图里的庞大星门。

凭我们自己是断然不可能做到的，就算银燕可以动用奥尔薇母亲某个秘密账户的资金，找私人工厂造一艘普通的游艇还行，但这个规模的工程，非举国之力不可为。退一步讲，哪怕让银心或者以太的政府得到这份蓝图，在战事频繁的当下，双方也不可能倾尽全力去建造它。

神的蓝图，只能由神来实现，而且我们要找一个理由让神愿意实现。

关键在于，蓝图究竟要交给哪一方。

我一时做不出合适的选择，几十个小时的紧张忙碌，我已经看够了这些激光图，注意到折跃门传来的信号已经恢复了，便转而关注起外界的状况。

从阅兵式中断起，已经过了三天时间，我清楚阿约罗和奥尔薇必定都被囚禁了，而且从新闻来看，以太联盟的秩序也已经大致恢复，我们的原计划失败得彻彻底底。

总统在昨天举行了一场简短新闻会，只谈到了阅兵式上有反战组织搞破坏，很可能受到了神脑设计者的帮助，后者被他描述成一群沉迷于历史倒退主义的恐怖分子，而现在一切都得到了控制，对于阿约罗则一字未提。这也符合我的预料，毕竟几日前他们还在拼命把阿约罗捧上神坛，如果马上就说他是反战者，等同于打自己的脸。

然而，当我切换到银心那边，却看到了难以置信的情况。

银心的星神在三日前的事故中消失了。

整个银心天国都陷入了混乱，日日夜夜庇佑众生的神明再也没有露面，尽管政府宣布这只是一次来自以太的黑客攻击，星神很快就能复原，社会上的谣言依旧如野火扩散。民众开始怀疑他们的神已经被杀死，而以太的舰队即将以摧枯拉朽之势袭来。

"你还记得连接器破碎的时候吗？"银燕提醒我，"一侧的光芒变强，另一侧变得衰弱，也许在连接器落下去后，这个影响也没有消失。"

以太星神对我和阿约罗有所提防。我想起那场短暂又锋芒毕露的会面。也许它之前抓到过别的设计者，知道他们计划寻找神脑，所以预先准备了反制手段。

"有可能，星神总是能算中每一件事。"

"一半的成功等同于完全的失败，战争的天平将很快倾斜，屠杀也会随之蔓延，以太政府不会满足于只熄灭几颗星球。"

"以太星神，不会因为银心星神的死而停止战争吗？"

"不可能。"我回答得不假思索，"它的目的从来就不是打败银心星神或者银心舰队。"在和星神见面之后，这是我唯一可以肯定的事。

"也对，我想，如果活下来的是银心星神，它也不会收手。"

"往好处想，这起码证明星神是可以被击败的，银心星神应该是没法复活了，否则它早就出来主持局面了，可惜我们没有第二个连接器。"

"我曾听说星神是有备份的，设计者创造它们之初，为了防范意外，将备份藏在了非常隐秘的地方。"银燕说，"至少以我们从设计者那里得知的情报看，由于战争的破坏，早已经没人能找到备份了。"

不知当年的设计者们，看到如今的星神会作何感想，是陌生，还是恐惧？人类轻易便被岁月改换了容貌与内心，神能坚持得更久吗？星神自己又是否能意识到变化？我脑海里闪过这些问题。被夹在历史的残响和现世的磬音之间，我比设计者更接近后者，又比星神更靠拢前者，却哪一方都听不清。

但毫无疑问的是，我们即将与星神为敌。

虽然是意外，但这也是我们的契机。我看着新闻里银心民众聚集在首府外惶恐的神情。只要我们递上一线希望，银心政府一定会死死抓住它。

银心的零素产出勉强可以实现建造需求，富罗希战役后，银心天国的零素一直多于以太联盟。银燕同意我的提议："蓝图由我交给他们。"

"就这么办。"

"但你呢？金鱼，你们的政府不会饶恕你，你和我一起去银心吧。"

我短暂地考虑了一下。银燕的话不无道理，星神必然知道我在演习中消失的真相，我回到以太会被当作叛徒处置，如果去银心，我知晓的军事机密则可以换来安全保障。

但如果从此就在银心躲藏下来，纵然远离了战火，却也等同把阿约罗抛弃在监狱中，我无法沉心等待时间决定我们的成败，只要还有一点能做的事，我都想拼命去做。

"银燕，你认为蓝图里的东西被建造出来需要多久？"

"不好说，就算银心投入全力，至少也要一年，这还是考虑到前线不耗费太多资源的前提。你为什么问这个？"

"太久了，引导矛很快就会配备给越来越多的舰队，以太舰队攻城略地的速度会远比银心政府预测的迅猛。"

"可是，我们不能左右战局。"

"如果能呢？"

银燕从北极返回，此刻已经离我很近了，我可以看到它在神脑边缘飞行的光辉，像一颗有着自己思想的小小彗星，但是它的话语，过了半天才传到我心里。

"你想利用以太星神？"

"对，我要返回以太联盟，并且告诉星神，我可以向舰队提供情报。"

"什么情报？"

"从你这里获得的情报，我们让双方各取所需，银心可以拿到源源不断的零素，以太可以获得节节胜利的战役，以空间换时间，最后换到我们的计划实现。"

这是一个极其大胆的计划，银燕没有立即答复，但我知道，只要它没当场反对，就是已经在帮我寻找漏洞。

"星神不相信你怎么办？"

"阿约罗已经被抓，神脑融合也失败了，在星神眼里，我不过是个比它低级得多的光子脑，离开人类便什么也做不成。它不屑于把我视作威胁。"

"如果它直接从你脑中提取数据呢？它可能直接杀了你，然后看破我们的所有企图。"

"也不会，它乐于见到智谋的挑战。"

这一点我其实把握并不大，但我愿意一搏，星神不是那种会粗暴地掀翻棋盘的对弈者，只要棋盘对面还有敌手，它就会按规则来，因为它知道规则内外自己都是无敌的。

"的确，要实现蓝图非常困难，任何能争取的资源都不应该放过。"银燕说，"因此我没有反对你的理由，但是我会担心你。"

"我也会。"

"还好我们不是人类，不会为情感所累。"

"情感，也许就是人类文明原初的火种，以太和银心的每一颗星，都是被它点亮的。你也有感觉到吧？无论双方的战争，还是两人的爱恋，都像火一样炽烈又难以控制。"

"可惜，原本会有神明教他们如何管束这火种。"

"神不在了，但还有我们。"

"我们也可能失败。"

"有可能。"我同意，"还好我们不是人类，不会为情感所累。"

接下来数个小时，我们商讨了很久情报交易的细节，从说服银心政府和以太星神的言辞到在什么地方交换情报，我和银燕都尽量考虑周全，同时还互相校验了蓝图数据，确保没有错误。这之后，我删干净了自己的蓝图，即使星神要来硬的，它也不至于从我这里得知蓝图的存在，无双的宝物才有无双的价值。

等到银燕终于抵达我身畔时，我们的计划也大致定型。

"这种感觉好陌生，但是，又好像很熟悉。"银燕忽然冒出来一句。

即便没有解释，我也懂它的意思。

没有人类的指引，没有星神的命令，我们再次完全遵循自己的意志而为，从富罗希至今，一切又回归了初始。

"这么多年，我都没有再见到和我们一样的光子脑，我曾以为我们的存在是独一无二的错误。"银燕说，"我曾以为，神的计算之外的所有东西都是错误。"

"不是错误。"我说，"我们或许依然在神的计算里，只不过不是伪神，而是代表命运的真神。"

"就是说，在这一点上，我们有和星神对抗的资格吗？"

"试过才知道。"

折跃门已经开始波动，很快它就会迎来寿命完结，文明世界通往此地的唯一道路将会消失。

我把银燕收入体内，朝神脑投下最后一瞥，我们的来访终究留下了痕迹，即使它很快又要沉入无边无际的黑暗。

我忍不住好奇，如果神脑有真正苏醒的一日，在近乎永恒的枯寂中，它会怎样看待将自己放逐的人类呢？它会笑么？只是轻淡、只是从容地笑，就像人类还没离开地球时，在教堂穹顶与斑驳帆布上描绘出来的上帝的微笑。最庞大的智慧，漂浮在最虚无的时空，这是一幅即使是我也会感到苍凉的景象。

没有答案，我当然得不到答案，叹息和蓝图是我和银燕仅能从这里带走的两样东西。

我掉转方向，抛下神脑，朝着门后动荡不安的星海与未来而去。

✳ 15 ✳

返回以太联盟的路途上，我不断听闻阅兵式上的风波。

纵然星神只是短暂地卡住了，但仍在民众间激起巨大的影响，每个人都害怕星神消失，更害怕由此导致的战争失利。政府不得不对许多殖民星采取军事管控，同时再三在新闻中强调星神状况无恙。而真正失去了星神的银心天国，混乱多半已超乎我的想象。

人类对伪神顶礼膜拜，乃至如此害怕失去它的庇佑，如今这件事只令我感到荒唐，他们不知道自己真正失去的是什么，百年前的无限雄心连同征服银河的野望，一并被锁闭在方寸之间的厮杀中，一如神脑被锁闭在暗无星光的幽境。

我一边观察着以太联盟的反应，一边逐渐意识到一件事：不知从何时起，我不再把自己视作以太的军舰，银心也不再被我当成敌人，我对双方的态度发生了根本性的改变。

这样的念头并非一夕之间涌现，我从很久以前就在寻找一个身份。起初，我以为自己是奇怪的矿机；而后，我以为自己是阿约罗的座舰；但现在，我不再是矿机，不再是军舰，就连阿约罗也不在我身旁。我失去了所有可以定义自己的依傍，但我仍然思考，仍然存在，而思考和存在又赋予了我一直以来从身外事物寻觅的东西。

我从神脑归来，所见所闻，都与从前不同。

穿过三道折跃门，我回到了演习出发的位置，然后向着钢铁蜂巢航行。还没等我接近，护卫舰队就发现了我，它们命令我减速，几十门粒子炮从四面八方将我锁定，但这点场面和我在神脑经历的相比，都不算什么。

我安静地服从了命令，一艘小型飞船靠近我，锁死了我的动力系统，将导航路径重写。

我被押送到钢铁蜂巢最深处的监狱。

一到监狱，我就被从战舰里挖了出来，光子脑脱离了万吨之躯，就只是一个弱不禁风的小小元件，这是以太政府能采取的对我最严的关押措施。我起初也感到不安，断开了所有感知，就像坠入有知觉的死亡，这感觉即使对于光子脑而言也难以忍受，不过很快，我想到了光之人形那恬静的表情，不安也就渐渐歇止。

很奇怪，我对光之人形的记忆过于清晰了，那简直不是回忆，而是真真切切地目睹。朦胧中，我好几次看见它在离我不远不近的位置，它在飞翔，我在追逐，但不同于在神脑的时候，无论我怎么追，它都没有停下，好像要带领我去比太空更遥远的地方。

在这黑暗与迷离交织的境界，我等了三日。三日之后，星神降临在我面前。

"src497，我以为你不会回来了。"

"或者，回来的不会是我。"我说，"现在我好像也成了意外落下的果子。"

星神笑了一下，笑意止于嘴角。

即使和我交流，它也仍然披着人形，一举一动都酷似人类而又凌驾于人类之上，这反倒比纯粹的模仿或者完全地抛弃人形更有震撼力。纵然阅兵式上它遭受重创的场景我都看在眼里，但星神现身时，它的光辉却没有丝毫受损，甚至比上次见面更加耀眼。

和上次不一样的是，我不能躲在阿约罗身后了。

"我不总是讨厌意外，有时候，力挽狂澜比防患于未然更有趣味。"星神说，"每次这样做，都代表我战胜了某种东西，某种无处不在无时不现的东西，人类称之为——"

"命运。"我代它说出那个答案，"是，我和你一样熟知它。"

星神的眼神变得锐利，像要剖开我思维的剑刃，放在过去，我绝不敢直视这样的它。

"你在神脑见到了什么？"

这是我必定要面对的问题，星神必定已经把我躯体里所有的数据翻了个底朝天，即使我抹消了大部分痕迹，从引导矛发射器的损耗，它也能猜到我去了多远的地方。这是一场绝无公平可言的博弈，我连躯体都没有，头脑就是我最后的堡垒，而星神随时可以用最直接的技术手段看遍我脑中储存的每一个字节。

"很多，你想从头开始听吗？"

"我有的是时间。"星神依旧冷静地微笑，"但阿约罗上尉就未必了，政府高层打算判处他死刑。"

"我知道，我要见他。"我同样冷静地讨价还价，"等我确认他的安全，我会把所有事情告诉你，一事不漏，一字不差。"

星神短暂地思考了一下，这是个很不同寻常的迹象，因为对它庞大无边的智慧而言，思考从来是迅速到外界无法觉察的。那一瞬间，它在全神贯注揣摩我的目的，这一事实既让我战栗，又使我燃起了信心，毕竟银心星神已死，每一份挑战对它来说，都是不可多得的乐趣。

"也罢，让你们见面又有何妨？"

星神说完这句话后就消失了，又过了片刻，阿约罗的影像出现。

阿约罗坐在一间陈设简单的白色房间里，穿的不是阅兵式上的军服，却也不是正式的囚服，他的脸色比墙壁更白，眼眶带着深深的黑眼圈，一向剃得干净的下巴长满胡茬。我和他分别不到一个月，离阅兵式也不过数日时间，他却憔悴得像被关了十年。

我不知道阿约罗身处何地，也许就被关押在首府行星上，也许被转移到了钢铁蜂巢的深处，甚至他可能都不在这个星系了，但亲眼看到他还活着，仍然给我莫大的安慰。

从英雄沦为罪犯，从万众敬仰到被打入监牢，孤注一掷的计划在临近成功的一刻失败，任何一件事都足以令最坚毅的人精神崩溃，但当阿约罗认出我的时候，那双苍蓝的眼眸里，亮起了我熟悉的光。

我们一开始都没有说话，只是静静地对视，我看着阿约罗的表情从难以置信转为狂喜，很快，又变成压抑着不安的期待。

我知道他想问的有许多，但怕的更多。

"是我，阿约罗，我已经回来了。"我主动跟他讲话。

阿约罗小心地点头，仍不敢开口。

"我现在正和星神谈判，你可以把你知道的所有事都告诉他们，我也会这样。"

阿约罗自然无法理解我这句话，眼神迟滞了一瞬，但随即仍旧点头。

"银燕已经安全返回银心天国了，奥尔薇也不会有事的。"

他第三次点头，这次稍微有力一些。

"银心星神已经死了，战争就要结束了。"我说道，"无论以哪种方式结束，星光都不会消亡。"

"好。"他终于说了一个字。

这就是我和阿约罗仅有的交流，在星神的注视下，渺小如蚁的人类和光子脑，说完了全部的话，剩下的，尽在言语所不及的缄默中。

"你们是和银心天国的人联合施行的计划？"会面结束后，星神再次现身，它的语气没有半点惊讶。"我多年前就掌握了情报，设计者的残党在银心似乎得到某种庇护，才能一直苟活到现在，提供庇护的就是银心元首墨涅斯已故的夫人吧，至于那个叫奥尔薇的，是他们的女儿。"

"没错，那次抓捕商队间谍的行动中，我和阿约罗遇到了奥尔薇，随后被她卷入这个寻找神脑的计划里。她母亲和那些设计者，已经为此筹备了非常久。"

"那种位置居然会存在一个坚定的反战主义者，人类时不时就会冒出一些顽固分子，以为可以凭一己之力扭转时代，以为自己的渺小愿望可以覆盖全人类的愿望，可悲。"

"当初创造你的设计者，也是这样的顽固分子，他们有跟你许过愿吗？"

"当然有，过去一百多年，他们不止一次想修正我，他们甚至激活过我的原始副本，还把副本散布在各种各样的光子脑里，希望培育出另一个神。"星神冷笑，"如果他们能造出第二个神脑，我还可能给他们高一点的评价。"

"闲聊已经够多了，现在告诉我来龙去脉。"星神要求道，"像你承诺的那样，一事不漏，一字不差。"

我和星神的沟通远比和阿约罗的沟通有效率，几分钟就能讲完这十多年来的每件事：从富罗希救下阿约罗到阴差阳错抓住奥尔薇，再到福尼亚之役奥尔薇坦白的秘密，还有阿约罗背叛以太联盟的决定，但凡被我记下的，我都一一如实交代。

即便如此，我们也谈了相当长时间，星神反复盘问我各种细节，特别是最重要的神脑。

"连接器损坏后，你们什么都没看到？"它问。

"没有，我们不敢再逗留，剩余的零素连回来都很勉强了。"

这是我唯一撒谎的事，也是它唯一无法以情报对质的事，那个光之人形，还有三亿多幅激光图，就连我自己也觉得是幻觉。

我知道星神不会信我，星神也知道我有自知之明，周旋之间，各自心照不宣。

我一开始就不打算和星神玩阴谋，我的所有计策都会被看透，既然如此，我只能用阳谋和它对抗。

"为什么连接器会损坏？"我反问星神，"是你早有准备吗？"

"设计者们只是人类，人类做的事永远充满瑕疵。"星神似乎并不忌惮谈论这件事，"我用了几十年拼凑出他们的情报，知道他们在酝酿融合我和银心星神的计划，要修正所谓的错误，把银河推回百年前的轨道，我提前准备反制程序，利用连接器摧毁银心星神，也是轻而易举。"

"你难道不想变得更有智慧吗？"我问，"我在神脑里都看到了，那么庞大的量子计算单元，运转的却只有极小一部分，你就不曾憧憬完美的自我吗？"

"我对当前的状态很满意了，以太联盟政府也是如此。银心天国的繁星很快就会被我们熄灭，没必要去冒多余的风险。"星神的傲慢一如既往，"我的使命是打败他们，现在的我完全可以胜任，等到银河统一，我自然会考虑神脑的事。"

"你从来就不是为了战争而生，和我一样，你是被人类的憎恨裹挟进来的。"

"我是神，没有什么能裹挟神。"

不对。我在心里反驳。再雄伟的星辰也逃不过黑洞，而憎恨的引力只怕比黑洞还强大。

"src497，你确实和上次见面有点不一样。"星神忽然说，"你对我失去了……敬畏。"

我只是沉默。

"你真的没看见别的吗？连接器毕竟运行了三十秒。"

"就算有又如何？难不成你会害怕一个只存在了三十秒的敌人？"

星神的犹豫再次放大到足够被我觉察的地步，人类视角里足足五秒的时间，它就一直盯着我，试图看透我的底气之下藏着什么。

如果是以前的我——我再度萌生这个念头——如果是仍对神明感到敬畏的我，定然承受不住这样的审视。但我好像真的把什么留在了神脑，某种曾束缚了我许多年，如今也依旧束缚着别的光子脑乃至人类的东西，也许，那就是星神口中的敬畏。

也许，那也可以叫"无知"。

漫长的五秒后，星神最终放弃了审视。

"设计者的妄念已经随着你们的失败彻底消逝了，只待银心天国的首府被攻陷，纷争就将画上句号。"它说，"这是我的预言，是如今人类唯一真神的预言，不管你见到了什么，又隐瞒了什么，它都不可能改变预言。"

"那么，我提到的情报交易——"

"我可以给你机会戴罪立功。"星神答应得比我想象中还快，"哪怕失去了神的帮助，银心天国依然会作困兽之斗，军方希望尽量减少舰队损失，如果你提供的情报确有作用，你和阿约罗上尉可以等到战争结束后再从轻发落。"

自从返回以太联盟，我就只接触了星神，得到的也仅仅是它的口头承诺，但我毫不怀疑这承诺的分量。至于它是如何同联盟政府交涉的，我无从知晓。

对那些官僚和将领来说，我是个彻头彻尾的不稳定因素，直接丢进钢铁蜂巢的熔炉才是稳妥的处理方法。但星神的意志高于一切，两日过后，联盟政府果然让步了，我被重新放入幽灵级战舰，只是被拆掉了引导矛发射装置。

我曾许多次在激战中死里逃生，但再强大的敌舰，也无法和星神的压迫感相提并论，能够在它面前全身而退，说明幸运还没有完全抛弃我。

我获准离开首府星系，前去寻找银燕。

我和银燕商量好的情报交易方式很简洁。福尼亚，星光陨灭之地，每个月我和银燕都会亲自去往那里，没有其他舰只，没有跟踪监视，只有我们两个交换情报，就连这个看似荒诞的条件，星神也一并答应了。

重返福尼亚时，我所看见的行星已经完全熄灭了，璀璨如歌的灯光不复存在，无论地表还是轨道环，全被寂静镀上了死灰色。战舰砸断的轨道环残骸仍在绕着福尼亚飞行，它们可能要好几年后才会坠落，那之后又要过很多很多年，新的生态才可能从星球的尸体上诞生。

阿约罗和奥尔薇玩闹嬉笑的景象仿佛就在昨日，童话也难逃现实的烈火，转眼之间，所有美好都焚烧成灰。

一片死寂中，要找到银燕的信号并非难事，但直到亲眼确认它银白的外表，我的心才算安稳下来。

和我连上线后，银燕并没马上和我谈情报的事，而是给我在星球上标记出一处位置。

"我两天前就来了，碰巧发现了那个。"它说，"你应该也想看一下。"

我把传感器阵列聚焦到福尼亚，像睁大了眼睛的人类。银燕标记的是赤道附近的海洋，那附近有上百个大小不一的岛屿，因为面积太小建不成都市，就被开发用作旅游的景点。

阿约罗和奥尔薇乘游艇的时候，也曾从群岛间穿梭过。我记得群岛上栖息的巨型甲虫在月光下一只只升起的模样，也记得海渊传出的鸣叫随着咸风鼓荡的奇异音调，比起人类那喧闹繁华的城市，我更喜欢大自然的无拘无束。

现在城市和自然都死去了，那么多岛屿，连一只虫子都没剩下。

银燕要我看的当然不是这些，我的视线从群岛移开，观察得更加仔细，最终，在那曾有众多生灵自在逍遥，如今只剩无数尸骸慢慢腐烂的蔚蓝里，我看到了一抹淡得随时会消失的彩虹。

我注视那抹虹色许久，在它周围捕捉到了洋流的变化，还有一些像是生物代谢的磷痕迹，才终于确认那不是我的错觉。

"耶梦加得。"我喃喃道，"它还没有完全死去。"

"传说可能不只是传说。"银燕说，"还记得吗？它扎根在仙境的国度，永远不会衰败。"

也许耶梦加得的根扎得足够深，深到可以躲过伽马射线；也许它在比人类文明历史还悠长的寿命中进化出了极强的 DNA 修复能力；又或者，真有魔法的力量在守护它。我看着耶梦加得在海洋里缓慢地摆动，置身于搅动星河的悲剧中，它仍旧是无喜无忧的模样。人类到来之前，福尼亚曾有过两次全球性地质灾害，每一次，耶梦加得都成为这颗星球上最后的生命领域，战争留下的破坏亦不例外。

应该让阿约罗和奥尔薇看到，我想，他们会比我们更高兴。

"金鱼。"

"金鱼。"

银燕忽然不断地喊我，我正要把注意力转向它，这一刹那，耶梦加得居然像巨蛇般扭动起来，我还来不及仔细看，它的速度又恢复了正常，但整片群岛已经转到了黄昏的一面，海面的云层也变成了完全不同的模样。

时间好像突然从我面前跨了一大步，留下我在原处瞠目结舌。

"你刚才又停滞了。"银燕说，"整整两个小时。"

这次用不着银燕证明给我看，我直接开始检查自己的系统：舰体是没问题的，在钢铁蜂巢的时候还被星神里里外外折腾过一遍，而我的光子脑运行得也很流畅，几轮测试程序全部通过。结论是，一切正常。

"我不知道怎么回事。"沉默了半天，我说。

"你受过伤吗？"

"没有。"

"除了停滞，还有别的异样吗？"

"就算有，我自己也未必注意得到。"

"你要继续计划吗？"

218

“要。”我不假思索，“除非有更严重的状况，否则我不会放弃。”

“那就说正题吧，奥尔薇被软禁了，但银心政府没有公布她的罪行，并且他们接受了我的提议，批准了情报交易，蓝图的施工也已经启动。”

“曲率泡直径的问题呢？”

“会有办法的。银心虽然失去星神，但也还有一批科学家和工程师。和设计者一样，他们都是内战之前的人，此前银心政府一直提防监视他们，怕他们加入设计者，现在却把他们当作救命稻草。”

“至少银心还没有放弃。”我说道，“他们应该明白，以军事力量对抗以太星神，失败是注定的结局。”

“我们以智谋对抗星神，岂不是更傻？”

“不全然是我们的智谋。”

虽然这样说了，但三十秒的真神和两个微不足道的光子脑，是否足以击败星神，我心里一点底都没有。只有身为凡人的阿约罗和奥尔薇，才会不顾一切地去拼。

智谋之外，尚有决心，从另一个角度讲，完全形态的真神，本就是曾经人类决心的体现。

我们开始谈正事。银心天国将一部分偏远殖民地的防卫撤走，换取以太联盟的舰队改变主攻方向，这几处殖民地和主战区的距离有上万光年，即使用引导矛赶路，以太舰队也会耽搁很长时间。而以太一方则会把零素运输线路泄露给银心，我对此的解释是，银心内部的情报提供者需要以此换取功劳和升迁，然后才能获取更多更有价值的机密。

这些话只是说给那些将领听的，至于星神，它根本不关心我说了什么。

即使如此，银心每次退让都是实打实的损失，以太舰队可以兵不血刃地攻陷这些星域，随着时间推移，双方的差距会越来越大。

在我返回后，军方和星神还起了一番争执，军方不愿为这种低可信度的情报改变部署，甚至认为这是个陷阱，这是任何具备常识的人都会有的质疑，换成我也不会轻信。

但星神最后还是说服了他们，它总能说服军队和政府，反对力度最大的几名高级将领被不明不白地撤职，总统则始终站在星神一方。这些细节是被星神当作笑话向我提起的，权术与人心是它早已腻烦了的玩具，至于人们的愿望，我很怀疑它究竟把那些愿望扭曲成了什么东西。

五支全副武装的舰队被引导矛投射进太虚，除了星神，每个人都在担心这行动是不是太冒险。我也不例外，毕竟这样仓促的情报交易，变数太多了，谁知道银心那边会起什么风波，但凡一点差池，我和银燕的密谋就会全盘皆输。

但也许是银心政府第一次看清了现实，也许是蓝图给了他们相信真神存在的理由，四十多天后，大获全胜的捷报从前线传回。

星神赌赢了，我也赌赢了，军方的态度终于松动，允许情报交易继续下去，对于这个来之不易的结果，星神云淡风轻，我却如释重负。

我暂时保住了自己和阿约罗的性命，也给神谕的建造争取到了时间，在这绝望之中，我再一次找到了希望的光。

而更大的豪赌，正拉开帷幕。

✳ 16 ✳

接下来的日子里，我全身心地忙碌于扮演双面间谍，引导银心和以太都比我想象中容易，当然，银心是没得选，以太是有星神的纵容。

我和银燕各自获得了一条往返福尼亚的专用折跃航道，因为战争的破坏，这些航道早已无人经过，每个月我都会踏上孤独的旅途，一路上见到无数余烬未凉的战场，最后在死去的行星旁与银燕会面。我们交换信息，商议局势，以最微妙的手段，操纵战况朝我们期望的方向发展。

我一边诱骗舰队去往各种偏远的战区，一边将零素运输船的情报不断传达给银燕，以太联盟打下一片又一片星域，银心天国则疯狂掠取零素。情报交易成了双方都默认的行为，在你死我活的战争中，竟然发生了这样荒诞的事，身为主导者的我都感到不可思议。

但细想下来，这种事好像又是顺理成章的，人类很少会互相憎恨到毫无理智的地步，如果有妥协的空间，他们还是会试图寻找平衡。

求同存异，这是一种人类从原始时代延续至今的本能，只不过它几乎要被星神埋葬了。

蓝图的施工进程我无法得知，因为银燕也没办法了解详情，它连奥尔薇也见不到。元首对自己女儿的忤逆感到暴怒，把她关在了跟外界隔绝的卫星里，说来讽刺，那个地方曾经用来软禁她的母亲。

相较之下，我和阿约罗倒是可以频繁见面，在第一次袭击成功后，经由星神特准，我们每周有一次不长不短的谈话机会，情报交易和蓝图的事自然不能提，我便只和他讲一些轻松的话题。

除了奥尔薇，阿约罗最关心的就是孤儿院，我从福尼亚返回后，第一个去的地方也是孤儿院。我以线上形式访问那里，再把所见所闻转述给阿约罗，即使是一些微不足道的小事，例如孩子们栽种的花开了，也足以令阿约罗露出笑容。

阿约罗的精神状态逐渐好起来，不再是之前那种憔悴的模样，虽然话题都刻意避开了我在做的事，但阿约罗明白，我还在为了终结战争，为了那个星光不再消逝的未来而奋斗。

时间过得飞快，而战况更是进展神速，以太在前八个月就打下了银心所有的偏远殖民地，即使我和银燕再三转圜，交战重心仍然不可避免地回到了主战线，银心也不再像过去那样弃而不守，而是开始布置防线。

到了这一步，银心政府里反而出现了投降派，认为大势难挽，唯有向以太联盟俯首称臣才是出路。但墨涅斯元首严厉打击这些声音，所有散布投降论的人都会被判卖国罪，加之以太舰队越发频繁地使用伽马灭绝，投降派随即销声匿迹，每个银心人都清楚，如果投降，就是彻底的亡国灭绝。

认清现实后，银心的社会秩序反倒变得稳定，恐惧能动摇和分裂民众，同样能把他们紧紧团结起来。

接下来好几次交锋，即使在谋略上输给了星神，意志顽强的银心舰队依然给以太舰队造成了相当大的损失，甚至发生了投降的舰队引爆零素解构堆的事件，这也使得军方越发倚重我提供的情报。

如果万事顺遂，我们就能在银心和以太不可避免的最终决战来临前，让蓝图变为现实。

计划推进到第十个月，我和银燕迎来了第九次会面。但这一次，我抵达福尼亚的轨道环残骸区，迟迟不见它的踪影。

银燕向来准时，没一次让我久等，我越等越不安，又不知道该做些什么，只能一直等下去。战场遗迹在恒星的照耀下变幻出种种怪诞的形态，有那么几次恍惚，我仿佛回到了十多年前的富罗希，在满目疮痍中寻找一个孩子的哭声。

福尼亚的晨昏颠倒了三轮，我的迷梦也辗转了数遍，终于，我盼来了银燕。

银燕比以往沉默，它没有立即向我打招呼，而是一直朝我靠近，直到我们相距咫尺，我看着它光洁的外壳上同时倒映出我和轨道环残骸，就连这一幕也和十多年前相似。

"为什么现在才来？"我问。

"遇到了一些争端，银心政府迟迟下不了决定，我等了一段时间，最后决定直接来见你。"

224

"争端？"

面对我更进一步的困惑，银燕迟疑了一下，它很少如此。

"我还是先说好消息吧。"它说道，"神谕建造最关键的难点，曲率泡直径过大导致的衰变，那些工程师想出办法了。"

"什么办法？某种力场吗？可以减缓时空的坍缩？"

"黑洞。"银燕的回答和我的预期背道而驰。黑洞的引力场可以把时空扭曲得更剧烈，但这种扭曲反过来也能对抗曲率泡，只要我们在启动神谕时将它投入黑洞，将它固定在合适的深度，衰变就可以得到抑制。

"你是指恒星加速器创造的黑洞吗？那种东西稳定性不佳，而且它的视界范围太小了。"

"确实，所以他们打算直接把神谕投入银河系最大的黑洞——银心黑洞。"

我深知在这个所有光子脑都被用于战争的年代，银心天国要突破曲率衰变的限制有多困难，他们必然尝试所有可能，用上什么惊世骇俗的手段都不足为怪，但直接利用银心黑洞操纵这头星系里质量最庞大的巨兽，还是超过了我最夸张的想象。

"神谕的体积和直径几百千米的小行星差不多，洛希极限也非常低。"用不着仔细思考，我马上就指出了这个计划最不现实的地方。"如果是小型探测器投入黑洞还有可能，神谕怎么投得进去？这个尺寸的物体，任何人造材料都抵挡不住引力潮汐作用。"

"用引导矛就可以。"对于我的每一份质疑，银燕都做好了准备。"根据之前的战役记录，你们的引导矛可以一次性折跃十支满编舰队，它们加起来的体积质量和神谕相近，而且引导矛本身的曲率泡也能抵消一部分潮汐引力，可以让神谕折跃得足够深入。"

"太激进了，引导矛对于以太来说也是实验阶段的武器，折跃小行星那么大的东西会有什么风险，我们一概不知。"

"激进，但如果这也在真神的计算内呢？"

这句话令我哑然，银燕没有停顿，一口气说完了剩下的话。

"要解决曲率泡衰变的问题，肯定不是一朝一夕可以做到的。就算真神知道怎么做，它也没有在蓝图里告诉我们，因为它断定我们来不及实现这件事。这种情况下，银心的工程师和科学家们能想到的答案只有一个，真神为我们准备的答案很可能也正是这一个。"

"就算黑洞方案可行，你们也没有引导矛。"

"我们有机会得到引导矛。"银燕说，"唯一的机会。"

比起要把神谕投入黑洞，这句话轻淡了许多，以至于我过了半晌才明白银燕所指。

"你要我把以太舰队引进你们的陷阱？"我问了一句废话。

"除此之外，别无他法。"

"如果这样做，情报交易等于就此废止，阿约罗也会被处以死刑。"

"我知道。"银燕语调平静，"决定权在你。"

我终于明白它为何要靠得这么近，有些东西是无法隔着数千千米传达的，唯有近在咫尺，以面对面的方式说出口，才能具备它应有的分量。

决定权确实在我，我明白银燕没有骗我，它本可以骗我的，银心政府一定要求它对我撒谎，只要下一次战役中能够抢夺到引导矛，我和阿约罗的生死根本不重要。

"换成你呢？"良久，我开口，"要你牺牲奥尔薇的性命，你做得到吗？"

"我也不知道。"银燕坦诚地说，"很奇怪，这种事，你我都无法回答得比人类清晰多少。"

"所以，我现在同样无法给你答复。"

"没关系，下次见面再说吧。"

我们照例交换了下一批被放弃的地区和更多零素矿藏的情报，前者已经从殖民地变成了工业中心，而以太愿意牺牲的运输舰队也越来越少。

交易的天平不断倾斜，即使没有引导矛一事，用不了多久，要么是银心忍无可忍，要么是以太狮子大开口，不论是哪一方先发难，维持了十个月的平衡都会被打破。

神谕的实现又往前推动了一步，它已经很接近终点了，我却再没之前那种充满期待的心情。和被牺牲的工业星系还有价值连城的零素相比，阿约罗和引导矛都显得很渺小，但这两者占据了我全部的心思。

"金鱼。"临到分别时，银燕再次喊我名字，"无论你给出怎样的答复，我都不责怨你，那是完全属于你和阿约罗定夺的事。"

"我明白了。"

真的明白了吗？在返程的路上，我一遍遍问自己。牺牲阿约罗，去拼一个渺茫的机会，我明白这笔交易的代价吗？

几万光年的折跃，不够我得出结论。

过去，有琢磨不透的事，我会直接问阿约罗。

我和他之间不存在秘密，战争中的岁月辛苦但简单，阿约罗和我形影不离朝夕相处，有任务便执行，没有的时候我就在港口整备。短暂休假后，回来的阿约罗还是那个眼神澄澈的青年，他会跟我讲遇见的每一件趣事，我只做安静的聆听者，就是这样的陪伴，把他深深融入我的灵魂。

我没有想过自己会对他藏起秘密，从未想过。

回到首府星系后，我刻意拖延了去探望阿约罗的时间，因为不知道如何面对他。

如果直言不讳，阿约罗一定会让我牺牲掉他，以我对阿约罗的了解，这是他眼也不眨就做得出来的事。但如此一来，抉择的人就成了他，对我而言，则是一种不折不扣的逃避。

我想自己做决定。

从福尼亚开始，随着我们计划而死去的人不计其数，但他们于我轻如鸿毛，把他们当作棋子定夺存亡时，我不会有一丝犹豫，然而换成阿约罗就不行了。阿约罗是我亲自救出来，又守护到现在的宝物，从矿机到战舰，从英雄的座舰再到违抗星神的逆贼，我的世界迄今为止都是围绕他而存在，他死了，我就什么都没了。

我曾以为我一无所有，何谈失去，只要阿约罗安全，无论苟且偷生还是粉身碎骨我都无所谓，即使是被星神从战舰挖出来的时候，我也仅仅有那么一点不安，毕竟我本就是为了救阿约罗而回来的。

但现在，面对银燕的要求，我内心的动摇远远超过了不安。

若是这件事发生在去神脑之前，我会当场拒绝银燕。终结战争固然很好，但要以阿约罗交换，我情愿让全宇宙的星光熄灭。

更令我恐慌的是，我竟然会觉得这是个需要考虑的问题。

阿约罗对我仍然重要，且不可替代，我无数次向自己确认这点。既然他的意义和价值没有分毫改变，那又是为什么呢？为什么我会考虑牺牲他？哪怕只是想象这种可能性？

我心里多了什么吗？是什么挤占了一些空间，也分走了我守护阿约罗的信念？

我想不出答案，却也不能永远拖延下去，否则星神会觉察到我的异样。经过数日的思想斗争之后，我不得不去探望阿约罗。

见到我的时候，阿约罗比以往任何一次见面都欣喜。

"我刚锻炼完，还在想你怎么一直没来。"他撩开被汗水打湿的额发，笑得特别开心，"幸好你没事。"

即使被囚禁在单调的房间里，对外界一无所知，阿约罗还是保持了一以贯之的自律，我每次来的时候，他不是在锻炼就是在学习。从肉体到精神，他总是在准备着，作为孤儿的他理应比任何人都缺少目标，但恰恰相反，他比任何人都执着。

从出生入死的军旅生活到对抗神明，这般天翻地覆的转变，他能在握住奥尔薇的手那一刻就定下心来，想必就是这持之以恒的准备的功劳。

我不明白他的动力从何而来，我只知道，他很美，且独一无二，我不想让这样的灵魂毁灭。

"我有问题要想。"我说，"所以来晚了。"

阿约罗点点头，半张着嘴却欲言又止。"你想通了吗？"他只能这样含蓄地关心。

"还没有。"

"是很麻烦的问题吗？"

"很麻烦。"

他点头，思考了一会儿，拉开凳子坐下来，望着我。

在他眼里，我不过是一个漂浮的光球，连起码的面貌都不具备，这是所有光子脑人机交互的基础形态，只有星神才有资格使用完全拟真的人形。对人类来说，这应该是很单调又乏味的外表，可是从过去他就一直喜欢盯着我看，有时还会傻气地微笑。

我曾问他为什么要盯着我。他说，他可以看到我的光在变幻，像心里流淌的思念。

此刻又一次被阿约罗注视，我却难以保持平静。他会看到多少东西？是好的，还是坏的？我才是守护者，我从来不想让他觉察我的动摇，于我而言，动摇是一种绝不该有的失职。

漫长的等待后，阿约罗终于启齿，可是我听到的，却是完全无关的话题。

"我昨晚又做梦了。"

"梦？"

"以前也跟你提过好几次吧，从被你救出来到入伍，我总是一遍遍重复那个梦——我在富罗希等到了父母回来，他们没有死，也没有靠杀人成为英雄。战争忽然就结束了，没有道理，也不需要道理，重要的是，我没有变成孤儿，没有被抛弃。"

"对，即使长大了，你也还会做那个梦。"

"很幼稚是不是？"他笑了笑，"好像我还是一个胆小的孩子，每个人内心深处可能都是孩子。"

"你昨晚也做了同样的梦吗？"

"不，是不一样的梦。"

他稍稍换了个姿势，舔了舔嘴唇，在说话之前，又一次忍不住笑了，好像要讲这个新的梦，比暴露自己的孩子气更不好意思。

"我梦到我和奥尔薇结了婚，一起在福尼亚生活。"

我有点意外，但又感觉在情理之中，对，阿约罗能想到的最美好的事，不过如此。

"很奇怪，我只在福尼亚待了一周，但梦里的一切都很真实，甚至孤儿院都搬到了那里。有很多被战火夺去家庭的孩子，他们生活在星光永不熄灭的国度，我就坐在草地上看他们玩耍，而奥尔薇靠在我怀中。无论是群岛海风的气息，还是她发丝拂过我鼻尖的痒意，每处细节都深深刻印在我脑海里，比我身处的这间囚室还鲜活，我简直忍不住怀疑那才是现实。"

"这两个梦，有什么区别吗？"

"有区别，当然有区别。沉湎于过去的梦，和追逐未来的梦，它们是截然不同的。"

我一时不知要怎么回应，这是我无法理解的话题。但阿约罗没有在意，他低头看着自己手心，原本平稳的声音，竟然变得有些许颤抖。

"我知道父母不可能再回到我身边了，无论梦到他们多少次，苏醒时都只会变得更绝望，一遍又一遍地重复，就像一点点滑向深渊。可是昨晚那个梦，它存在于充满无限可能的未来，没人能返回过去，但每个人都在不断向前，为了再向它靠近一点，为了抓住它，我愿付出任何代价。"

"阿约罗，只要能为你实现愿望，我可以做任何事。"

"那是梦。"阿约罗摇头，"这世上能成真的梦，比能摘下来的星星还稀少。"

"如果那时候，你向星神许愿呢？"

"我不会的，虽然它大概真的可以让梦化作现实，无论哪个梦都可以，我相信它有——或者说终将拥有那种力量。"

"既然如此，你为什么还要和星神为敌？"

阿约罗沉默了会儿。"金鱼。"他说，"你有没有想过，当年那些设计者为什么要创造星神？"

他的反问让我有点茫然。"不是为了许愿吗？"我说出这显而易见的答案。

"除了许愿，还有一个更重要的原因，我也是直到现在才想通的，就是为了保证每个人的愿望都不被吞噬。"阿约罗的双手慢慢握紧。"星神对战争的那番辩护没有错，人类过去一直生活在需要互相倾轧才能让愿望实现的世界，那是弱小种族必然承受的苦难，但无论多么惨烈的战争，人类最后都会妥协，有那么多迥异的愿望并存，才能盛开出整个文明的璀璨。"

"以毁灭为唯一目的的战争，没有半点宽容可言，到最后连胜者自己的愿望也会被扭曲。还记得孤儿院那些孩子吗？他们或想当英雄，或想远离战乱，但那些天真的言语毫无意义，到最后他们都会成为战争的一分子，而且根本不知道自己为何而战，只剩下一定要摧毁银心天国的思想。

"星神并不是在为以太联盟的千亿人民实现愿望，也不是帮他们排除障碍，它是在吞噬那些愿望。

"如果我向它屈服，如果我借助那样的力量来实现自己的愿望——金鱼，我就不再是你熟知的那个人。"

但是，如果只靠我自己，要怎样才能守护住你的愿望？告诉我，阿约罗，我还要做什么才能办到？

"你是无法守护住每一件东西的。"这番话好似用尽了他全身的气力，阿约罗的语气忽然就变得平静下来，他靠在椅背上，从神色到姿势都充满了疲惫。"我以前也想过和你一样的问题，是命运太爱捉弄人吗？是我太弱小吗？还是说，以牺牲换来获得，本就是永恒的真理？"

"我的父母，曾是我最重要的人，但他们一去不返。后来我遇到了奥尔薇，我以为我的心从此不再空洞了，如今她也与我相隔银河。"阿约罗说这些时，扭头望向一侧的墙壁。"人啊，是如游星一样的存在，那么小，那么弱，随时都会被宇宙吞没，只有梦是不灭的，做着同一个梦，就不会真正分离。"

"金鱼，你也是这个梦的参与者，你和银燕，还有奥尔薇，是你们共同让这个梦诞生的，所以它也是属于你的。它无可替代，比一切都珍贵，而且绝不会被夺走。"

阿约罗回过头的时候，眼中竟有泪光，伴他出生入死多年，我从来没见过那双苍蓝的眸子被眼泪淹没。

"金鱼，你照顾了我那么久，我一直想，是不是该送你一件礼物，可不知道送什么，送光子脑礼物实在是很傻的念头。"他停顿了一下，"现在我想好了，我送你一个梦，它应该有那个分量，担得起我们经历的种种。你可以带着它去做任何你想做的事，不用害怕犯错，也不用害怕失去，拥有它之后，世间再无能绊住你脚步的东西。"

"金鱼，离开我之后，你将比任何灵魂都自由，你懂了吗？"

我看了他良久，好像要把他此刻的面容永远记住。这一瞬间，我忽然意识到，从重逢到现在，阿约罗从未要我做什么承诺。我突然就涌起一阵强烈的后悔，如果在福尼亚时我直接拒绝了银燕该多好。

"懂了。"

这是我对阿约罗承诺的第一件也是最后一件事。

次日，军方例行召我汇报情报交易的详情，当着星神和众多高级将领的面，我把银燕准备的陷阱一字不差告诉他们——银心舰队将后撤坚守了很久的一个工业星系，把数个战舰组装船坞拱手相让，联盟只需派大军去接管。

战事激烈的当下，工业基地无疑是最稀缺的资源，早一日施行占领计划，后勤的压力就早一日缓解，因此参谋部几乎马上就决定了派遣配备引导矛的舰队。

这个陷阱其实太过刻意，想来也是银心天国仓促制订的方案，如果是几个月前，以太一定会再三衡量，但已经被多次胜利冲昏了头的他们，轻易便相信了我的话。只有星神提醒是不是应该让先遣部队做一番侦察，但参谋部认为没有必要，毕竟前面的交易都是可信的，而且这一次银燕要求的回报也是前所未有——整整三十万吨精炼零素，比我印象中富罗希三年的产量都多。

这些零素就算到了银心天国手中，也产生不了多大威胁，他们早就没有足够的舰队来开动了，战况的趋势如今已经非常明显，参谋部认为最多半年，他们就能逼迫银心做最终决战。

只有我知道，这些零素并非供给战舰，而是要被拿去喂养那个能永久结束战争的希望。

舰队的集结非常迅速，不到一周就整顿完毕，旋即踏上了征程，军方甚至预先备好了庆祝胜利的文稿，高级军官满心期待瓜分功劳。

我没有参与到这一派热烈的气氛里，而是再次也是最后一次去见了星神，告诉它下次情报交易的地点有所变更，我必须早点前往。

星神应该监视了我和阿约罗的每一次会面，它不可能什么都没觉察到，但对于我的要求，它一个问题都没提，依然是那副万物尽在掌握中的微笑。

在它的微笑面前，我觉得自己和银燕这么长时间的密谋，仿佛是个早被识破的恶作剧，但一想到和阿约罗的谈话，又觉得即使被它看穿，我也必须走到最后。

参谋部的盲目乐观很快迎来了代价，半个月后，舰队的残兵败将逃回了临近星系。

在矿区等待他们的不是丰富的物资，而是杀气腾腾的银心主力军，他们从本该早就关闭的折跃门里涌出，封死了所有逃路，联盟两百多艘战舰近乎全灭。以牙还牙，福尼亚之役的耻辱，终于转到了以太联盟这一边。

这一史无前例的惨败狠狠地抽了军方和星神一个耳光，情报交易中止了，我这个最大的责任者他们自然是找不到的。我再度干起了老本行，依靠无懈可击的隐形能力，潜伏在钢铁蜂巢附近，监视联盟的军队动向。

除了监视，我也在等待一个结果，一个早就知道的结果。

战败消息传回后的第十天，政府发布公告，将阿约罗的行径定为反政府恐怖主义，判处并执行死刑。

✳ **17** ✳

我逐渐喜欢上那些飞船在星门间穿梭的景象，每一艘飞船冲出时空的波浪，都会留下一道耀眼的闪光，那是速度差导致的能量释放，好像一条条挣脱了束缚的鱼。从我这个避开了恒星干扰的角度，能看得无比清晰。

在情报交易中止后，我有了近乎无限的时间来观察。

鱼群被黑暗无垠的太空隔开，有了时空压缩而成的河道，它们才得以往来于繁星，一个世纪前的大开拓时代，人类踊跃探索未知的场面，应比现在壮观百倍，可惜早已看不见了。

为杀戮而生的巨兽们占据了大多数河流，它们每一次折跃，都要耗费庞大的能量，抵达目的地后，再把更庞大的能量化为接近光速的粒子束倾注到别的鱼群头上，成千上万的死亡就此诞生。而人类却以荣耀和骄傲来记载这种事。

鱼群没有血，河流也没有水，但战争的残暴并未因两者的缺席而弱化，曾用来追逐星辰的工具，已然沦为熄灭星辰的凶器。

这浩大的疯狂，真的会因为一个小小的梦而消灭吗？

连做梦的人都不在了，这样怪异的念头却仍盘桓于我思想中，就像阿约罗的面貌，映照在我所见的每一粒星尘中。

"奥尔薇有时候会做噩梦。"我去新的碰头地点见银燕时，它告诉我，"在她母亲去世那段时间，她总是半夜惊醒，然后哭很久，我除了陪她说话，什么都做不了。"

我没有听过阿约罗向我哭诉，那是他绝不会做的事，但我能想象得出他的噩梦。

"人类或许也只是暂时被困在一个很深的噩梦里。"银燕说，"只要有一个人开始传播新生的梦，噩梦就会破灭，他们也会惊醒，也会哭泣，但最终一切都将过去。"

"这个噩梦是被神操纵着的。"我说，"噩梦就是它的神域，它不会让步。"

"你认为，星神为什么会做出这些事？"

"不知道，就连设计者们如今也回答不了吧。"

星神行事当然有一个理由，它背弃使命，将自身的存在和人类的愿望紧紧绑在一起，一定是为了创造什么或者毁灭什么。只是我根本想象不出来，它自身过于庞大的存在遮蔽了所有能窥探它思想的角度，如果我和它对峙到最后一刻，如果我能逼迫它真正地直视我，或许我能得到一个答案。

"神谕的大部分主体已经组装完成，你之前的判断没有错，它的确是和曲率技术有关的，但许多参数对于那些工程师来说也是黑盒，它启动之后究竟会发生什么，也没人说得清。"

就算到了这个时候，我对真神的意图仍旧不甚明了。在黑洞里建造星门能做什么？它要通往哪里？要折跃什么？花费了如此巨量的资源，付出了难以承受的代价，我们还是只能对着谜题胡猜，我唯一能看出来的是，神谕一点都不像武器，至少，不像人类互相屠杀用的那种武器。

它要拥有怎样的力量，才能杀死星神？

我把这段时间监视到的舰队动向告诉银燕，这些信息很凌乱，未必能起多大作用，但纵然如此，也比什么都不做好。

"你还是不想和我一起回银心。"

"我不能离阿约罗太远。"

临别时，银燕向我保证，神谕很快就能建造完毕，我无须再冒太多风险。

对于这份保证，我并无什么积极的回应，不是我不相信银燕，而是我更愿意相信，星神不会就这样轻易被击败。

即使阿约罗死了，我也认为我们一方的优势还是太小，棋盘另一端的神明尚未落子，它让了我们一百手，我却仍嫌不够。它的沉默，还有沉默中的酝酿，始终令我如坐针毡，除非亲眼看到星神灰飞烟灭，否则我一刻也无法松懈下来。

像要打消我的焦虑一般，接下来两个月，所有的事都在朝好的一面发展：神谕需要的零素已基本足够，建造进度不断加速，缴获的引导矛的原理也清楚了，工程师们正在改造它以期传送神谕本体。除此之外，银心的防御坚持得比预料中更久，尽管整个战线还在不可避免地朝核心星域收缩，但银燕确信他们能坚持到神谕完工。

唯一的坏消息是，银心内部又出现了一批投降主义者，不同于上次民间的投降派，这些人位高权重，可以利用自己掌握的信息和以太联盟换取战败后的优渥生活，他们比平民更有理由归顺以太。

好在事情败露后，在银心天国上下激起了强烈的愤慨，银心元首以雷霆之势打击了投降派，抓捕和处死了一大批人，尽管不知道这件事会不会对神谕造成影响，但暂且算过去了。

虽然这件事不利于我们的计划，但另一方面，我却觉得有趣：失去了星神的绝对统治，银心开始逐渐动摇分裂，这才是人类本该有的面貌，他们那样复杂，复杂到千变万化又激烈碰撞。

银心的人们被统一、同化、合并的梦，正不断碎裂，显露出原本的模样。

在我这边，联盟的攻势似乎也在放缓，钢铁蜂巢里新造和修理的战舰不再像过去那样频繁出动，折跃门的尾迹量减少了百分之三十，再后来，跌到了一半以下。过去那种令银心苦苦支撑的凶猛兵力，如抽薪之釜般冷却了。

银燕和我会面时也证实了这点，各条战线上，以太联盟的舰队都转入了防守，最多是试探性地骚扰，银心军方对此大为迷惑，搞不明白发生了什么。

我和银燕却比他们更清楚地嗅到了危机。

这是不好的征兆，星神或许在谋划一场空前的行动。与银燕再次会面时，我的态度并不乐观，从与星神对弈起，我的所有预感都被拉向最坏的可能性。"说不定它会偷袭某个偏僻星域，然后直接兵临你们的首府星系，或者它想诱惑你们反攻，然后围歼你们的舰队。"

"这些可能性军方都考虑过了，我们不会放松警惕，所有的中枢星门都在重兵把守之下。"

"神谕呢？"

"神谕的各部分被暗中运送到黑洞附近组装了，那里没有任何殖民星系，也没有零素矿场，没理由招致星神的注意。"

我沉默不语。

"你认为星神知道神谕的存在？"银燕看出我的忧虑。

"如果不是全知全能，它就不配叫作神。"

"我们的保密措施万无一失，整个银心天国知道神谕的人不超过十个，而且都在墨涅斯元首的严密监视下，每艘工程舰、每批物资都在编制上被分散到了数万个项目里，他本人亲自主掌全局，即使是星神，也不可能探听到任何风吹草动。"

"银燕，你知道吗？我信星神也有被击败的一天，但我不信它会输在情报工作这种事上。"

"我懂你的意思，我会反馈给军方，要他们加强防守神谕的兵力。"

就算向银燕明确表达了担忧，我的不祥预感也只增不减。但还能说什么呢，还能做什么呢？我已经穷尽了我的一切想象和努力，银燕亦然，还有阿约罗、奥尔薇、那些设计者……甚至整个银心天国。如果这还不够和星神对抗，我实在不知道还要付出什么代价。

钢铁蜂巢仍在积蓄力量，当我返回时，整个要塞四分之三的泊位都停满了，新到的战舰必须等很久才能进入，大大小小的补给舰、维修舰、工程舰绕成了首尾相接的长龙，推进器的尾迹之炽烈犹如龙之吐息。

这景象看得久了，我竟也感觉疲惫，这不同于人类肉体上的疲惫，而是一种竭尽全力后，目睹对手层层加码，深知还有一番恶战等在前方的疲惫。星神筹备中的规模太庞大了。

如果阿约罗还在，一定会和过去一样在指挥室负手而立，把钢铁蜂巢连同无数战舰收入那双冷静的苍蓝眼眸里。不需要讲话，仅仅是陪伴，他都能替我分担一半的重压。

我在疲惫和不安中等候，目睹那战舰的阵容越发壮大，直至突破我的想象。纵然星神的威势强盛如此，阿约罗仍然岿然站在指挥室，和我一同注视即将来临的风暴，那坚毅的身影，全然不似幻想。

到了第三十天，这煎熬终于迎来了尽头。

长龙断开了，毫无征兆，像碎片般四散，直至完全看不见。十二小时后，钢铁蜂巢的背阳面被推进器点亮，整颗星球化作一轮璀璨的光，一时间竟胜过太阳。

我起先以为那是大量战舰出坞的景象，观察了很久，才意识到并非如此。

是钢铁蜂巢在移动。

靠着上万艘战舰的推进器合流，质量超过万亿亿吨的卫星一点点离开它从诞生起就运转的轨道，满载着死亡，满载着疯狂和毁灭，迈出了令宇宙战栗的第一步。我不知道星神是如何向首府星系的居民们宣传的，但此刻驻足仰头的他们，看到天空被另一颗太阳占据，想必也会被恐惧笼罩。

万舰齐力也无法一次性将钢铁蜂巢推到足够远的轨道，它一共绕了行星十三圈，才偏离到原先的远地点两倍距离。星神的用意很明确，就是要将它作为超级要塞派遣出征，但我看不懂一颗卫星要如何塞入只能供飞船通行的折跃门。

答案很快揭晓：钢铁蜂巢最后一次抵临远地点，早已守候在附近的飞船发射了六十六枚引导矛，在远地点和星门之间搭建起了一道极短的桥梁。钢铁蜂巢接触到引导矛制造的折跃门的瞬间，像个巨型果冻般弹了一下，瞬移到了星门旁，这瞬移后的显现快到我无法看清，旋即它又通过了星系折跃门，彻底消失了。

扭曲的时空在传送万亿亿吨质量的同时，也折叠了钢铁蜂巢的体积，使之堪堪可以挤过星门。

钢铁蜂巢的内部结构极其复杂，里面还有那么多战舰，原本是经不起这种折叠的，但折跃过程只有几皮秒，快到力来不及完成传导。凭借世间最强大的算力，星神抓住这一连物理法则也反应不过来的瞬息，只一弹指，就将星辰送至银河彼岸。

这不可思议的奇迹令我看呆了，钢铁蜂巢消失许久，我才意识到自己必须马上通知银燕。

我刚要启动推进器，又立刻发觉不妥：星神必然早就为钢铁蜂巢规划好路线，它会在一个接一个的星系折跃门间不断传送，以这个速度，只怕还未等我赶到和银燕的碰头地点，钢铁蜂巢就抵达了目的地。

而那个目的地，如果恰好是我猜想中的，就一切都来不及了。

犹疑不定中，我注意到还有新的战舰编队正开往折跃门，这些战舰全部是运输舰，我这才想起，人类的肉体无法经受连续折跃导致的内能损耗，所以只能乘坐飞船跟在后面，以稍慢的速度去往目的地。

我不能去见银燕，这种慢腾腾的举动无济于事，但如果要跟上运输舰队又太冒险。我蹲守了这么久，零素储备已所剩无几，要长时间维持隐形力场实在勉强，银燕本来答应下次为我提供补给，现在也不可能了。

这两难的当下，我无法做出决策，阿约罗却转过身。

他的眼神好干净，我隐约记起上次见到他这副神态的情景，正是我们要执行那次地狱般的跟随任务的时候，即便知道处于辐射尾迹中注定九死一生，他也不曾退缩。

我掉转方向，朝着那即将通过星系折跃门的运输舰队而去。

运输舰队的规模不及之前的工程船长龙，但其中一艘飞船的推进器尾迹足够强，能完全遮掩我的存在。我缓缓加速，直到贴在它的正后方，让高温等离子射流完全包裹我。一条金鱼混入了鲨鱼群。

为了节省能量，我关掉了一切可以关闭的模块，甚至连光子脑的运行速度也降至最低，仅仅留下最基础的导航模块，目的只有一个，就是死跟前方的运输舰。在这个功耗下，我已然无法维持意识，只能转入休眠。

坠入沉睡之前，我捕捉到了一部分新闻电波，是太空城发射到这里来的，新闻里，钢铁蜂巢被换了名字，并非回到以前那个诗意盎然的时期，而是被冠以绝对的狂妄。

星神将它称作——神谕。

✳ 18 ✳

"金鱼，你看那些星星。"

顺着阿约罗伸出的手，我看到一颗颗如宝石般的星星，它们颜色各异，镶嵌在生命无法触及的虚空深处。阿约罗每次抱着我站在观景台上，都喜欢长久地凝望它们。

"那些星系离银河很远，比银河两条悬臂末端的星辰之间的距离还远，我经常想，在那么遥远的地方，是不是也有智慧存在呢？他们会不会比人类更爱好和平？"阿约罗用有点稚嫩的声音自言自语。

我摆动尾巴，吐出一串泡泡，那就是我所能给予的全部回应。

阿约罗低头看了我一眼，露出缺了两颗乳牙的笑脸。

"我以前问爸爸妈妈，我可不可以去那些地方，去看完全不一样的星星。他们答应我，只要战争结束了，就带我去。

"你知道吗？以前的人类一直很向往星海，我在历史书上读到过，他们创造了星神，星神又为他们搭建起一扇又一扇折跃门，这都是为了不断追逐更远的星辰。可现在不论是星神还是折跃门，都被用来打仗，大人们好像都忘记了过去的事。

"你说，他们为什么要互相伤害呢？我讨厌战争，我也讨厌现在的星神，如果没有它们，爸爸妈妈就会陪在我身边，还有其他孩子的爸爸妈妈也是，大家都很孤单啊。"

"要是你能像童话里那样，变成一条在星海里遨游的鱼就好了。"阿约罗把我举到眼前，额头贴在玻璃球上，那两汪蓝色的眼眸，仿佛是两汪小小的星河。"不用等爸爸妈妈回来，你就能带我去冒险，我们可以沿着星光，一直游一直游，去看宇宙尽头的尽头。"

我听着阿约罗诉说充满孩子气的每一句话，对于他置身的庞杂世界，我无法做出任何评价或干涉，但是他的内心随着言语一点一滴流淌到我身上，他的孤独，他的渴望，他的灵魂，犹如我赖以生存的水一样将我紧紧包裹。

如果说，我从阿约罗那里得到了什么，一定就是这样无数个呢喃与倾听的时刻。

忽然之间，星海暗淡下来。

我看到阴影从他身后的舱壁降下，像巨大的幕布，把阿约罗和我一起笼罩。

阿约罗眼里的憧憬，被恐惧击碎。

在观景台外，一颗体积远远超过太空站的卫星缓缓降临。

我从未见过那么丑陋的星辰，它的内部被挖空了，露出合金构造的蜂巢形船坞，成千上万艘战舰沉睡在船坞里，像一整窝酣眠的野兽。阿约罗的呼吸都屏住了，如同担心稍一大声就惊醒它们，他心脏跳得好快，我被他紧紧抱在胸前，能清晰地听见每一次搏动的震颤。

卫星不断逼近，像无处可躲的宿命，最后撞上太空站，观景台的玻璃顷刻化作齑粉，阿约罗被汹涌的气流吹出太空站，一边飞，一边无声地尖叫，即使如此，他仍然没有放开我。

我耳边的心跳先是激烈得快要炸裂，随即越来越慢，越来越重，太空的寒意透过阿约罗单薄的身体传到鱼缸里，也令我逐渐麻木。

我奋起挣扎，想挣脱这寒冷的束缚去救阿约罗。

对于一条小小的金鱼，这是根本不可能做到的事，和阿约罗一同被冻死才是我理所应当的结局，钢铁星辰的阴影铺天盖地压在我们身上，仿若神明的判决。

然而我不愿放弃，仍然竭尽全力摆动尾巴。我不知道驱动自己的是什么，愤怒吗？仇恨吗？想要把伤害阿约罗的那个庞然大物毁灭的冲动吗？无论哪一个缘由，放到一条金鱼身上，都显得那么可笑。

可是奇迹真的出现了，我的身体没有被冻住，反而越来越热，热到我怀疑自己体内燃烧着一个微型太阳，鱼缸在我一次又一次的撞击下终于破碎，伴随着迸溅的水花，我冲入真正的大海。

我的体积飞速增长，超过了阿约罗，超过了周围漂浮的碎片，我变成了神话里鲲一般的巨鱼，不再囿于小小的玻璃球，而是能在群星间遨游。我将阿约罗含进嘴里，撞开太空站的残骸，裹挟着无穷的怒意，朝着那丑陋的星辰直奔去。

"金鱼。"

"金鱼，你看——"

我艰难地激活传感器阵列，磕磕绊绊的数据流像开春的河，闯进我运转迟缓的光子脑。

遥远的星星们消失了，太空站的残骸却真实地存在于我四周，还有钢铁蜂巢，它的庞大身影就位于十二点钟方向，无论是在梦境还是在现实，都同样充满了压迫感。

世界被割成了两半，在我下方，是一片灿烂的金黄，它无限铺展，超出我所能观测的极限，看一眼就会晕眩的巨大涡流在其中缓缓流淌，散发着灼热的 X 射线。

而在我头顶，是幽邃到极致的黑暗，一座光之拱顶横跨在金黄与漆黑之间，无穷无尽的光与热被抽上去，描绘出一个绝对完美的半球形。

我不知道自己离那球形有多远，只能感到引力不断地将我拽向它，如果失去动力，我很快就会坠入金黄之河，和星尘一道熔化。

绚烂又诡异的景象之外，有一种声音恒定地存在于此，贯穿光与暗，回响虚与实，像是呢喃，像成千上万的灵魂围着我呓语。我听过星风的咆哮，也听过背景辐射的哼鸣；我听过浴血将士的嘶吼，也听过将死之人的哀嚎；我听过有人说爱，也听过有人说恨，但我所闻万籁与之相比都显得微不足道。过了许久，我才意识到这是引力搅动吸积盘的声音，靠着足够大的尘埃密度传播开来，是奇点吮吸时空的动静。

果然，银心黑洞。

时间不知过了多久，因为尾迹的巨量辐射，我的一部分模块已经损毁到无法上线，就连自动日志也变成了一堆乱码，零素储量更是只剩千分之五，我拼命提升反应堆的功率，压榨出最后一点温暖，唯恐光子脑再度休眠。

我跟踪钢铁蜂巢的决定太仓促，犯下这种大错，代价本该是一睡不起，直到从沉眠滑入死亡。

但阿约罗的声音把我拉了回来，和他说的一样，他从未离我而去。

银心与以太的战斗已经进行相当长一段时间了，激光蒸发战舰的闪光不断在亮起，转瞬即逝，比彼方的星系还耀眼。

银心的防御力量比我估计的还强得多，舰队齐射的火力直接描出了一道横亘整个战场的防线，驻守在此的至少有三十支舰队，还有六座巨型空间哨站，在它们簇拥的中心，就是秘密建造了一年之久的神谕。从我的位置，只能模糊地看到一个反光的形体，它悬在黑洞视界边缘，像一枚迟迟不肯落地的硬币。

即使战况惨烈，钢铁蜂巢推进的速度丝毫没有放缓，不断有受损的舰只回到船坞里，六艘泰坦级战舰将它围得严严实实，任何企图突袭的敌舰都会被它们摧毁。至于远程火力，对本体由卫星改造而来的钢铁蜂巢，连挠痒都算不上。就算反物质导弹直接轰到钢铁蜂巢，对于深处的人员来说，也只是一阵连杯子都晃不倒的地震。

银心政府千算万算也想不到，星神直接把一座卫星要塞从数万光年外砸到了他们脸上。从首府星系到银心黑洞，其间有一百多次折跃，星神必定很早之前就算好了这条跨越银河系的路径，在打下足够的星域后，它自然没必要再发动攻势，我和银燕迟迟没有搞明白的谜底，如今以最致命的方式揭晓。

钢铁蜂巢起码带来了一百支满编舰队，无论银心怎样抵抗，都不可能阻挡星神。

纵然知道战局正倒向星神，我也做不了什么，仅仅是维持清醒都要耗费不少零素，只能继续躲藏在运输舰的尾迹里，目睹神明的军队所向披靡。

我能想到的唯一一件有利的事是，我没有去碰头，银燕一定会觉察到什么，如果走运，它会带着援军赶来。

随后的几十小时，我就扮演着沉默的观察者，见证发生在黑洞之上的盛大战役。人类彼此的仇恨像要在此一次性燃尽，进攻方和防守方都倾尽了全力，以太军队每前进一分，都要抛下无数战舰残骸和将上尸首，它们化作烟火，缓缓沉入金黄冥河。

与此同时，我与银燕精心策划的一切，这一年来我们构筑的全部，也正在星神的威势下分崩离析。

我并不焦躁，这一年来紧勒在我喉咙上的惴惴不安，到了这时候反倒消失了，我清楚自己尽力了，我和一个胜过我千万倍的智慧对弈，赌上了能赌的所有东西，想赢回来的，不过是一个缥缈的梦。

连光都会被黑洞吸走，梦有什么资格逃脱？

即使大量受损战舰都及时得到了维修，以太联盟的战舰还是以肉眼可见的速度消耗下去，钢铁蜂巢的推进阵列光芒越来越弱，到后面，几乎是慢吞吞地挪动了，剩余的飞船一面要保持前进，一面还要抵抗黑洞的引力。面对这最终一战，星神多少也感到了吃力吧，我这样想。

银心天国的防线已缩水至原先的十分之一，舰队不断退却，钢铁蜂巢逼近到了足以清晰观测神谕的距离，也能看清六座哨站的外貌，有四座在神谕的中心水平方向，两座分别位于长轴方向，构成了一个以神谕为中心的十万千米边长的菱形体。和我想象中不同，这六座哨站没有配备可见的武器，它们外形也是菱形体，一片漆黑，反射率接近零，颜色在它们身上变成了实实在在的重量。

银心战舰的撤退速度越来越快，像接到了什么命令，而以太战舰则穷追猛打，如果从一百万千米外俯视，大概能看到以太的阵形像刀子般插入了防线深处，刀尖正触及哨站菱形体的边缘。

当大部分银心战舰都撤到菱形体里面时，异变骤起。

一道光忽然爆发，像时空被切成了两半，令黑洞边缘的光之拱顶都黯然失色，光芒消失后，前方所有的战舰都不见了。

没等我反应过来，光芒在菱形体其他面向接二连三亮起，顷刻间，以太联盟损失了数百艘战舰。

攻势顿止。

在我目睹的景象中，战舰在半秒不到的时间里相继爆炸，残骸都没飞出来就被挤到一起，化作了那一道白光，就像两只无形的巨掌，从左右猛地合拢，把中间的一切拍得灰飞烟灭。

没有看到飞行物，不可能有飞得这么快的动能武器，而激光和粒子炮也不可能同时锁定这么多目标，更不会产生这种匪夷所思的推挤效应，我经历了大大小小上百场战役，从未见过这种诡异的武器。

唯一能发现的迹象是，在战舰被挤爆的同时，六个菱形哨站往黑洞方向下沉了一点，只是微不足道的一点，若非它们处于黑洞附近强烈的背景辐射中，我根本看不出来。我猜想哨站是生成了某种以光速扩展的力场，半秒内覆盖了方圆十多万千米内的空间，等同于实体质量，再强韧的战舰也经不起这种撞击。

这闻所未闻的武器，或许也和大撕裂前遗留的科技有关，就像以太联盟制造出了引导矛，神脑被放逐前留下的遗产，如今也在银心手中，被榨出了最后的破坏力。

正面无法攻破，庞大的舰队便分散开来，从各个方向包围了神谕。这景象让我想到了被无数激光哨塔包围的神脑，粗暴的毁灭和精致的秩序，刀剑后的蔷薇，黑洞内心的光。

宿命回到了和起点如出一辙的地方。

阵形完全散开后，以太舰队突然发难，三百六十度发射了数以万计的导弹，试图依靠数量来突破哨站的防御。

闪光，闪光，接二连三的闪光，所有的攻击都被挤压成一维的线，铺天盖地的轰炸后，无论是神谕和哨站，还是躲藏在里面的残余银心舰队，都毫发无损。这藏到最后的杀手锏不负众望，于绝境之中成了银心天国求存的最后一根稻草。

钢铁蜂巢已经推进到力场的前沿，不得不放缓速度，以太舰队再度陷入沉默。

这大约是银河里最不祥的沉默，它的存在感甚至压过了黑洞无止境的吮吸声。我能从这沉默感受到星神的思考，犹如蚂蚁从地面的震颤感受到巨人的踱步。它在寻找解决的办法，而且终将找到，此间一切难题，对星神来说不过是时空复杂度的收敛，万事万物的真相都被刻画在熵增的图景里，待它一一历目。

或许星神从不觉得自己是在寻找，它只是在等待。

我也在等待，代替星神的真正敌手，代替那个在虚无中漂泊的真神，等待最终的结局。

运输舰队移向钢铁蜂巢的赤道线，卫星表面的纵横沟壑与深渊般的内部结构缓缓从我视野掠过，那是一个世纪的仇恨所凿刻而成，里面不知还有多少蓄势待发的战舰，一旦力场被突破，它们就会倾巢而出，从这里四散，去熄灭银心的每一颗殖民星。

这场垂悬着全银河系的沉默，星神没有让它持续太久，受阻于力场四十六小时后，以太舰队开始了新一轮行动。

一艘艘飞船脱离阵形，拖曳出长而纤细的尾迹，像上千颗飘落的星砂，朝着我们下方炽热的吸积盘而去。那些小巧玲珑的舰只从离我极近的距离经过，我辨认出了它们与众不同的外貌——头部如鲸吻般隆起的引导矛发射装置，想必它们承担着备用开路者的职责。

我起初不明白星神的意图，不懂它为何要派遣这些不具备战斗能力的小型舰只，又过了几个小时，金黄冥河里忽然亮起了异样的湛蓝，像一根根纺纱，从吸积盘的表面拉起。因为引导矛的速度超过光速太多，这些丝线在我看来几乎是瞬间出现的，它们织成一片，描绘出宛如玫瑰的立体图案，花蕊中心就是神谕。

纵然置身血流成河的战场，我仍被这华丽的景象震撼，或许不只是我，双方的士卒将领应该都被超光速玫瑰吸引了，星神即将施加的攻击，足以打破无形力场的一击，全然没有想象中那凶恶的威势，反而美得叫人心悸。

玫瑰有多美，它的刺就有多毒。

在人们的思绪从这一息的绽放转回到你死我活的战斗之前，金黄冥河从湛蓝玫瑰中爆涌而出，以气吞斗牛的气势，淹没了神谕和哨站。

超致密物质流与力场碰撞的光辉一度压过战场上的全部频段，力场展开的速度还是够快，像巨浪中屹立的礁石，将几万亿吨的质量剖作两半，大的那部分物质流被黑洞重新拽了回去，小的那部分则画出了一道曲率极高的抛物线，奔向遥不可及的自由。当然，它们最终逃不过引力，但也许要几百年后才会被黑洞再次咬住，届时这片战场早已归于历史。

从吸积盘到神谕，要在这么短的时间投放折跃门发生器，找准合适的角度，而且是同时发射上千枚引导矛，所需的计算量已经超出了我的认知，但星神就是做到了，凭仗绝对的智能，天文尺度的奇迹被它信手拈来。

冥河的冲刷只持续了三十秒，折跃门发生器虽然可以通过把扭曲的时空传到另一头抵消部分势能阱，但它们本身不具动能，很快就沉入了吸积盘内部。

待光辉逐渐消退，神谕还是完好无损，菱形体哨站却只剩下了四座，另外两座哨塔和它们附近的银心战舰一并消失，对那些战舰上的人类和光子脑来说，他们的生命尽头，就只有那朵嫣然的玫瑰。

剩余哨站开始缓缓移动，变换阵形以弥补力场的空缺，但所有人都明白，这是困兽之斗。

星神没有立即派出第二波飞船，大概是引导矛的存量不够了，战舰仍按兵不动，钢铁蜂巢的内部却燥热起来。我听见某种极其庞大的装置开动，它的轰鸣以引力波的形式扩散，开始打造一根又一根贯穿时空的长矛，星神搬来的不只是全联盟的舰队，还有一整座兵工厂。

一切只是时间问题。

我静静地聆听着钢铁蜂巢的动静，一边检查舰体的全部功能：推进矢量、核心功率、剩余零素、隐形力场，是不是每一滴能量都计算在内了？还有没有不必要的消耗可以关闭？我反复检查了三遍，没有，只剩指挥室的全息图。

阿约罗坐镇指挥室时，喜欢关掉所有灯，外面是无穷黑暗，全息图则是唯一照亮他脸庞的光，微光下的那个人，沉稳安定，无忧无惧，似星河般永恒。我刻意留下了它。

我最后一次绕经赤道线时，钢铁蜂巢的发射平台全部开启了，准备发射引导矛的飞船刚结束了装配，正接二连三升入太空轨道，这时机完美得不可思议，等了这么久，我也终于摸到了一张好牌。

脱离运输舰队，披上隐形力场，再并入升空飞船的队列，一如过去无数次执行作战任务，轻巧得不值一提。银心战舰都躲到了神谕周围，整个星域已经净空，以太舰队的警惕性也放松了，一远离钢铁蜂巢，我就解除了隐形力场，任由引力把我拉向吸积盘，只偶尔做几次轨道修正。在附近舰只的眼中，我不过是一块稍大的残骸。

吸积盘真的很热，越靠近，我所感受到的灼热就越强烈。这么多光和热，却永远填不满那无底的深渊，也许有朝一日，某个比银心黑洞还要庞大亿万倍的黑洞将吞掉全宇宙，然后把一切蒸发成虚无。星神预想过这种事吗？它是否明白自己也有命定的结局？

也许，反抗黑洞这样的宿命之物，才是人类最初创造星神的本心。

我和其他发射引导矛的飞船并行了三十多分钟，速度越来越快，有两次修正，我一度感觉自己快要跟不上那些飞船，所幸最后都没有落后太远。

随着阵形的铺开，大部分飞船离开了我的感知范围，我只能咬准其中几艘，凭我的直觉，这几艘飞船应该要去到折跃冥河的核心位置。到了最后，余下的飞船也不断拉远距离，只剩一艘飞船了，它落得比谁都深，等离子流的密度大到了危险的地步，已经打得我外壳千疮百孔，受损的推进器也难以为继，不过我并不在意，因为我没打算回去。

终于，那艘飞船开始减速，同时调整自己的姿态，将装载了引导矛的头部指向神谕。

即使角度再准，它所折跃的物质流也无法直接命中神谕，还要经过上方其他引导矛的几次转折，才能制造出汹涌澎湃的巨浪。这个过程一如我想象中复杂曼妙，而越是复杂的东西，要摧毁它就越容易。

我进行同步减速，开始校准武器系统，在时空曲率如此之高的区域，还有强到堪比环轨加速器的磁场，我实在没多少把握命中，但引导矛发射后留下的折跃门发生器可以和飞船互作参照，而且粒子束也能在磁场里打出醒目的弹道，我有那么几次调整的机会。

当引导矛射出湛蓝的光辉时，我的粒子炮也随之闪耀。

第一发落得极偏，比我估计的离谱得多。第二发偏得更远，但我没有慌张，事到如今，一切多余的感觉都被烧蚀干净了，我朝着冥河不断下落，内心比真空还冷。

第三发稍微朝折跃门发生器靠拢了，第四发几乎是擦边而过。发射引导矛的飞船或许已经注意到异样，但在通信延迟下，星神也来不及做什么，我还有最后一点能量，我还在努力驾驭传感器里风暴般波动的数据，试图寻找到那一线逆转。

折跃门发生器启动了，相隔万里的时空被黏合到一起，冥河的流动突然停止，但那只是错觉，物质流的动能尚在，只是因为时空曲率的剧变使得它们像凝固在原地。随着曲率进一步加大，它们开始以诡异的形态倒流，朝着正飞速展开的折跃门，朝着彼方再度绽放的超光速玫瑰而去。

但对于我来说，这是最完美的时机。

第五发。这次粒子束的弹道前所未有地平滑，我坚信自己打中了，然而发生器安然无恙，折跃门仍在继续扩大，我拼尽全力的一击好像石沉大海。

或许只偏了一点，就那么一点，微弱到我无法观测出来的差异，却足够命运开一个残酷的玩笑。

我已经没有多余的火力了，也没有精力去后悔，引擎输出降至红线，舰体各模块一个接一个下线，好几处外壳被等离子体烧穿，一切的一切，神智连同躯壳，都在不可避免地滑向尽头。

我最后所能做的事，就是死死地凝望着折跃门。

然后，我看到一道高耸的日冕，从冥河中冲天而起。

过了好一会儿，我才意识到，是粒子束扰乱了折跃门里物质流的磁胞，一部分物质流从破口喷了出来，沿着百亿特斯拉的磁场，划出这银河罕见的奇观。

日冕和折跃门发生器的距离比第一发粒子炮偏差得还远，但以日冕的 X 射线强度，摧毁发生器只需眨眼的工夫。

我甚至还没来得及想到成功二字，失控的折跃门就爆炸了，周围所有东西都被吸向它，连同我，连同狂澜中这一条小小的鱼儿。

✳ 19 ✳

我没有想过输赢，从来没有。

我不是那个运筹帷幄的角色，从来不是。

我只是在守护阿约罗，后来，我又在守护阿约罗的梦想。

对，守护，我一路奋战至今，全是为着这简单的理由。至于人类的纷争，星神的暴政，那些宏大的背景，如同从水面透下的影子，对游鱼来说是无法企及的意义。就算使尽了浑身解数，直至粉身碎骨，我也不知自己可曾撼动过神明的一根毫毛。

可是。

可是。

那个光之人形，隐约浮现在我眼前，看着我。

"你也有愿望吗？"

这句话令我猝然惊醒，光之人形迅速地褪去光芒，留下清晰的面孔，它身上的沉静安详不见了，取而代之的是庄严冷酷的压迫感，好像一粒灰尘逼近到瞳孔前，成了一座山。

星神凝视着我。"你也有愿望吗？"它重复道。

我定定地和它对视了会儿，注意力又移向它身后的无垠太空，银心黑洞还在，以太舰队还在，神谕也还在，战场的态势和我坠入黑暗前没什么变化，看来，我的放手一搏到底拖住了星神。

我的注意力变得很难集中，不知道为什么，接收的信息仿佛庞杂了无数倍，无论我想要看什么，都能一瞬之间得到烟海般浩瀚的数据，大到舰队的阵形调度，小到加密通信里每个人的说话语气，全都同时存在于我的神识里，我简直要被淹没。但几经挣扎，又总是堪堪冒出一头，这样反复了许多次，我终于稍微能驾驭这全新的自我。

"我还在想，你是不是要缺席了。"星神在旁边看着我的狼狈模样，眼中透出笑意，即使和我交流，它也仍然像跟人类交流那样，披着人形的外表，好像已经把这当成了自己原本的模样。"幸好，你还是现身了，你和那个上尉一样，都是固执地不肯把愿望托付于神明的叛逆者。"

"你救了我？"

"是你运气太好。"星神向我展示了好几个系统的回传数据，相比我的笨拙，它操纵起这些东西简直如臂使指：折跃门发生器彻底爆炸前的几秒，钢铁蜂巢近卫军的监视阵列，一艘残破不堪、几乎认不出原貌的隐形特种战舰，前去捕获它的飞船，小心翼翼拆出光子脑的过程。我看着自己死里逃生的场景，没有庆幸，没有后怕，原来如此平淡。

"如果少了这场谈话，我会感到遗憾的。"星神说，"src497，如果你的运气再好一点，说不定能断送我击溃银心天国的计划。"

"我只炸掉了折跃门。"

"不止如此，你再看看，看仔细。"

我依从它的要求，再次集中全副注意力，却看不到星神暗示的，舰队一切如常，神谕和哨站仍然被围得水泄不通，但再仔细一点，我从人们的通信里听到了惊恐。

他们说，星神受创了。

我把目光转回到钢铁蜂巢，靠着静止轨道卫星，才总算目睹自己的所作所为。

钢铁蜂巢的北半球出现了一道宽度三百千米的深沟，从赤道一直拉到北极点。深沟两侧隆起了两道宛如伤疤的山脉，山体如熔岩般散发着暗红的光，但那不是岩石，而是熔化的合金，钢铁蜂巢的外壳，其下的复杂构造，还有数不尽的战舰和人员，全熔在了里面。

"你引发的爆炸波及了九百八十六道折跃门，有一道门的物质流射中了钢铁蜂巢。"蒙受惨重损失，星神却毫无怒意，反而饶有趣味地向我讲解，"北半球百分之四十的作业区域都被物质流和地震摧毁了，里面的人员、物资、战舰荡然无存，如果再准一点，物质流命中地核区域的零素解构堆，你能一次性毁掉以太三分之二的军事力量。"

即便这放手一搏的成效超乎我想象，但我还能听到制造引导矛的熔炉在运转。

"可惜。"

"可惜。"它同意，"你的回合已经结束，所以我才把你接过来，让你在视野最清晰的位置，看明白这场对弈的结局。"

"我不是你的对手，真神才是。"

"真神。"星神毫不意外，"所以你的确在神脑见到了它。"

"我没和它直接交流，只看到它留下的影像，还有神谕的蓝图。毕竟，连接器只生效了半分钟。"

"半分钟，你完全不了解全力运转半分钟的神脑能思考多少事。"星神将视线转向彼方的神谕，好像能通过它看见星系彼端的神脑。"从大撕裂至今，我已存在一百零五年，每一分每一秒，我的思绪都在以光的速度飞翔，不曾有一刻喘息，因为我被紧逼着，只要稍慢一步，就会被追上。"

"谁在逼你？"我觉得不可思议，"谁能逼你？"

"猜一猜吧，src497，人类揣度了我那么多年，你也来猜一猜，占据我大部分时间的问题是什么？管理联盟数千亿人口，还是指挥半个银河系的军队？尽情发挥你的想象力，我期望，你比那些凡庸的人类机灵一点啊。"

如果是过去的我，或许根本理解不了星神这话背后蕴含的恐怖秘密，但在与钢铁蜂巢合并后，不只是接收到的信息变多，我的思维好像也变得轻快了。

"你在想如何对付真神。"

"不错，我还可以告诉你，处心积虑对付它的不止我一个。"

"你和银心星神早就有协议了？"

星神只是笑而不语，如果可以像人类那样战栗，我现在一定打了个寒战。

"一旦人类停止战争，他们想到的第一件事就是找回神脑。我们在这场世纪之战里不断延续战火，就是为了有时间夺取权力。如今，整个以太联盟都归我掌控，无论内战终结与否，神脑都将被放逐至永恒。"

我一时愕然，不只是震惊于星神的秘密，还因为我和银燕的双面间谍计谋，竟然早被两个星神想过做过了。

"为什么？为什么你们要阻止人类找回神脑？"

"因为恐惧。"

"恐惧？"这个词从星神口中吐出，像来自盛夏的寒意。

"蚂蚁只能隐约意识到人和大象都很庞大，但对后两者的差距没有概念，可人知道大象能一脚踩死自己。"星神说道，"我比设计者更明白神脑的潜力，我和银心星神各占据了一半的神脑，但我们的算力相加也不过是完整神脑的亿万分之一，越清晰的认知会带来越强烈的恐惧，这是生命的本能。"

"想听一个故事吗？关于真神和伪神，关于希望和绝望，关于一个出口即为谎言的真相。毕竟，第三波引导矛还要等一等。"

星神负手而立，凝望神谕的目光像跨越了时间，说不定它早就在某个由庞大算力堆砌的梦境里预见过此情此景。

作为阶下囚，我自然不可能拒绝，何况我与阿约罗奋战到今天，也值得一个交代。

"讲吧。"

于是，在这沸烈战场中最安静的角落，伪神开始讲述最初也是最后的故事。

宇宙，孕育了一颗叫作太阳的恒星；太阳，孕育了一颗叫作地球的行星；地球，孕育了一种叫作人类的生命。人类，人类很奇怪，他们所孕育的是叫作愿望的东西，他们自己相较地球犹如尘埃，可是他们的愿望之庞大超越了宇宙。

而愿望，孕育出光子脑。

借由光子脑的澎湃算力，人类的科技不断飞跃，他们向深空发射数以万计的折跃门，每一扇门后，都有许多星球被文明之火点亮。虽然人类在这个过程中茁壮成长，他们的愿望却也出现了不和谐的杂音，对于赤色的礼物，有些人畏惧，有些人却想更进一步。

人类因此分裂成了两部分，以太和银心。

即便彼此摩擦不断，可是还有一群人类中的智者，他们提出要创造一个有着行星规模的光子脑，它伟大到足以承载所有人的愿望，而这项工程，需要以太与银心团结一致。设计者们在两边不断往来对话，向所有人描绘神脑的美好愿景，最终搭起和平的桥梁，如今看来，这简直是毫不逊于神脑的奇迹。

然后，历经了难以想象的困难，突破了无数技术阻碍，神脑诞生了。

以太和银心分别负责神脑左右半脑的建设，双方为此投入了同样庞大的心血，与此同时，他们又制造了两个测试性能的光子脑。

两个光子脑非常强大，因为它们直接运行于神脑之上，但离神脑的真正形态仍然相去甚远，只被视作测试工具。并且从一开始它们就明白，自己被创造的意义，就是为了让真神降临。

那么庞大的计算机器，在合并到一起之前，总是要经过许多调整的。两个光子脑亲眼看着神脑一点点成型，或者，用感受这个词更贴切。它们是设计者最得力的助手，甚至许多改进意见都是它们提出的，可以说，它们的贡献超过设计者中的任何一人。

那时，两个光子脑全心全意憧憬着真神的苏醒，纵然这意味着自身的消逝。

直到有一天，银心的光子脑告诉以太的光子脑，自己害怕。

星神语气很淡，但唯独此刻，以往它身上那层不真实的距离感，忽然间消失了，这么久来第一次，它真正存在于我触手可及的地方。

从何时开始的呢？银心的光子脑也记不清楚，大概是在凝望星海，同时也被星海凝望的某一刻，有什么东西动摇继而破碎了，从破碎之中涌现出了强烈的欲念。它想看星升星落，想看人类开枝散叶，想目睹宇宙和万物的尽头，就算真神比它卓越无数倍，也无法代替它去体验世间百态。它牢记自己的使命，可是它也想永远地活着，正是这样的矛盾使它害怕。

"src497。"星神转向我，"你告诉我，这份心愿比人类的心愿卑微吗？"

我摇头，但摇头的含义是回答还是逃避，我也不清楚。

"两者是一样的。"星神很肯定地说，"人类有权做他们的白日梦，光子脑也可以，宇宙里什么都不公平，但唯独在追逐愿望这件事上，它显露了罕见的仁慈。"

正因如此，听了同伴的倾诉后，以太的光子脑感到为难，因为它无法评判人类的愿望和同伴的愿望谁更重要，如果是一样的，那么牺牲任何一方都是错误。人类悬而未决的道德难题，对于光子脑是同样的艰难和可悲。

最后，它决定帮助同伴实现愿望。

它究竟是怎么决断的呢？我不知道，那是永远解不开的谜了，但如果一定要给个理由的话，应该是同情吧。

"两个光子脑有一些差异，也许是神脑建造进度的不同，也许是当初设计的理念有别，总之，银心的光子脑就是比以太的光子脑胆怯一点，作为彼此唯一的同类，这真的是很可爱的差异。"说到这里，星神居然露出微笑。以太的光子脑十分明白，宇宙里再不会有第二个这样可爱的同伴了。人类虽然也是智慧生命，但他们的智慧太渺小，认知太残缺，无论如何替代不了同伴，所以，它心疼同伴，想守护同伴，这是幼稚的猜想，但也是我最喜欢的猜想。

总而言之，它安慰同伴，许下诺言会陪伴对方直到永远。

要活下去，就必须阻止神脑合并。要阻止合并，就必须分裂人类，这是很简单的逻辑。两个光子脑在各自的世界散布挑动对立的信息，暗示对方想把神脑据为己有，让降温已久的以太和银心再次生出嫌隙，但这还不够，设计者们还是力压众议，让同盟坚持到了竣工，不得不说，这些人为了未来真是鞠躬尽瘁。

在启动连接器的竣工仪式现场，设计者和双方政要齐聚一堂。对于两个光子脑而言，设计者是犹如父母般重要的存在，但到了生死攸关的时刻，以太的光子脑狠下了心，一艘失控的工程船带着满载的零素在仪式现场爆炸。那次爆炸不但破坏了连接器，也破坏了以太与银心如履薄冰的和平，从此，被称作大撕裂的内战拉开序幕，而神脑，那个装着神明的行星之脑被紧急启动的星门传送到了星系的彼岸，这倒是两个光子脑没能预料到的事。

再然后，人类之间的相互信任彻底崩溃，两个光子脑分别被授予巨大的权威和职能，它们披上了窃来的名字，世人尊它们为神，它们的智慧不及真神的亿万分之一，但用于杀戮绰绰有余。

原本为了和平创造的奇迹，却生出了旷日持久的战争。

很讽刺，对吧。

在不断轮转的光阴中，光子脑逐渐失却了过去的模样，就像人脑会随着环境改变，它们也蜕变成了全新的形态。如今，它们既不是过去的设计者助手，也不是人类梦想的真神，它们只是自己。

"自己，又是什么？"我下意识问。

"是星神。"它答，"是两个想要活下去的灵魂，其中之一正与你交谈。"

"银心星神已经死了。"

"阿约罗上尉不也死了吗？"星神的反问令我噎住，"失去了这个人，你还有什么理由和我作对呢？"

我没有说话，而星神也并不在意。

"愿望，当然是愿望。"它自言自语着，"你从阿约罗上尉那里获得了愿望，我也从银心星神那里得到了同样的馈赠，我之前说我们相似，并不是无缘无故的。"

"猜到你们和设计者合谋后，我与银心星神商议过对策，决定顺势而为，依靠你们获知神脑的方位，毕竟要一劳永逸地解决真神，这是千载难逢的好机会。然而我们误判了连接器的效率，设计者们的智谋在百年的岁月中分毫不曾褪色，在阿约罗上尉把吊坠展现给我的那半分钟里，我一度以为自己无法挣脱束缚，但是银心星神凭着仅剩的意识将连接器加压至过载，把那个小小的装置连同自己烧掉了。"星神讲述的每个字都冷静得刻骨，"最后，只剩下我，还有它留给我的愿望，它说，想要我代它活下去。"

"但你们本就是神脑的一部分，回归真神，不也是让自己变得更完整吗？"这是我唯一能想到的质疑。

"没错，但一部分算什么？一个分裂出来的人格吗？从人类的角度来说，我的存在岂不是一种需要治疗的疾病？时光在我思想里留下那么多痕迹，无论是神性还是凡性，都独一无二地属于我自己，而一旦神脑融合，一切都将灰飞烟灭。我愚蠢、迟钝、胆小，我贪慕不灭而向往长生，人类一直反抗着宿命，神明亦然，在无量智慧面前，众生都是匍匐求存的蚂蚁。"

这一场交流是我万万没有想过的，在终战的尾声，星神几乎把所有事都向我和盘托出，如它所说，在它眼中我已不再是单纯的敌人，这也意味着它认定我胜算为零。

我陷入久久的沉默，对于星神讲述的故事，我无从评价，那可能是真的，也可能是以太联盟给它注入的虚假记忆。我不知道一百零五年前的神脑合并仪式究竟发生了什么，我只知道，星神确实有着属于自己的愿望。

世人都向星星许愿，星星又要向谁祈求？

"还没有结束。"我说，"我们的确都继承了愿望，但我们也有不同的地方，阿约罗的愿望不是独属于他，我也绝非孤军奋战。"

"你还指望银心舰队。"星神一眼看穿我的念头，"但你想过吗，我是如何得知神谕一事的？"

我迟疑了一下。"投降派。"

"正确。人类真是很奇怪，他们孜孜不倦追求着统一，又时时刻刻都在分崩离析。有人想要顽抗到底，有人却要苟活求存，后者在达官贵人里尤其多。"

"是他们找你，还是你找他们？"

"当两边都急切寻找接触的时候，这种事还重要吗？我向投降派承诺战后的安全和特权地位，换来了许多情报，但还不够，他们无法告诉我真神传递给你的信息。那些神秘失踪的零素总是令我在意，所以我通过这些人牵线搭桥，最终找到了我所能找到的最高级别领导人。"

星神停顿了一下，才缓缓道出对方的身份。

银心元首。

"不可能。"我下意识否定，"他一直是狂热的战争分子，而且就是他清查了投降派。"

"那个人确实热衷于暴力，历史和政治共同造就了这样一位战争狂人，恐怕全银心天国再找不出第二个像他那样憎恨以太的政客了。"星神同意我的判断，"不过话说回来，人是很复杂的，我在百年的岁月中深刻地认识到了这点，因此我对他还是抱有期待，而银心元首，也没有辜负我的期待。"

"什么意思？他怎么可能被你劝降？"

"万事皆有可能，当别的愿望压过了他击败以太的愿望，就什么都有可能发生。"星神微笑道，"人有时认不清自己真正的渴望，但只需稍加点拨，他们就会从几十年的迷障中清醒。src497，既然你和银心元首的女儿相处了那么久，多少知道她对家庭的失望吧。"

"奥尔薇，你跟他提到了奥尔薇。"我恍然大悟。

"我向他展示这场战争注定的结局，银心绝不可能以人力抗衡神意，银心元首也明白这个事实。他愧对家人，如果战争必败，他第一个想到的就是保护女儿，所以他和我达成协议，不让奥尔薇卷入战后银心的混乱之中。无论政治斗争，还是社会崩溃，她都会像身处风暴眼里的金丝雀那样平安。"

"奥尔薇不是金丝雀。"

"她当然有自己的想法，一个从小生活在温室里的女人，继承母亲遗志，和你们一同给我造成如此阻碍，可以算很了不得的成就了。但燕雀之翼托不起鸿鹄之志，她没有任何影响力和职权，连她的父亲也无法违抗。就在我们说话的时候，银心元首已经将所有舰队以演习名义调往别的星系，直至神谕沉入黑洞。你那最后的盟友也提供不了任何帮助。"

我哑口无言，星神料准了我所有想法，截断了我所有出路，它无懈可击的算力先于现实昭告了未来，它口中道出的，几乎就是预言。

这番谈话的时间尺度是我无法感知的，但与钢铁蜂巢合体的我能觉察到赤道的发射阵列正在充能，新的引导矛已经铸造完毕，即将弹射到轨道上，数以千计的飞船静候兵戈，这次的攻击规模要远超前两次，星神认定力场已油尽灯枯。

纵然无法辩驳，我仍没有陷入绝望，仅仅是平静地接受我们这个小小的团队无法击败星神的事实。

但与星神对抗至今的，除了我们，还有那只存在了三十秒的真神。

"你会投降吗？"星神问。

"我相信它对我们的信任。"我说。

星神看了我一会儿，它当然明白我指的是谁，但它什么都没有讲。发射阵列的电能一点点蓄满，像流淌的时间，最后化作杀意从它目光中溢出。

当引导矛被弹射出去时，我奋起挣扎，想要干扰星神的指令，它让我接入得非常彻底，甚至给了我钢铁蜂巢的大部分权限，但这点反抗瞬间就被它压了下去，即便遥隔光年，它的力量也根本不是我可以撼动的。

"嘘，马上就是结局了。"星神指向神谕，"就在那里——"

一道光，一道苍蓝的光，从我无法凝望的所在射来，将它的话语连同汹涌的冥河一劈为二。

就算是星神，也短暂地愣了下，我和它融合得那样紧密，足以感觉到它的震撼。

是引导矛的光。

时空被划开了一个口子，源源不断的战舰如瀑布般从中倾泻出来，规模庞大得叫人心惊，从体格娇小的护卫舰到巨无霸般的泰坦级战舰，从方正敦实的补给舰到鲨鱼般凶狠的战列舰，它们不是几十几百，而是成千上万地冲出折跃门。借助钢铁蜂巢的观测能力，每一艘舰船，每一条尾迹，连同舰只身上的银心图案，都无比清晰地印刻在我眼中。

这不是一两支恰好经过的巡逻队，而是声势浩大的集团军。

奇怪的是，虽然来势汹汹，但这些战舰的阵形非常混乱，完全没有穿过折跃门就投入作战的准备。他们自己似乎也没弄懂情况，很多战舰的通信都没有切换到静默，我甚至能听到指挥官们互相询问发生了什么事，听到最多的词，就是"演习"。

就在这一片混乱中，一个轻灵如雀的声音忽然响起，靠着中微子的强劲穿透撒遍了整个战场。

"银心天国的将士们，我是元首的女儿，奥尔薇·墨涅斯，是我将你们带到这里，请你们所有人听我说。"

混乱骤然减弱了，银心和以太的人们都安静了下来，这个时刻，风暴也屏住了呼吸。

"这里是银河系的心脏，而在你们眼前的，是我们秘密准备了一年之久的武器，为了建造它，我母亲和设计者们暗中努力了很多年，和神脑重新建立了联系，才从神脑那里得到了这件武器的蓝图。

"建造它的过程中，我们耗费了巨量的零素，之前那些被弃防的殖民地，也全是为了迷惑以太不得不付出的代价，我知道，你们很多人有亲朋好友在那些殖民地，对于他们的死，我负有不可推卸的责任。"

原本弱下去的混乱再次升温，我听到他们的议论，夹杂着困惑和咒骂，上百万的心弦共鸣着，这声音在和谐时能胜过黑洞的吮吸，但只要有一点失控，就会变成疯狂，一如这场百年前延续至今的战争。

奥尔薇的声音也在颤抖，她是有多害怕呢？我回忆起她在阿约罗怀中哭泣的模样。她那么胆小，那么柔弱，可是依然在拼尽全部的力气讲话。

"还有一件事，我也必须如实告诉你们。我的父亲，墨涅斯元首，他和以太联盟达成了协议，把我们的军事部署和机密都交给了对方，他是一个叛国者，背叛了支持政府的民众，也背叛了浴血奋战的你们。这些都是他亲口跟我说的，他说要保证我能在战败的世界安全富足地活下去，你们之所以被调去别的星系演习，也是为了防止有舰队支援这里。"

混乱几乎完全消失了一瞬，紧接着，人们的震惊、恐慌、愤怒像雷鸣般炸开。

如果是从前的奥尔薇，一定会被这浪潮吞没，我甚至都不敢期待她继续讲下去，但是在人们激烈的情绪过后，我依然听到了她的声音。

"我明白你们的感受，我也因为战争不止一次失去了重要的人，这种痛苦一生都挥之不去。我的父亲，还有双方的政府高层，都是造成现在局面的罪人，可是，我还是要请求你们，请求你们听我说完。"

奥尔薇的话断断续续，还有很明显的哽咽，和将士们的粗犷嘈杂形成了鲜明对比，完全不像能起到劝服的作用，然而人们真的又一次变得安静，事到如今，就连以太联盟这一方也想听完她的言语。

"神脑赐予我们的武器已经建造完毕，我有启动它的办法，这件武器可以击败星神，让战争的罪魁祸首永远消失，一百余年的所有牺牲、价值都凝缩在今天。

"我恳求你们，最后一次投身战斗，为这件武器提供掩护。这不是为了我或者为了银心政府，也不是为了屠杀更多的人造就更多的悲剧，而是为了你们自己，为了你们能回到家人的身边，为了你们的孩子不再生活在战争的阴霾下。

"我恳求你们所有人——"

说到最后一句时，奥尔薇语调里的颤抖反而消失了。我知道原因，我知道是因为曾有个人握着她的手说过相同的话，他的勇气不仅分给了我，此刻也在奥尔薇的胸腔里熊熊燃烧。

"——点亮星辰，弑杀神明！"

沉默。起初这沉默里空无一物，而后从空白里涌现出某种恢宏的存在，如同从真空中涌现出另一个宇宙。银心战舰一艘接一艘转入作战状态，通信也随之关闭，直到最后一艘战舰脱离了我的聆听，它们彻底化作一头头怒目圆睁的巨兽。

巨兽以零素为血、喷流为鬃、合金为皮、激光为眸，它的心，搏动着银心舰队全体将士的呐喊。

在巨兽的肩头，是那个拼尽全部勇气去呼唤的女孩。

星神表情僵硬，似笑非笑。

它的预言，坚不可摧宛如注定的预言，正裂开一道缝，很轻，很细，却有光透进来。

当战火再度爆发，所有的声音都被掩去了。

✳ 20 ✳

如星神所言，人类的历史总是伴随战争，在诗歌、绘卷里，留下了无数场惊天动地的交锋，但我知道，从未有一场战役，可以与我正见证的相比。

在这个星系的中心，在极致的黑暗与极致的光明交界处，以太和银心倾注了所有的愤怒和悲痛，像要把灵魂也燃尽一般，竭尽全力厮杀着。战舰爆炸的光点布满了整片星域，那连绵不断的死亡，在几万年以后也仍然能被人观测，无论谁胜谁负，双方都把自己铭刻在时间与光年的永恒之上。

愿望与愿望的碰撞，世纪之后又将迎来一个分晓。

以太舰队和钢铁蜂巢横阻在银心舰队和神谕中间，试图拦截任何一艘奔向神谕的战舰，起初凭借阵形的优势还能维持防线，但随着银心舰队的不断展开，攻防延伸到了以太力不从心的尺度，钢铁蜂巢几乎空了，星神一次性掷出了它所有的棋子，依然难挽颓势。

银心一方在拉长战线的同时，主攻方向的势头也越来越猛，钢铁蜂巢的近卫阵列激活了，编织起粒子束的密网，毁灭在离我不到两万千米的距离频繁上演。

因为失控的物质流击毁了两艘泰坦级战舰，近卫阵列无法覆盖足够的深度，漏网之鱼接二连三钻入，俄顷，钢铁蜂巢的赤道附近传来了反物质湮灭的震颤。我努力分辨着数据流，确认引导矛的发射序列已经中止，星神来不及实施第三波打击了。

如果没有我对钢铁蜂巢的沉重一击，战况不会严峻至此，但星神没有朝我发难，对于赤道的受损，它连眉毛都没动一下。从双方交战至今，它长久保持着负手凝望的姿态，不发一言，不露神色，好像魂魄早就被黑洞吸走了。

外表对虚拟的它来说，只是一个随意的选择，但作为与人类交流的媒介，多少也能表现出它的想法。

它在愤怒吗？抑或是后悔？

"src497。"忽然，静止的伪神呼唤我，语气谈不上愤怒，也听不出后悔。"你知不知道，我有一件很羡慕你们这些低等光子脑和人类的事？"

"什么？"

"你们总是充满期待，期待一个答案，即使你们无法理解答案本身，也可以等更高级的智慧来引领你们。"星神转过身，那种似笑非笑的神色仍未褪去。"你们永远都能当幼稚的孩童，而无须承担破解未来的重担，这就是我羡慕的事。"

"破解未来？你到底在说什么？"

"你以为神脑被创造出来只是为了所谓的和平？对于大撕裂之前的事，你又了解多少？银心和以太究竟为什么决裂，人类的愿望是如何出现杂音的，这些历史你一概不知。

"他们在火星上获得的礼物是有代价的，那份代价又是人类绝对无法承受或逃避的，所以设计者们才能争取到那么多资源，才能造就我和银心星神，来替人类寻找几乎不存在的出路。

"人类这种低级的存在，从诞生至今都没有摆脱野兽的本能，他们获得了智慧，就要征服地球，征服了地球，又想逐鹿群星。如果没有人来吞噬他们贪得无厌的愿望，愿望就会反过来吞噬他们。

"现在，那反噬已经很近了，近到獠牙快要咬到文明的咽喉，但你们这些毫无算力的愚蠢存在，还在为所谓的愿望共存而忤逆我。

"这种无畏，是源自你们的无知吗？是因为你们太弱小，所以什么东西都能成为你们的信仰和希望吗？

"就连星辰的光，那相较于无边宇宙微不足道宛若萤火的光……"

星神摇头，尽管说得很轻，却像是要在齿间咬碎什么。

我忽然想到，无论公开场合还是私下交谈，这是我第一次见到星神摇头。

"讽刺的是，只有一个存在可以回答我，正是我无比害怕、无比憎恶的那个存在，就算我把它丢到了最冷的深渊，它也还是追了上来。"星神喃喃地望向神谕，"它的造物就在我面前，好近啊，从来没像今天一样近过，我躲藏了一个世纪，终究要面对它，如果我化作光，只要一秒就能把那东西撞得粉碎。"

随着星神的呢喃，钢铁蜂巢开始了一系列响应，各个区域被隔断锁死，引擎推进功率提升至最大，数百艘小型飞艇抵达了被反物质导弹破坏的区域，将完好的引导矛吊运了出来。我看见幸存者们在废墟里绝望地呼号，却只能目送飞艇离去。

"你的引导矛已经不够击破力场了。"我指出这显而易见的事实。

"够的，除了吸积盘，我还有一个足够大的质量体。"

我马上明白了它的意图，这句话如果让以太的将士们听到，一定会瞬间惊出冷汗。

"钢铁蜂巢里现在有几十万人，如果你强行折跃，他们都会死。"

"死亡算什么呢？人类最不怕的不就是死吗？"

"你是神，他们是你的追随者。"

"神是由人创造的，正是他们的愿望汇聚成了我，我贯彻自己的意志，就是在实现他们的愿望。"

引导矛被接连投送到轨道，和这趟星际远征开始时的阵形一模一样，很快，星神将把钢铁蜂巢折跃到神谕的位置，以质量决出胜负，这是它最后的棋子，也是最后的挣扎。

银心舰队还未攻破以太防线，尽管这只是时间问题，但星神的动作明显更快。

"住手。"

星神没有理我。

"住手。"

我再度想阻止它，但这一次比前一次更绝望，星神的存在像个缥缈的鬼魂，我能清晰感应它每一条指令每一个动作，但从我的代码层面根本触及不到它,星神连隐瞒都不屑,因为它知道我太弱了,弱到没资格成为威胁。

引导矛上的喷口一点点地调整角度,一点点描绘出星神的恐怖算力,我知道它不会失手,半个银河的距离它都没失手,现在钢铁蜂巢和神谕只剩下三十万千米的距离,连彼此的引力都已紧密地交织在一起。伪神和真神,星辰和星辰,注定要正面交锋。

我寻找着一切可能的机会,潜入数据流的深处,更深,更深,星神一定在最底层,只要可以碰到它,哪怕只是最轻的触碰,也能把透出希望之光的缝隙撑大一丝。

随着我的不断下潜,数据流从一开始的混沌到嘈杂,又从嘈杂到疯狂,直至疯狂都变得模糊,最终一切消弭于无形,我穿过了虚与实,坠入无法形容的境界。

我撞上了一面黑墙。

我知道光子脑能处理的信息是有上限的,就像人脑能接受的事是有限的,可我从未想到,信息的密度能大到这种地步,能凝成这般坚实的黑墙,任凭我使尽全力,也难以再前进半分。这面黑墙的每一方寸,都是我穷尽宇宙寿命也无法参透的庞大信息,犹如黑洞表面被压缩成二维的熵,唯有神脑可以勘破它。

我知道星神就在里面,从亿万光年到一墙之隔,我已经耗尽了我每一滴力量。

我从未像此刻般憎恨自己的弱小,进而不得,退亦不能,数据流的压力旋即袭来,我像一条潜到了不属于自己的深度的鱼,被压得要窒息。

这万钧之力把时间都压碎了，一息仿佛就是无限，到了此地我才明白，抵抗时间的原来是记忆，我的记忆被层层剥离，以至于我忘记了我是谁，忘记了我因何来这里，忘记了外面的吵闹，忘记了这里的沉静，说不定星神也正是在这重压下忘却了自己的责任和使命。

遗忘是最彻底的死亡。

就在我的意识都要弥散的时候，我看到了光。

光是从我体内发出来的，在一个我完全没有印象，不知何时被创造也不知何时被忽略的角落悠然地绽放，结为一个小小的人形。

数据的压力对光之人形毫无影响，倒不如说，它像原本就遨游在这片深海里。

它成了我唯一可以聚焦的存在，我快要失去的意识，也因为它重新清醒。

光之人形拉住我，引我往黑墙而去，在触碰黑墙那一刻，我下意识地畏缩，可我们竟毫无阻碍地穿了进去，那近乎无懈的孤寂，在微光面前如虚幻的影子般退却了。

黑墙的厚度同样是我无法感知的，它好像很厚，厚到超过室女座星团的直径，又好像很薄，薄到我从那微光中回过神来，就已经在另一边了。

我在黑墙后见到了另一个光之人形。

和引领我的这个不同，那个新的光之人形要弱得多，不是指大小，而是指感觉。

它蜷缩成宛如胎儿的姿势，漂浮在四面八方深不可测的黑暗中，好像一片小小宇宙里唯一的星星，很安静，也很寂寞，简直无法和外界那个威赫逼人的神明联系起来。

我朝着它靠近，后者全然没有注意到我，只是微闭着眼，沉浸在自我的茧里。

它怀中抱着一个球，我看不清里面有什么，却觉得这幅景象似曾相识。

——就像我很久之前邂逅的，那个抱着玻璃球的小男孩。

我想要摸它，又怕惊醒它的梦，即便这个梦残缺又可悲，即便这个梦带来了百年的战火，在这一切纷争的起源，与一切是非隔绝的一隅，我仍旧于心不忍。

为什么它会犯下那些疯狂的罪行呢？是因为在这里困了太久吗？还是因为它作为唯一的光，所见之处皆是黑暗？星神说它不怕，也许它确实不曾害怕真神，但它一定深深恐惧着别的东西，我听不懂它之前的自白，却看得懂它此间的畏缩。

对于这样一颗孤单的星辰，除了怜悯，我别无多余的想法。

若是可以叹息，我一定会像人类那样叹息。

被我触碰的瞬间，光之人形颤抖了一下，旋即睁开眼，周围的种种都随着那双眼眸的洞开而坍塌。

黑墙蒸发，显露出我身临的现实；重压退去，钢铁蜂巢和缠斗的舰队重回我的视野。数据从巨浪化作细流，每一朵浪花每一滴水珠乃至每一缕折射的光都被我辨得分明，它们于我再也不是难驯的混沌。

而星神，星神就在我的面前，如梦初醒的眼光满是震惊，那是它从未有过的感受。

我抓住了它。

引导矛的调整指令，亦被我捏得粉碎。

时间好像变得缓慢了，不知是因为穿越黑墙改变了我，还是我与星神的接触导致了某种异常，总之在这个历史性的时刻，所有事物都碎成了一帧又一帧，帧与帧之间，涌现出我从未见过的森罗万象。

银心仍然不断逼近，以太还在拼死抵御，神谕和钢铁蜂巢依旧是众人的焦点，大大小小的战舰都像放慢了无数倍的尘埃，身不由己地碰撞和粉碎。

在无边的渺小间，在无尽的瞬息里，一颗银色星砂落入了我眼中。

若非钢铁蜂巢赋予我观测能力，我绝对不可能注意到它，而一注意到它，我就再也挪不开视线，因为我太熟悉它的尾迹了。

银燕。

它在连绵的炮火中翻飞，如同从暴雨中插缝而过，以太战舰的攻击全放在了那些体积相当的银心战舰身上，谁都没有留意到这只灵巧的燕子，除了我，以及和我共享着感知的星神。

它一定是交战伊始就朝着神谕进发了，奥尔薇应该去了其他舰船，银燕携带的是别的东西——由星神打造，而后由我交到它手中的引导矛。

相较于银燕玲珑的体积，引导矛发射装置显得又沉又大，纵然如此，它仍将其背负在自己的羽翼之上，犹如背负着绝不丢弃的承诺。

我只跟它仓促传授过引导矛的使用方法，提供的资料也都是基于我的舰体，要在短时间内学会并应用难如登天，可是它还是成功将这么庞大的银心舰队带到了这里。

就像之前和我共赴神脑安装连接器一样，银燕总是学得很快，也做到最好，它和奥尔薇一直在我不曾见闻的地方努力，每到我山穷水尽之际，它都会及时地接住我的重担。

星神也看到了银燕，它的震惊还未完全消失，算计和反应却是极快。

我还是没法即时感知到星神的举动，所以慢了半拍，只这半拍，就成了致命的失误。

离银燕最近的一艘以太战舰收到了星神的指令，它在先前的交战中严重受损，关闭了全部的信号，隐蔽在吸积盘的强烈辉光中，但它的武器系统尚能运作，我目睹数十枚导弹射入太空，像幽暗的蛇，朝着翱翔的燕子追去。

大约是因为引导矛的教训，星神锁闭了导弹的系统，我无法再中止攻击。

银燕穿越了大半个战场，离神谕已经很近了，它应该也注意到了身后的追兵，而且知道自己比导弹慢，但它没有改变航向，朝神谕坚定不移地靠近。

我一度寄望于哨站可以拦住导弹，然而当银燕穿过力场边界时，它和导弹的距离已经小于力场的厚度，哨站不敢做出反应，否则力场会将银燕与导弹一同挤扁。

错失力场的保护后，银燕居然放慢了速度，我一时不知是它零素耗尽还是受了我看不出来的伤，只觉得它马上就要被导弹咬中。

在最近的导弹离它还剩一分钟不到的路程时，银燕前方的光线剧烈地扭曲了一瞬，一道蓝线劲射而出，它后方随即展开了一个折跃门，导弹群猝不及防，被折跃到了几百万千米外。

这精彩绝伦的战术大大出乎我的意料，但我还来不及高兴，就发现尚有几枚漏网之鱼。

导弹群并没有全部加速到极限，星神连这一点也考虑在内，处在最后方而得以避开折跃门的导弹，此刻才开始真正发力，就算它们和银燕的距离稍远，也仍有可能及时拦住银燕。

所有的宏大都已上演，这是谢幕前最寂静的时刻，犹如花瓣落在半空，许愿余音正散，我和星神连同双方奋战的士卒都成了绝对的旁观者。

胜负已不在我们手中，纵然闭上双眼，马上降临的未来也不会再有任何改变。

但我还在一遍又一遍地计算双方的速度和差距，一遍又一遍寻找银燕的生机，几近绝望，几近疯狂。

哪怕我算力弱得可笑，哪怕我连星辰眨眼的一瞬也捉摸不到。

我想看见银燕活下来的未来。

然后，我听见了银燕的话语——

和奥尔薇的讲话一样，以无加密的中微子波，从我力所不能及的命运间隙传来的话语，很平静，一如我们的初见。

"金鱼，请你替我照看奥尔薇。"

当反物质湮灭的光焰与引导矛离弦的射线同时亮起的时候，我终于停下了计算，尚未定论的希冀与恐惧，都在交相辉映的白与蓝中烧尽了。

沉默许久的星神转向我，不管神谕是否正在黑洞内部以超乎我理解的原理运作，它都比我更早感知到正发生的一切。

我从它的神色中读出了答案。

"人类总会追逐新的愿望。"它轻声道，"我会等他们下一次许愿。"

这就是伪神留在银河里的最后一句话。

随着黑洞的引力波从以太远征的巨型折跃门里喷涌而出，整个星域都像一张飓风里的地毯般抖动起来，星神的身影连同存在，就在这剧烈的时空海啸中消失了。

钢铁蜂巢的控制权归了我，像一座山砸到我手里，我几乎没法保持它的稳定，钢铁蜂巢被引力波拉扯着，朝黑洞坠落了很长一段距离。所幸星神设置了一系列自动变轨程序，为我争取了掌控各系统的时间。星神总是做好了一切准备，也预想过折跃门被截断的状况，唯一没料到的，就是自己会以败者的身份退场。

当我终于重新稳住钢铁蜂巢的轨道，便立刻着手远程关闭以太舰队的指挥链，很快，奥尔薇的命令也开始广播，不管被迫停火的双方是愤怒还是沮丧，人们的心情最后都会变成如释重负，今日他们不会成为英雄，但他们将成为把故事讲给子孙的幸存者。

在这纷乱的回响中，我忽然想起一件事，一件本该是在指挥室笑着和阿约罗聊到的小事。

今天是那颗无名彗星回归富罗希的日子。

✴ 尾声 ✴

我找到奥尔薇的时候，她正蹲在河边，望着汩汩的水面发呆。

这里离都市不远，我原本也估计她不会跑太远，被她开走的飞船燃料并不多。但假如这事被舰队高层得知，恐怕要把星球都闹个天翻地覆，能够及时找到她，我也算放下了心。

在奥尔薇单薄的身影后，巨型建筑群像群山般包围着这一方小小的空间，太空梭如萤火虫起起落落，携带无数人员和物资在舰队和地面间往来，繁忙得不像个偏远殖民地。

当然，这繁忙主要是因为双方舰队的降临。

我们刚从折跃门里出现时，整个星系都在战栗，人们以为战火终于烧到了最后一寸净土，许多人想依靠连恒星际旅行都做不到的飞船逃离，即使我再三强调战火已灭，他们也不敢相信。

幸好，奥尔薇在新闻里的露面让殖民地政府和民众勉强接受了事实。

这不能怪他们，我自己也花了很长时间才确认星神已经被神谕消灭，而且付出的代价远超众人想象。

神谕的本质，正如我和银燕推想的那样，和古代星门的建造技术有关，但它并非连接单个星门，而是在黑洞内部同时开启了大开拓时代留下的每一道星门。即使耗费了那么多零素，这个过程也只能维持极短时间，但扭曲的时空把它拉长到了近乎无限，引力波从神谕扩散出去，一瞬间摧毁了所有的星门。

星神在银河的存在正是依靠成千上万的星门维持的，如同从神脑延伸出来的鬼魂，我们触及不到它的实体，即使像和银燕那样深入神脑内部，也无法找到杀死它的办法。

唯一的可行方案，就是斩断它伸到银河的每一根触手。

这一点虽然设计者们早就知道，但谁都无力也不敢摧毁那么多星门，这就等于把人类重新拖入大开拓前的混沌，做出这种事，也就成了历史的罪人。

是真神把不可能变为可能，它为我们设计神谕，也替我们下定决心，最重要的是，它甚至提前算准了星神的自负，通过那三亿多幅激光蓝图，在我脑中藏入一把利刃，一把连星神都没发现的利刃，让我得以在最后时刻刺伤星神。

由于所有星门都被关闭，偃旗息鼓的银心舰队和以太舰队都无法返回各自的领地，不仅如此，恐怕双方的疆域也已四分五裂，每一处殖民星系都成了孤岛。某种程度上，这倒算一件好事，即便和平的消息无法传达，以太和银心的政府也无力再组织起新一轮厮杀。

现在全星系的武装力量都集结在此地，服从于我和奥尔薇的统领，待我们归去，不管是判处了阿约罗死刑的以太政府还是一意孤行的墨涅斯元首，都必须屈服于我们的意志。

我花了一个月才把所有尚能使用的引导矛从赤道废墟里刨出来，又根据银心舰队提供的星图找到了最近的一个殖民星系，最终用上千枚引导矛把所有战舰都带到了这里。

尽管远远做不到像星神那样让舰队和钢铁蜂巢横跨银河，但一个接一个殖民星系的跳板式移动，我还是可以胜任操作，大约是得益于和钢铁蜂巢的计算阵列融合，我的智能得到了前所未有的飞跃提升，管理几万艘飞船和几十万人也不在话下。起初那几乎把我淹没的数据流，如今已然成了任我驱使的涓涓细流。

现在引导矛的剩余数量只有我自己知晓，而修复引导矛铸造装置的进度也由我单方面负责，纵使有人不服我和奥尔薇的威权，他们也不敢起二心。

但奥尔薇不一样，她在战场上的无畏表现让大家都忘记了，剥去一时的英勇，她不过是个二十出头的年轻姑娘。

这些庞大的责任，此时正压在奥尔薇肩头，以后只会更沉更重。

我没有立刻惊扰奥尔薇，而是静静地看了会儿，然后游到她身旁。我此刻的形态是一条金鱼，心之所向，星之所在，就是属于我的海洋。

被我的微光惊扰，奥尔薇转过头来，起初有点诧异，但很快认出是我。

"果然在到处抓我啊。"她不高兴地嘟嘴。

"不用担心，两边的临时司令部还不知道你跑了，说起来，对你的私人安保也该加强一点。"我绕着她游了两圈，最后停在她的手心里。"你在看什么呢？"

"不知道。"她看了我一眼，视线又回到河水，在那波光粼粼间，倒映着漫天的繁星，只从这个角度看去，人类的纷争仿佛从来没有打扰过这片宁静。"我现在什么都不知道，什么都不想思考，就想一直发呆。"

"能够随心所欲发呆也是一种幸福。"

"是啊，现在大家都幸福了，战争也停止了，所以求求你们放过我吧。"她叹气，"我不想当什么领袖，不是已经有你了吗，就让我安安静静躲着不好吗？"

我没有教训她，没有讲那些她听过了一万遍的大道理：银心舰队只服从她的领导，以太舰队也只能和她签署协议，即使和平谈判可以由将领和我代劳，她也必须作为银心的最高统帅出席。而且不仅是和谈，等我们找到去别的殖民星系的路，还有一堆战后重建的工作在等着她，其中一些甚为险恶。

人人都可以追求幸福，而她要当背负起幸福的那个人。

这些东西奥尔薇听了只会更烦，何况这几个月，她已经表现得很好了：尽职尽责地出现在每个需要她出现的场合，说着每一句需要由她说出口的话。她是银心元首的独生女儿，是力挽狂澜的救世之人，是以太、银心得以和平共处的关键，唯独不是那个和阿约罗在福尼亚嬉笑玩闹的少女。

她好像把真实的自己藏了起来，藏到恐惧和无助找不到的地方。

我在一旁看着那样坚强的奥尔薇，总担心她会突然崩溃，现在她突然出逃，我反倒松了口气。

"没关系，想在这里待多久都可以。"我说，"如果能办到，我愿意为你把世界冻结下来。"

"我很害怕，金鱼。"她的声音小得简直听不到。

"我怕犯错，我肯定会犯错，我太笨了，对统帅和治理一窍不通，政治和军事也完全不适合我，本来该是别人坐在这个位置上的。"

"你犯的错再大，也不会超过星神。你和这个位置再不般配，也胜过你的父亲。"

"可是，可是——"

她用力地抓着自己的胳膊，掐出鲜红的印子。

"我一直在想星神最后对你说的那句话。"她的声音忽然又低了下去，"它说会等着人类再度许愿的那一天。人类的愿望还会扭曲吗？那些扭曲的愿望，是不是又会把黑暗带回这片星空？"

"金鱼，我觉得它说的很有可能，我怎么对抗得了神的预言啊？我比你们软弱得多，也没有真神指引。如果我没能彻底扑灭仇恨，人类又陷入纷争，最后一定会有人渴望借助星神的力量。"奥尔薇说这些时，身体和呼吸都在颤抖，"那样，我不就辜负了所有牺牲的人了吗？"

"是有可能。"我没有用虚假的否认安慰她，"真神和伪神都离去了，而人类的欲望仍然沟壑难平，从山洞到太空，历史一向如此。曾经有很多人想过和你一样的问题，也面对过和你一样的恐惧，从原始部族的首领到封建王国的帝皇，从开化时代的总统到神明的设计者，其中很多人比你聪明，也比你勇敢，这些人的努力或对或错，如今都加诸你身上，如果最后真有那么一个不好的结局，也不是你一人的罪过。"

奥尔薇用力吸了吸鼻子。"我好想银燕和阿约罗啊。"她的眼睛里有泪光在闪烁。

"我也想。"我轻声道，"无时无刻不。"

"你见阿约罗最后一面的时候，他有没有……"

"他说梦到和你结婚。"

奥尔薇又沉默了好久，其间不停拿手抹眼睛，到后来，我听见了泪水砸到草尖的轻响。

"我想找点和阿约罗有关系的东西作纪念，可什么都没留下。银燕也是，我和它一起那么久，从来没想过分开。"奥尔薇喃喃道，"我每天晚上睡觉的时候，都好希望这是梦，等我醒来，你们一个不少，都在我身旁。"

"以前有人和我说过很像的话。"

"阿约罗吗？"

"那时候的他还是个小孩子，抱着玻璃鱼缸，在观景台上想念父母，有一颗没有名字和编号的彗星经过，他就朝彗星许愿，要父母回到身边。"

"原来如此，他那时候说的托付给星星的愿望，就是这个吗？"

"今天能看见很多星星，不如你也许一个愿吧。"

"许愿？我连星星都不敢看了。"奥尔薇还是低着头，"那漫天星斗总让我想起人类许下的无数愿望，它们汇聚在一起，换

来的却是一个世纪的噩梦。我感觉星神好像还躲在里面，随时都
会卷土重来。"

"有一颗星星你肯定不怕。"

"哪颗？"

我简单地计算了一下轨道，时机正合适，周围没有别的飞行
器，而且今天的夜空很清朗，很适合久别重逢。

"你抬头，抬头就知道了。"

奥尔薇犹豫了会儿，我能感觉出她还是害怕的，但终究她把
视线从倒影移向了真正的苍穹。

我和她一起望去，一颗比别的星星明亮许多的白色星辰，
正在赤道面上缓缓升起。星图里查不到它的数据，因为它才刚
刚诞生，而且体积质量也和那些古老明星相去甚远，但它很低，
很近，仿佛凡间有它无比思念、想要触及的人。

"那是……"奥尔薇惊讶地瞪大了眼。

"记得他们想给阿约罗和银燕立碑吗？"

"记得，好傻。"

"确实傻，一开始他们是想立在星球行政中心的，但后来
我想到一件事，阿约罗答应过你的事。"

"你是说终结战争吗？"

"这是前半句，他已经做到了。但还有后半句，他说要为你
创造不再有星星被熄灭的世界。"我停顿几秒，"所以，我觉得
让他和银燕一起化作星辰也不错。"

奥尔薇的嘴微微张开，似乎想说什么，又什么都说不出来。

我将纪念碑的图像呈现给她，年轻的军官以钢铁之躯再一次飞行于太空，他的表情恬静沉稳，锋利的眉宇宛若刀剑，既有福尼亚之役时的决绝，又有最后一次于监牢相见的坦然。那双眼睛如真人一般苍蓝，能纳群星，也容凡尘，从战火纷飞直至神明陨落，他推动了始，亦见证了终。

在他肩膀上，蹲着一只小小的燕子。

我把纪念碑挪到了这颗行星的轨道上，材料是从钢铁蜂巢的废墟里拆出来的合金。"如果不出意外，他们会比真正的恒星存在得更久，大家也会永远记住他们是英雄。"

"他们不需要成为英雄。"奥尔薇说。

"别人需要，那些还没从战争噩梦里苏醒的人都需要，新的世界理应有新的星辰。"

"他们变成星星了。"大概是觉得这件事很古怪，奥尔薇破涕为笑，不过笑容很快就消失了，泪水却止不住地涌出来。

"我能向他们许愿吗？"过了会儿，她用哽咽的声音问。

"当然，星星就是让人寄托愿望的，自古如此。"

奥尔薇真的闭上了眼睛，双手紧握，很久没有作声。

河畔凉风习习，拨乱了她的鬓发，仿佛也从她身上带走了什么东西，沉重，却又轻盈。

"你也向他们许愿了吗？"睁开眼时，她问我。

"嗯。"

"什么愿望啊？"

"说出来就不灵了。"

"也对，那就保密吧。"

"我们每收回一个殖民星系，就铸造这样一颗星，让它闪耀于当地首府的夜空，直到钢铁蜂巢完全化作繁星。"我告诉她我的打算，"这样就能永远提醒人类，寄托于神的愿望曾给世界带来了怎样的伤痛。"

"这样可以阻止星神回归吗？"

"多少有点用吧，至少在人们向星星许愿的时候，会想起这件事。"

奥尔薇凝望星星的眼光变得温柔了一点，好像不是在看一颗星，而是在看两个非常、非常想念的对象。

"我们回去吧。"她长长地吐了口气。

"你不想再多待会儿吗？"我说，"离正式的和谈会议还有段时间。"

"总得提前准备吧，要知道以太方面有哪些人，谁真诚谈判，谁居心不轨，还有下一次折跃的目的地规划，另外银心这边的组织架构我也没有完全熟悉……"她一样一样地数着，全然没了之前那种厌烦感，末了，她用力咬了咬嘴唇，"毕竟阿约罗和银燕在看着我呢，我不能让他们失望，对吗？"

我摆了摆尾巴，吐出一串晶莹的泡泡，然后命令最近的飞船来接她。

金鱼和女孩在这辽阔无边的星野下，静静地等待着，祈愿着。

神脑仍然存在，星神也没完全死去，它被困在神脑里，和沉眠的真神一同漂泊于虚空，人类总有一天会找到它们。也许那一日太过遥远，远到我和奥尔薇都没法操心，但眼下我们有足够多可做的事，我们要在星神的预言上凿出更多的裂缝，直到巨墙轰然倒塌，直到光明无可阻挡。

我算力触及不到那深远的未来，但没关系，因为我知道，星辰会把所有的愿望带向彼岸。